KB261136

빈집

빈집

김주영 장편소설

문학동네

1

바다를 떠난 지가 도대체 얼마나 되었을까. 기력도 소진되었을 뿐만 아니라, 몰골조차 쪼그라든 게들이 물사레에 떠밀리며 마지못해 수족관 속을 떠다니고 있었다. 그러나 아직 활기를 잃지 않고 유리벽을 따라 오르락내리락하는 게들도 없지는 않았다. 그중에서 쉼 없이 밀려드는 물사레와 실랑이를 거듭하던 털게 한 마리가 일순 수면 위로 불쑥 몸을 솟구쳤다. 그리고 집게발을 수족관의 난간에 걸고 매달리는가 했더니, 순식간에 허공으로 몸을 던졌다.

수족관 안에 갇혀 있었을 때는 무기력하게만 보이던 털게가 판자 위로 떨어지고 난 뒤부터는 갑자기 확장된 감각으로 순발력을 발휘하기 시작했다. 수족관 밖으로 떨어지는 순간 배를 하늘 쪽으로 뒤집으면서 나뒹굴긴 하였으나, 금방 벌떡 몸을 뒤치며 방향감각을 되찾는 기동성을 보였다. 갇혀 있던 수족관에서 탈출한 것을 본능적으로 깨닫고 있는 듯, 기어가는 태도가 자못 의기양양했다. 탈출을 성공한 것에 흥분되었던지 입가에 버캐까지 부글부글 괴어올랐다.

나는 그 순간 목구멍에서 떨꺽 소리가 날 정도로 놀랐고, 기어가는 게걸음에서 시선을 뗄 수 없었다. 게의 탈출이 끝내 성공할 것인지 실패로 끝장날 것인지 조마조마했기 때문이었다. 활어가게들이 줄지어·배치되어 있는 도로. 맞은편은 아무런 장애물이 없는 탁 트인 해안도로였다. 그 도로를 대여섯 발짝만 건너뛰면 곧장 선착장이었고, 그곳에는 저인망 어선들과 채낚기 어선들이 서로 뱃전을 다투면서 정박해 있었다. 게는 눈 깜짝할 사이에 선착장 난간과 불과 삼사 미터의 거리까지 다가갔다. 언제 차량이 들이닥칠 것인지 예측하기 어려웠고, 그런 위험에서 벗어난다 하더라도 한눈을 팔며 분주하게 오가는 사람들의 발길에 밟혀 순식간에 박살이 날 수도 있었다. 그러나 게는 지뢰밭이나 다름없는 도로를 아무런 방해도 받지 않고 나 보란 듯이 기어갔다. 그런데 선착장 난간을 불과 이 미터쯤 앞둔 지점에서 기세등등하던 전진을 느닷없이 멈추고 폐사지에 박힌 주춧돌처럼 미동도 하지 않았다. 처음부터 그때까지 게의 줄달음에 시선을 떼지 않고 있었던 나는 또다시 조마조마한 심정이 되었다.

바로 그때 게는, 흡사 처음부터 계산하고 있었던 것처럼 멈
춘 상태에서 몸을 정반대 방향으로 회전시켜 조금 전 탈출에
성공했던 수족관을 겨냥해서 되돌아오기 시작했다. 그러나
아슬아슬하긴 마찬가지였다. 때마침 가게 앞을 지나는 행인
들의 수효가 불어나기 시작했다. 등산복을 입은 사오십대의
남녀 대여섯 명이 수족관을 뛰쳐나와 갈팡질팡하고 있는 털
게 한 마리를 발견하고 소리를 질러대며 달려오고 있었다.

그때였다. 전혀 인기척이 없었던 가게 문 앞으로, 사십대
중반의 여자가 모습을 드러냈다. 그녀는 가게 안에서 수족관
을 탈출한 털게를 처음부터 지켜보고 있었던 게 분명했다. 얼
른 보아도 보기 드문 비만증인 여자는 가게에서 뒤뚱뒤뚱 걸
어나와 굼뜬 동작으로 길바닥의 털게 다리를 집어들었다. 그
리고 익숙한 솜씨로 수족관을 겨냥해 팔매질하듯 휙 내던졌
다. 순식간에 수족관으로 되돌아온 게는 아무 일도 없었다는
듯 바닥에 엎드려 있는 다른 게들의 등 위로 느릿느릿 가라앉
았다.

활어가게 앞에서 벌어졌던 작은 소동은 그것으로 일단락
이 되고 말았다. 닭 후리는 사람들처럼 왝왝 소리를 질러대
며, 두 팔을 벌리고 달려오던 관광객들도 열적은 듯 발길을
돌려버렸다. 소동을 순식간에 일단락지어버린 여자는, 가게
앞에 놓여 있는 낡은 의자를 끌어당겨 가까스로 구부리고 앉

았다. 그리고 서너 발짝 끝에 서 있는 나를 힐끗하다가 금방 눈길을 방파제 쪽으로 돌려버렸다.

수족관이 놓여 있는 가게 지붕 위로는 작은 간판이 굴러떨어질 것처럼 위태롭게 걸려 있었다. 붉은색 페인트로 또박또박 박아쓴 '바다이바구'란 가게 이름 양쪽 귀퉁이에는 수면 위로 날렵하게 뛰어오르는 우럭과 넙치가 한 마리씩 그려져 있었다. 그것과는 대조적으로 가게의 수족관 곁에 앉아 있는 여자의 모습은 바라보기 민망할 정도로 비곗덩어리였다. 작은 키에 지독하게 살이 쪄서 축 늘어진 턱 때문에 목이 보이지 않을 정도였다. 치마 아래로 바라보이는 종아리부터 산란기의 생선 배처럼 뒤룩뒤룩했다. 뿐만 아니라, 몰아쉬고 있는 가쁜 숨소리조차 내가 서 있는 곳까지 들려올 것만 같았다. 그녀의 기막힌 하중을 구조가 단순한 낚시용 의자가 지탱해주고 있다는 것이 신기할 정도였다. 팔로 두툼한 턱살을 괴고 시선을 해안도로 들머리 쪽으로 돌리고 있긴 했으나, 그곳에 관심의 대상이 있어서라기보다 무관심이 그런 모습을 만들어내고 있었다. 그러나 내 입에서는 나도 모르게 안도의 한숨소리가 흘러나왔다.

깡마른 체구의 나처럼 윤곽이 눈에 띄게 뚜렷하지는 않았으나 누가 보아도 네모진 얼굴이었다. 그 대신 두 눈은 나보다 유난히 작고 이상하게 입술은 두꺼웠다. 손등도 잉어자물

통처럼 통통하게 살이 올라 있었다. 게다가 남자처럼 큰 신발을 신고 있는 것을 보면, 발도 클 것이 틀림없었다. 별안간 그녀에게 모든 것을 털어놓고 이야기하고 싶은 충동을 느꼈으나 겨우 그 충동을 억눌렀다.

"너는 남자로 태어났어야 제 구실을 할 수 있었을 게다."

들을 때마다 나를 슬프게 흔들어놓았던 어린 시절 어머니의 푸념이 그 순간 뒤통수를 쳤다. 나는 토우처럼 투박한 몸뚱이를 가진 그녀를 지켜보며 오랫동안 그 자리에 서서 움직이지 않았다. 나와 그녀가 닮은 구석이 있다면, 얼굴의 윤곽이 네모지다는 것뿐이었다. 몸에 착 달라붙은 머리칼, 쇄골이 앙상하게 드러난 어깨, 가늘고 긴 손발, 작은 가슴을 가진 나와는 어디를 견주어보아도 닮은 점이라고는 찾아볼 수 없었다. 심각한 저체중인데도 거식증에 시달려 목숨이나 겨우 지탱해나갈 정도인 나와는 딴판이었다. 주소를 잘못 찾았다는 생각이 들었다. 그러나 사람을 잘못 짚었을 수는 있었겠지만, 주소에 착오는 없었다. 어판장 근처에 성냥갑처럼 촘촘하게 늘어선 활어가게들이란 어느 포구를 가나 같은 번지수가 수두룩했다.

가게 앞에 설치한 수족관 뒤로 미닫이문이 달린 방도 있고, 배열해둔 식탁들도 보였다. 그러나 그 방에서 음식을 먹고 있는 고객들은 보이지 않았다. 그녀는 보기 흉할 정도로 비곗덩어리일 뿐만 아니라 입성조차 꾀죄죄하여, 그나마 가뭄에 콩 나듯 가게를 기웃거리는 고객들을 곧장 돌아서게 만들고 있음이 분명했다. 사투리의 익살스러움을 살려낸 식당의 이름, 그리고 거위처럼 뒤뚱거리는 그녀의 걸음걸이는 서로 희화적인 조화를 이루어 가게 앞을 지나는 행인들의 웃음거리가 될 듯싶었다. 그런데 바로 그때, 그녀가 내게 말을 걸어왔다.

"거기 젊은 처자, 날 좀 봐. 차에 치여 지레 죽고 싶어서 아까부터 길 한복판에 뻣뻣하게 서 있어?"

그 순간 나는 흠칫 놀라 길가로 물러섰다. 그러나 곧장 그녀에게 다가가기는 싫었다. 그녀는 가게 안쪽으로 사라졌다가 다시 문밖으로 모습을 드러냈다. 손에는 파리채가 들려 있었다. 파리채를 나에게 흔들어 보이면서 말했다.

"이래 봬도 난 뒤통수에 눈이 하나 더 있어. 처자가 이 골목길만 오락가락한 지가 벌써 두어 시간 됐지, 아마? 집 나간 남자라도 찾아다니고 있나?"

나를 사뭇 관찰하고 있었다는 것에 놀랐지만 그러나 태연하게 말했다.

"찾는 사람이 있다면 곧장 그곳으로 달려갔겠지요."

"보자니까, 선창가에서 짠물 먹고 자란 사람은 아닌 것 같은데…… 어디 파출부 자리라도 없나 하고 기웃거리고 있는 것은 아닌지 모르겠네?"

"바람 쐬러 나온 사람입니다."

"바람 같은 소리 하고 있네. 모두들 살려고 눈이 시뻘건 판에 무슨 얼어죽을 놈의 바람이야."

노골적으로 나를 비아냥거리는 투였으나 심각한 악의는 없어 보였으므로 고깝게 들리진 않았다. 그녀가 가만히 나를 향해 손짓했다.

"왜 그래요?"

"왜 그래요, 라니? 말대꾸가 싱겁네. 할 말 있으니까 오라는 게지. 바가지 씌우려고 부르는 줄 알아? 나무젓가락 같은 사람이 뻣뻣하게 서 있지 말고, 이리 와봐. 좋은 일이 생길지 누가 알겠어……? 객지생활 하는 사람이 수줍음은 어지간히 타네."

그녀는 간신히 엉덩이를 일으키더니 나를 잡아끌어다 자신이 앉았던 수족관 곁의 간이의자에 앉혔다. 한동안 내게서 시선을 떼지 않고 있다가 물었다.

"앉혀놓고 보니, 다리를 약간 절어서 그렇지 겉모습은 흠잡을 데가 없네. 깡말랐지만 앉아 있는 모습은 반듯하게 생겼으니 혼자 객지로 떠돌아다녀도 밥은 굶지 않겠구먼. 포구에서 만나기로 약속한 남자라도 있었나?"

"아니요."

그녀는 손금이라도 보듯 내 양손바닥을 요리조리 뒤집어보면서 이죽거렸다.

"사내놈들이 지분거릴 만한 나인 거 같은데 뭘 또 오리발이야."

"그런 남자 없어요."

"없으면 됐고, 핏대 세울 거 없어. 내 말 맞지? 파출부 일자리 찾아나선 게 틀림없지?"

"……"

"말을 건넸으면 검다 쓰다 대꾸가 있어야지. 순탱이같이 말이 없어? 내 짐작이 맞다면, 우리 집에 눌러앉는 것도 나쁘진 않을 게야. 진득하게 붙어 있다보면, 좋은 일도 생기겠지."

비대한 몸집과는 달리 목소리는 모기 소리처럼 가늘게 앵앵거렸다. 그 목소리가 갖는 의외성 때문인지 처음부터 선뜻 내키지가 않았다.

"아니요. 나는 가야 해요."

"어디로?"

"바다 구경이라도 하자고 여기까지 왔어요."

"고리타분한 소리하고 있네. 저기가 바로 바단데 구경 실컷 했으면 집으로 돌아갈 일밖에 없겠네. 그런데 또 어디로 간다고 그래?"

"……"

"바람난 여자가 틀림없구만. 하지만 바람기를 걷잡을 수 없

게 되었다 하더라도 때로는 바람더러 니 먼저 가라 하고 자기
는 퍼질러앉아 쉬어갈 때도 있어야지. 그래야 사는 게 덜 피
곤해. 어때, 내 말이 옳지? 바람 따라 산다고들 말하지 않나.
사람이 바람보다 빠를 수는 없다는 뜻이겠지. 바람보다 앞질
러 살겠다고 넙죽거리다간 가랑이 째져. 가랑이 째진 여편네
는 여자 행세도 못 하지.”

“아닙니다. 가야 합니다.”

“떠돌이 주제에 고집은 어지간하구먼. 고집이 드세지면, 소
소한 일로 날벼락 떨어지는 일이 자주 일어나. 나도 한때는
고집불통으로 소문난 여자였어. 뱃놈들과 맞붙어서 옥신각신
하다보니까 하루는 물론이고 한 달이 나도 모르게 후딱 흘러
가. 그런데 나중에 꼼꼼하게 따져보니까, 여자가 어촌계 놈들
과 창피한 줄 모르고 허세부리고 쇠고집을 부려서 얻어낸 게
아무것도 없더라니까. 오히려 흉허물 없이 지내던 이웃들이
날 홀대하기 시작해서 들판에 혼자 우두커니 서 있는 나무처
럼 외로운 신세가 되었고…… 가게조차 외딴 데로 밀려나고
말았어. 한때는 이 포구에서 안성댁 하면 괄시받고 살진 않았
지만, 폭식으로 비곗덩어리가 된 후부턴 나 혼자 방에 들어앉
아 졸고 있다가 혼자 밥 끓여서 혼자 먹고 혼자 싸고 있더라
니까. 내가 얼마나 가치 없는 존재인지 그때야 깨달았지. 그
래서 노인정 가서 화투 쳐서 몇천원 잃어주고 돌아오는 것이

지금 내가 하는 일과의 전부야. 내가 잃어주지 않으면 그나마 노인정에 발도 들여놓지 못하게 할 게 뻔해…… 야박하게 굴지 말고 나하고 가게 지키며 며칠 견뎌봐. 그러다가 견디기가 어려우면, 그때 떠나도 늦지 않아. 애면글면 붙잡을 사람 없어. 당장 보아도 젊은이는 어디 한 방 얻어맞은 사람이 틀림없어. 사람의 시선을 피하려는 행동으로 보나, 세상살이에 별다른 흥미를 보이지 않는 눈치로 보나 그렇게 보이네.”

주위에 자신을 살갑게 상대해줄 사람이 없었던 모양이었다. 때문에 내친김에 속에 담아두었던 그날 하루의 넋두리를 죄다 쏟아놓은 것 같았다. 가슴속에 쌓이는 말을 속 시원하게 털어놓을 상대를 만나지 못하고 있는 것은 나도 마찬가지였다. 장황하고 어수선했지만, 그 걸쭉한 넋두리에는 그녀를 따돌린 이웃들을 원망하는 기색도 보이지 않았다. 그런데 안성댁의 말에서 나 자신도 능숙하게 의식하지 못하고 있었던 사실이 문득 가슴을 쳤다. 사실 나는 그녀가 말한 것처럼 절름발이였다. 빠르게 걸을 땐 신체 각 부위의 격렬한 동작에 묻히거나 가려져서 알아차리기 쉽지 않지만, 천천히 걸을 땐 내가 지닌 경미한 신체적 결함이 여과 없이 노출되곤 했다. 그런 외양까지도 포함한 모든 것, 삶의 굴곡을 거치면서 억압에 길들여지거나 매서운 세상의 풍파에 상처나 있는 모습을 ‘바다이바구’의 안성댁으로부터 어렴풋하게 발견하는 듯했다.

그것이 내가 겪고 있는 낙오와 고통의 공유 같은 것을 느끼게 했다. 뿐만 아니었다. 이웃 사람들이 그녀를 안성댁으로 부르고 있다는 사실에 나는 가슴이 뭉클할 정도였다. 그 별칭은 그녀에 대한 구체성을 사실적으로 입증하는 데 한 발 더 다가갈 수 있다는 느낌이 들었기 때문이었다.

2

　어머니는 세상의 풍파를 현기증 날 정도로 겪었다고 볼 수
는 없는 사십대 중반의 나이였는데도 가슴에 맺힌 포한은 임
종을 앞둔 노인네들처럼 많았다. 어머니 가슴속 한복판에는,
쌓이기만 하고 해체의 실마리는 보이지 않는 분노가 도사리
고 있었다. 그것은 일찍부터 떠돌이생활에 익숙해진 아버지
배용태씨의 역마살과 불가분의 관계를 가진 듯했다. 예측할
수 없는 파국이 우리 집을 덮칠 때까지 오직 떠돌이생활로 일
관하려고 작심한 듯한 아버지는 그러나 잊혀질 만하면 불쑥
집으로 모습을 드러냈다.

　아버지가 약속했던 날짜에 모습을 드러내지 않을 경우, 어
머니는 역병에라도 걸린 사람처럼 흐트러진 모습을 보였다.
너울거리고, 뒤틀리고, 기묘하게 어른거려서 종잡을 수 없는

시선으로 먼 곳을 응시하며 오랫동안 미동도 않고 서 있기도 했다. 때로는 눈앞에 보이지도 않는 아버지를 향하여 갖은 욕설을 퍼붓다가도 언제 그랬냐는 듯이 호주머니에 동전 쓸어 넣듯 능수능란하게 분노를 거두었다. 가슴속에 쌓인 울화가 지나치게 폭발하여 스스로 제어할 수 없는 지경에 이를 때도 있었다. 어머니는 식칼이나 낫 같은 연장을 들고 뒤뜰의 오동나무 등걸을 찍어내거나 장독대 주위를 정신 나간 여자처럼 설쳐대며 그릇이나 항아리를 가차 없이 박살내기도 했다. 그때 어머니의 얼굴은 하얗게 질려 있었고, 손은 사시나무 떨듯 했다. 어린 나로서는 속수무책으로 어머니의 분노가 진정되기를 기다릴 뿐이었다.

결혼 이후 겪었던 따돌림 역시 주변의 상황은 전혀 달랐으나 잡동사니 가재도구 들과 거미들과 들쥐들, 그리고 바퀴벌레들이 살고 있는 음습한 가옥이었다. 습기 찬 기운이 뼛속까지 스며들던 그 외딴방에서 오랫동안 견뎌낼 수 있었던 것은 어린 시절의 그물침대에 옭아매였거나 벽장 속에 갇혔던 경험이 있었기에 가능했는지도 몰랐다.

나는 그때 일 년이 넘도록 버려진 가옥에서 격리생활을 겪었다. 문틈으로 바라보면, 시어머니 김씨와 남편 장덕호가 살고 있는 안채는 불과 이십여 미터 안팎의 거리를 두고 바라보였다. 그 거리에선 아침저녁으로 밥 짓고 설거지하는 기척이

손에 잡힐 듯 가깝게 들려왔다. 시어머니가 밖으로 나와 장독
에서 된장을 퍼내는 모습도 보였고, 군불을 때기 위해 마당가
에서 장작을 패고 있는 남편의 모습도 손쉽게 바라보였다. 심
지어 깊은 밤에는 남편이 코 고는 소리까지 들을 수 있었다.
성가시기만 했던 코 고는 소리가 좁은 마당을 가로질러 연장
창고나 다름없는 외딴방까지 들려올 땐 그 소리뿐만 아니라
남편의 체취까지도 소리에 실려온다는 느낌을 받기도 했다.

혼자 떨어져 오래 갇혀 있다보면 이상하게도 냄새에 민감
해져서 멀리 떨어진 이웃의 된장 끓이는 냄새조차 역력하게
감지할 수 있었다. 날이 거듭될수록 바람의 촉수, 먼 곳에서
이루어지는 사람이나 짐승의 사소한 움직임도 감지할 수 있
는 청각의 예민함과 피부의 민감함이 앞다투어 작동되곤 하
였다. 그래서 어린 젖먹이가 잠이 들었다가도 미세한 움직임
따위에 화들짝 놀라듯이 나 역시 주변의 조그만 움직임에도
간이 뚝 떨어지도록 놀라곤 하였다. 외로움이 발견하는 수많
은 기능 중에는 이미 퇴행되었거나 삭제되었던 신경계의 감
응조직을 복원시키는 힘도 있는 듯했다. 일상적으로 벌어지
는 집 안의 평범한 움직임들이 신기하게 보인다는 것에 스스
로 놀랐다. 뿐만 아니라 문틈 사이로 엿보이는 집 안의 사소
한 일상들이 와락 껴안고 싶도록 간절했다.

그런 가운데서도 시어머니와 남편이 나를 외딴방으로 따돌

려서 무엇을 얻고자 하는 것인지 골똘하게 생각해보았다. 그러나 그 속내를 헤아리기 쉽지 않았다. 내가 저지른 어떤 과오에 대한 징벌의 수단이었다 하더라도 너무 오랫동안 계속되고 있었다. 처음엔 관심을 끌기 위해 마당으로 나가 소리를 질러보기도 했다. 안채의 문을 부서져라 두드리거나 마당에 흩어진 물건을 내동댕이쳐보기도 했다. 그러나 그런 모든 노력들이 한낱 물거품에 지나지 않는다는 것을 깨닫게 되면서 지치고 피곤해 스스로 그만두게 되었다.

다만 어린 날의 어머니와 지금의 남편이 다르게 반응하는 것이 있었다. 그때 어머니는 내가 발악이라도 하면 그때마다 지체 없이 벽장문을 열어젖히고 야무지게 쏘아부쳤다.

"요 앙큼한 년, 누굴 빤히 쳐다보나? 날 잡아먹을래?"

그러나 남편 장덕호는 달랐다. 내가 목이 터져라 소리를 지르는 소모적인 발악에도 전혀 알은체하지 않았다. 실수로라도 내가 있는 방 쪽으로 눈길을 주는 법이 없었다. 정말 치명적이라 할 만치 내 존재와 등을 돌리고 있었다. 내 마음속에서 본능적으로 소용돌이치던 격정들이나 두려움조차도 그들이 구성하는 냉담함이 보기 좋게 차단해버리는 것이었다. 그래서 겨울나무 가지 끝에 매달려 삭풍에 시달리는 애벌레의 허물처럼 나 자신이 너무나 하찮은 존재처럼 느껴지는 것이었다. 그나마 하루하루를 견뎌낼 수 있었던 것은, 걸핏하면 벽장 속으로 숨어들어 잠들곤 했던 어린 시절의 경험과 언젠가는 풀려날 수 있으리라는 막연한 희망이 가슴 한구석에 자리하고 있기 때문이었다. 어디를 둘러보아도 불편하기 짝이 없고, 갈증으로 가슴이 타들어가고, 추위에 떨고 하는 것들이 나 같은 여자에게는 일상으로 겪는 고통에 불과하다는 생각도 드는 것이었다. 승려들이나 성직자들이 만들어내는 지독한 검약과 고행도 일상화시키게 되면 엄숙할 정도의 인정김을 얻어낼 수 있는 것처럼.

그 외딴방에서 그런대로 친숙할 수 있었던 대상은, 버려진 가옥을 삶의 터전으로 삼았던 벌레와 거미와 쥐 들이었다. 그것들이 어디를 오가고 있으며 무엇 때문에 그 자리에 있는 것인지 알아차릴 수 있게 되었다. 그리고 밤이 되면, 자유를 만끽하고 있는, 자기가 떠나려고 하는 곳이면 언제든지 떠날 수 있는 사람들에겐 도저히 접근할 수 없는 꿈을 꾸는 것이었다.

바깥세상에서 겪었던 모든 기억들이 내가 만들고 있는 꿈 세상에선 낱낱이, 그리고 너무나 선명해서 오히려 그 선명함이 고통스러울 정도로 생생하게 재연되어 나의 가슴속을 가득가득 채웠다. 또한 그것은 오랫동안 바깥과 격리된 채 갇혀 있다 하더라도, 평소에는 생각조차 나지 않았던 사소하고 하잘것없는 일상의 편린들조차도 잊지 않고 있다는 놀라운 사실의 확인도 가능하게 했다. 그것이 따돌림받은 나만이 누릴 수 있는 일탈의 꿈인지도 몰랐다. 꿈속에서 나는 어디론가 향하여 힘차게 달려가고 심지어 날아다니는 것조차 자유자재로 할 수 있었다. 나의 몸 구석구석을 비집고 자리잡은 만성적 허기가 그런 꿈을 꾸게 만드는 것인지도 몰랐다. 어떤 때는 시간의 혼돈 속으로 빠져들어 문득 손잡고 가던 아버지를 놓아버리고 그를 찾아 마을 여기저기를 하염없이 배회하며 울고 있는 꿈을 꿀 때도 있었다.

밤이 되면 나는 집 밖으로 나올 수 있었다. 문을 열고 밖으로 나선 것은 그 가옥에 갇히게 된 지 닷새째 되던 밤이었다.

나 자신의 몰락을 하염없이 바라보고만 있을 수는 없었다. 내 인생 모두가 비참한 쪽으로 기울지는 않았다는 것을 인식시켜야 한다고 생각했다. 나는 냄새나는 방을 나와 안채의 부엌으로 다가갔다. 부엌문은 언제나처럼 그냥 닫아놓은 시늉뿐인 상태였다. 부엌으로 들어가 찬장을 열어보았다. 대접과 탕기, 보시기와 자배기, 뚝배기와 같은 그릇들이 내가 놓아두었던 그대로 똑같은 자리에 놓여 있었다. 찬장 옆으로는 지난날에 그랬던 것처럼 쳇다리와 주걱, 조리, 국자, 소쿠리, 채반들이 가지런하게 걸려 있었다. 아래쪽 물항아리 곁에는 양념절구가 놓여 있었고, 부뚜막 뒤쪽으로는 그을음을 뒤집어쓴 초병과 촛불접시조차도 모두 온전히 제자리를 지키고 있었다. 나는 솥뚜껑을 소리나지 않게 가만히 열었다. 먹다 남긴 식은 밥과 찬들이 있었다. 나는 선 자리에서 허겁지겁 배를 채웠고, 목젖까지 물에 잠기는가 싶게 많은 물을 한꺼번에 마셨다. 그리고 찾은 곳이 측간이었다. 이제껏 그때보다 속 시원한 배설의 쾌감을 맛본 적은 없었다. 쾌감이라는 표현으로 만족할 수 있는 것이 아니었다. 그것은 밤새도록 그곳에 앉아 있고 싶을 정도로 오랫동안 잊혀지지 않았던 기쁨이었다.

가을이었다. 측간 지붕 위로 올린 호박넝쿨들이 이젠 메말라 밤바람이 일렁일 때마다 서걱거렸다. 측간을 나온 나는 발소리를 죽여가며 집 주위를 돌아보았다. 밤빛 속이긴 했지만, 집 안팎의 정경은 너무나 익숙해서 두 번 다시 소상하게 살펴볼 곳도 없었다. 모두가 외딴방으로 쫓겨나기 전의 모습 그대로였다. 다른 것이 있다면 섬돌에 놓여 있는 신발이 두 켤레뿐이라는 것이었다.

세 개의 방은 모두 불이 꺼져 있었고, 남편의 코 고는 소리도 고즈넉하였다. 나는 다시 갇혀 있던 외딴방으로 돌아왔다. 그리고 잠을 청했다. 그날 밤만은 불면증이 싹 가셔서 이튿날 아침까지 깊은 잠에 떨어졌다. 잠에서 깨어나면서 지난밤에 저질렀던 일들이 낱낱이 떠올랐다. 모든 것은 평온 그 자체였다. 집 안에 있었던 누구 하나 나의 은밀했던 외출을 눈치채고도 그것을 탓하지 않았다. 지금까지 그 집에서 유지되었던 평온은 조금의 훼손됨도 없이 그대로 유지되고 있었다.

나는 흙벽을 가로지르는 거미줄을 쳐놓고 고추잠자리나 파리 같은 먹이가 걸려들기를 기다리고 있는 무당거미의 끈질긴 기다림을 바라보기로 했다. 시간이 흘러가면서 나는 그것이 외딴 가옥에 칩거하고 있는 동안 나 자신의 존재감을 확인할 수 있는 한 가지 일로 여겨도 좋다는 생각이 들었다. 눈으로 보거나 냄새로 확인하고 관찰하는 일 한 가지만으로도 가치 있는 일생을 살았다고 칭송받는 사람도 분명 있을 것이기 때문이었다. 그런 생각을 하는 순간, 나는 마음이 한결 가벼워지고 평온해지기까지 했다. 언제가 될지 모르겠지만 이 따돌림이 끝날 때까지 남에게는 하찮게 보일지 모를 그런 일을 찾아내야 했다. 포획하여 육즙을 빨아먹을 먹이를 기약 없이 기다리는 거미처럼 있으면 시간은 아낌없이 흘러갔다. 지루하지 않기 위하여 다른 아무것도 하지 않아도 시간은 거침없이 흘러갔다. 거미처럼 아주 무기력하게 기다릴 수 있기를 스스로에게 바라고 싶었다. 그들이 내게 관심을 보일 때까지 하염없이 기다리는 것에는 어느 정도 이력이 붙어 견뎌낼 수 있을 것 같았다. 갈대가 늪 아닌 곳에서 자랄 수 없는 것처럼. 내가 세상으로부터 잊혀진다는 것은 그보다 더욱 이겨낼 수 없는 두려움이었다.

남편의 억센 손에 잡혀 그 불결한 거처로 끌려간 이후, 몇 개월 동안은 부엌의 식은 음식을 훔쳐먹는 일에 몰두했었다.

그러나 나에 대한 악착같은 무관심을 발견한 이후부터 그런 모든 것은 재빨리 나로부터 떠나가버렸다. 나는 조금씩 아주 미세하게 거식증에 빨려들었다. 그런 상태로 일 년이 지나고 이 년째로 들어섰다. 그런데도 남편은 아내라는 사람에게 두어야 할 이성적인 배려조차 단념해버린 것이 분명해 보였다. 나는 또다시 기다리기로 했다. 보통사람들 같았으면 하염없을 뿐만 아니라 예측조차 불가능한 자신의 운명을 무작정 맡겨두진 않을 것이었다. 조그만 말벌이 몸집 큰 쐐기벌레를 공략해서 신경조직을 마비시킬 수 있듯이 그 집에서 탈출할 수 있는 계략들은 얼마든지 동원할 수 있었다. 그러나 나는 어릴 때부터 모진 세파를 겪어왔음에도 불구하고, 계략이나 지략이라 할 만한 일을 꾸미기에는 역부족이었다. 시간의 흐름에 순응하는 방법부터 먼저 터득한 것이 불찰이었는지도 모른다. 그것이 아니라면, 나의 결혼생활이 짧았지만 달콤했던 예전의 신혼 시절로 되돌아가기를 철없이 바라고 있었던 것이 어리석었을 수도 있었다.

내가 터득한 시간 보내기의 지혜는, 언제 무엇이 끝날지 모르기 때문에 스스로에게 질문하지도 말며, 기억도 하지 말자는 것이었다. 그러나 기억하지 않는 일은 질문하지 않는 일보다 훨씬 어려운 고행이었다. 기억하지 않으려 노력하면 오히려 더 생생한 기억이 나의 뇌리를 차지하고 버티는 것이었다.

가령 지금 겪고 있는 고통을 잊어버린다든지, 장래에 있을 희망적인 일들을 상상하지 않는다든지, 질문하지 않는다든지 하는 것은 나의 보잘것없는 의지력에 기댄다 해도 얼마든지 관철시킬 수 있었다. 그러나 기억되는 것만은 자제력을 발휘할 수 없었다. 기억과 나의 의지력은 그 태생과 궤적을 달리하는 전혀 다른 유기체와 같았다. 의식의 어둠을 뚫고 사나운 짐승처럼 내게 달려들어 물어뜯는 그 기억이란 존재는 그래서 나에겐 크나큰 고통이었다.

3

평소에는 온화한 표정 뒤에 감추고 있는 어머니의 분노가 언제 분출될 것인지 분명하게 알고 있는 사람은 아무도 없었다. 아버지가 한 약속이 어긋나면서 어느 순간 울화가 치밀어 오르면, 어머니의 얼굴은 순식간에 자제력을 잃고 괴기스럽게 일그러지곤 했다. 눈꼬리를 가파르게 치켜세우고 사람을 노려볼 때의 눈갈기는 너무나 사나웠다. 어린 시절의 나는 어머니의 그런 모습을 목격할 때마다 자신도 모르게 질펀한 배설을 해버리곤 했다. 그 울화통은 탄두에 장착된 뇌관처럼 살짝 건드리기만 해도 그대로 폭파해버릴 가공할 만한 폭발력을 가지고 있었다.

낯선 사람이 우리 집에 몰래 접근해서 집 안의 동태를 엿보고 있다는 사실을 눈치라도 채게 되면, 어머니는 안절부절못

하고 당장 두 발을 헛디딘 것처럼 손에 들고 있던 것을 허공으로 집어던지며 울었다. 아니면 보기 흉할 정도로 넋이 빠져 파리한 입술로 헛소리를 지껄이기도 했다. 언제 어떤 날벼락이 떨어질 것인지, 그때의 기상변화는 어느 누구도 예측할 수 없었다. 심장이 툭 터지면서 갈기갈기 찢기는 듯한 표정에 온몸의 근육은 금방 도축된 짐승의 살점처럼 푸르르 떨렸다. 성깔이 어긋날 대로 어긋난 어머니 몰골은 형언할 수 없을 정도로 비참했는데, 그때 자기 스스로에게 퍼붓는 저주나 넋두리는 이상하게도 사건에 전혀 개입한 적이 없는 사람들의 뼛속까지 파고드는 듯한 돌파력을 갖고 있었다. 그래서 때마침 구경거리라도 생긴 것인가 해서 엿보곤 했던 이웃의 우호적인 사람들조차 바람에 날리는 왕겨처럼 흩어졌다. 그때 어머니는 무작정 분풀이를 할 수 있는 대상을 찾아내야 했는데, 그 대상은 항상 곁에 있었으므로 손쉽게 낚아챌 수 있는 나였다.

"이 원수 같은 계집애."

미처 몸을 숨기지 못하고 식은땀만 빼고 있는 나를 툇마루 끝에서 낚아채게 되면, 아프기보다는 아연하게 만드는 매질이 어머니 스스로가 탈진할 때까지 계속되었다. 뜯어말릴 사람도 없는 그 가혹한 매질은, 어느덧 숙련된 기술까지 갖추게 되어서 실컷 두들겨맞아도 이렇다 할 상처나 흔적이 남지 않을 정도였다. 그래서 때로는 그런 매질들에 대해 이상한 안도감 같은 것을 느낄 때도 없지 않았다. 어머니는 아버지에게 받고 있는 터무니없는 경멸이나 모욕감을 나를 겨냥하여 폭발시키려 하였다. 가슴속에 쌓여가는 분노와 울화를 나를 매질하고 구박함으로써 희석시키려 했는지도 몰랐다. 그러므로 나는 어머니가 흥분되었을 때 흔드는 도구에 불과했다. 그러한 어머니에겐 과연 고통이 뒤따르지 않았던 것일까. 그렇지도 않은 것 같았다. 분풀이를 한 다음 어머니의 행동은 하루 종일 걷잡을 수 없이 출렁거렸다. 아니면, 어디에 갔다 왔는지 반나절씩이나 집을 비우기도 하였다. 그사이에는 들쥐가 마당까지 들어와 툇마루에 앉아 있는 나를 빤히 노려볼 정도로 집 안은 적막했다.

일 년 사계절을 가리지 않고 베레모를 즐겨 쓰던 아버지는 어느 날 문득 얼빠지고 지친 모습으로 집으로 돌아오곤 했다. 그러나 바깥세상에서 겪었던 잡다한 일상사들을 어머니에게 조곤조곤 얘기하는 법이 없었다. 말을 할 때나 어디를 바라보고 있을 때라도 완전히 텅 비어 있는 것 같은 인상을 주었다. 달짝지근했던 인생편력을 겪어온 흔적이라곤 없어 보이는 두 내외는, 아무리 오랜만에 만났다 하더라도 부부로서의 일체감을 보여주는 장면들을 연출하지는 않았다. 정성을 기울여 마련한 아버지의 밥상은 안방에다 차려주었지만, 어머니 자신은 연잎 끝에 매달린 청개구리처럼 툇마루 한쪽 끝이나 부억의 부뚜막 끝머리에 엉덩이를 아슬아슬하게 걸치고 앉아 음식을 먹었다. 집으로 돌아온 아버지가 하는 일은 밥 먹고 잠자는 일이었다. 그리고 대체로 누워서 시간을 보냈다.

어머니의 말대로 잠 못 자다 죽은 귀신에 덧씐 사람처럼, 끼니때를 아랑곳 않고 계속 잠 속에 떨어져 있었다. 아버지는 수면의 안락함을 빼앗아가는 어떤 종류의 훼방꾼도 용납하려 들지 않았다. 그것이 이른 아침이든 해 질 녘이든 상관없었다. 방문을 철저하게 걸어잠그거나 햇볕이 드는 쪽의 방문에는 가리개를 치고 잠 속으로 빠져들었다. 수면중인 아버지의 얼굴은 잠든 젖먹이처럼 순수하고 편안해 보였다. 출처를 알 길이 없는 억압으로부터, 혹은 그 몸에 부착되어 있는 추함으로부터 완벽하게 해방된 모습을 보여주었다. 아버지는 그래서 잠의 달인이었다. 추녀 끝을 스치고 지나는 소슬한 바람 소리, 부엌 선반에서 떨어진 그릇이 바닥에 떨어져 박살나는 소리, 혹은 뒤란에 서 있는 오동나무 잎사귀 위에 후들후들 떨어지는 빗방울 소리조차 아버지의 수면을 방해할 수 없었다. 오랜만에 집으로 돌아온 가장으로서 치러야 할 여러 가지 자질구레한 일들에 전혀 관심을 두지 않았다. 그것이 어머니를 안달하게 만든다는 것을 빤히 알고 있으면서도 무관심으로 일관했다. 그처럼 철저한 잠투정이 객지에서 얻은 여독 때문이란 것을 알고 있지만, 어머니는 초조해했다. 어쩌다 아버지가 잠깐 눈뜬 사이를 노리고 있던 어머니가 험담을 늘어놓았다.

"잠하고 원수졌소? 웬 잠을 그렇게 자쌓소?"

눈을 게슴츠레하게 뜨고 상반신을 일으키려던 아버지가 어머니를 길거리에서 우연히 스쳐가는 낯선 여자 보듯 하며 말했다.

"잠자는 사람을 들쑤시는 게 아녀."

"그게 무슨 소리요?"

"사람이 곤경에 빠졌을 때는 가장 가까이 있는 본분에 충실하라 하였소. 지금 나한테 가장 가까이 있는 것은 잠자는 일이야."

"지금 나한테 가장 가까이 있는 것은 잠자는 당신을 마당으로 쫓아내는 일입니다."

"사자 같은 맹수들은 지가 잡아먹을 초식동물보다 잠자는 시간이 엄청 많다네. 왜 그런지 알기나 한가? 그것은 사냥터의 풀이 과도하게 자라는 것을 막기 위해서야. 초식동물들이 풀을 많이 뜯을 수 있도록 시간을 주어야지, 풀이 웃자라도록 방치하면 사냥하기가 고단할 것 아닌가."

"그건 또 무슨 소리요? 나도 좀 알아들을 소리를 하세요. 당신 잠자는 것을 사자들 잠자는 것과 비교한단 말입니까."

"하찮은 벌레들도 잠을 잔다네. 젖먹이는 하루 종일 한다는 일이 젖 빨고 잠자는 것 아닌가. 곰은 겨우내 잠만 자고 하찮은 개구리도 겨울잠을 자지 않나. 곰 같은 큰 짐승이나 사자 같은 맹수일수록 잠을 많이 잔다는 것은 의미심장한 일이야. 그러니 날 귀찮게 말고 자도록 내버려둬."

"당신을 사자나 호랑이에 비유하다니…… 저 앞들에서 밭 갈던 소가 웃겠소."

"소가 웃으면 어떻소. 밭 갈던 소가 잠시나마 짬을 내서 웃을 수 있다면 그것도 소한테는 나쁘지 않겠지."

"비위 좋게 허풍 떨지 말고 오랜만에 집에 왔으면 인부들 불러서 허물어진 담이나 좀 고쳐요."

"진작 고치지 않고 날 기다렸단 말이오?"

아버지의 잠투정을 비웃고 험담하는 것도 어머니가 놓치지 않고 하는 일 중의 하나였다. 왜냐하면, 오랜만에 집으로 돌아온 아버지란 사람이 고작 한다는 일이 어머니의 표현대로 나자빠져 잠만 자는 것이었기 때문이었다. 어린 나 역시 마찬가지였다. 아버지가 집에 있을 동안 어쩌다 시선이 마주치게 되면, 앞이 콱 막히는 듯한 두려움과 거북함을 느끼곤 하였다. 때문에 아버지 근처에는 될수록 얼씬거리지 않았다. 아버지의 접근을 두려워하는 것은 어머니 역시 마찬가지였다. 평소에는 어린 내가 방 안 어디에서 잠자리를 펴든 말든 덤덤했던 어머니도 아버지가 집으로 돌아오는 그날만은 딴판이었다. 나를 끌어당겨 밤새도록 바싹 껴안고 잠이 들어서, 아버지의 접근을 철저하게 차단해버리곤 하였다. 그것이 부부 사이에서 벌어지는 모종의 흥정이란 것을 내가 알아차릴 수는 없었다.

"무슨 염치로……"

아버지가 곁으로 다가올 낌새라도 보이면, 어머니는 그렇게 쏘아붙이고 돌아누웠다. 그런가 하면 전혀 다른 반응을 보일 때도 있었다. 아버지가 잠에서 깨어나기를 노리고 있던 어머니는 아버지를 다잡고 물었다.

"당신…… 내가 미워요?"

아닌 밤중에 홍두깨 디미는 형국이라 아버지는 머쓱한 얼굴로 어머니를 바라보기만 하였다.

"도대체 당신 속내를 모르겠소. 그래서 묻는 말인데, 내가 싫소?"

"싫긴 왜 싫어, 좋지."

"좋다는 사람이 오랜만에 집에 와서 지 여편네를 거들떠보지도 않아요?"

"내가 그랬나?"

"그러지 않았다면 내가 공연히 앙탈을 부리겠소?"

"언제는 나보고 염치없는 사람이라고 내치지 않았나."

"그때는 그때대로 까닭이 있었겠지요. 객지생활 그만치 했다는 양반이 여자의 마음이 아침 다르고 저녁 다르다는 얘기 들어보지 못했소?"

"그만하면 무슨 말인지 알아차렸으니, 나 잠 좀 자게 내버려둬. 피곤이 뼛속까지 파고들어 일어나 앉기조차 거북하다는 걸 빤히 바라보고 있지 않나."

"얼렁뚱땅 넘기려 하지 말아요. 객지에 다니면서 이 여자 저 여자 건드리고 다니니까 집에 와서 힘쓸 여력조차 소진된 것이지요. 내 말 틀렸소?"

"생사람 잡는 소리 그만해."

"당신 오기만을 학수고대하고 있는 여편네 생각은 해봤소?"

"나 역시 만날 그 생각뿐이네."

"거짓말은 잘도 하네."

아버지가 며칠 동안 바깥출입을 삼가며 칩거하고 있을 때, 시름에 겨운 상태를 계속하고 있을 때, 아버지로부터 무엇이든 더 얻어내려는 속셈을 가졌을 때, 남의 추문이나 듣기 좋아하고 그것을 동네방네 떠들며 퍼뜨리기 일삼는 이웃으로부터 노골적인 조소나 경멸을 당했을 때, 어머니는 핑곗거리를 만들어 나에게 가차 없는 회초리를 내렸다. 내가 계집아이로 태어난 것을 저주하며 내리는 그런 매질을 아버지는 모호한 얼굴로 지켜보곤 하였다. 아버지가 어머니의 매질을 애매한 표정으로 바라보고 있다는 것은, 자신의 눈앞에서 벌어지고 있는 소동과는 전혀 동떨어진 생각에 골똘해 있다는 증거였다. 아버지의 현실은 아버지가 등뒤에 두고 온 그 어딘가에 있었다. 그러다가 한마디 던지며 어머니를 제지하고 나섰을 때 나는 이미 많은 매질을 당한 후였다. 아버지는 그처럼 우리와는 다른 세상에서 살고 있는 사람이었다.

아버지의 생김새에서도 상식을 벗어난 품성을 어렴풋이 예견할 수 있었다. 전체적으로 병약하다는 인상을 갖고 있었으나, 아버지는 오십대의 나이였음에도 이목구비가 낮게 수직으로 배치되어 있는 유아형 얼굴의 소유자였다. 수척하였지만 비교적 하얀 피부색, 작고 동그란 턱, 역시 작고 동그란 눈, 정수리부터 빠진 머리칼, 낮은 콧등 때문에 누가 보아도 순종적인 위인으로 보였다. 간혹 매운 말을 토해낸다 하더라도 위협적으로 받아들여지기는 어려운 외모의 소유자였다. 그런 아버지의 행동에서 위협적이거나 돌출적인 모습을 보이는 측면 한 가지가 있었다. 그것은 사각진 얼굴 형태와 손톱이었다. 아버지는 손톱을 언제 보아도 단정하게 잘라두었다. 그러나 어떤 동기 혹은 어떤 까닭인지는 몰라도 양쪽 엄지손가락과 새끼손가락의 손톱을 괴기스럽다 할 만큼 기다랗게 기르고 있었다. 그토록 긴 손톱은, 보잘것없도록 작은 체구와는 전혀 조화를 이루지 못해 유난히 큰 두 귀를 가진 사막여우를 떠올리게 하였다. 사막여우가 기형적으로 큰 귀를 가진 것은 모래 속에 숨어 있는 곤충이나 설치류를 찾아내기 손쉽도록 진화의 과정을 겪었기 때문일 것이다. 그것은 그들의 황량한 서식환경 때문에 얻어낸 은혜일 수도 있었다. 아버지가 가진 두 개의 손가락 끝에 있는 긴 손톱도 사막여우가 가진 진화의 은혜와 불가분의 관계가 있는 것 같기도 했다. 아버지는 틈이 날 때마다 손톱 밑에 끼어 있는 때를 후벼파거나 손톱 둘레를 자신의 턱이나 눈처럼 동그랗게 자르는 작업에 정성을 들였다. 그 작업 모두가 고상한 취향이라고는 할 수 없었다. 뿐만 아니라 우리 세 가족이 겪고 있는 고단한 생계 문제와는 전혀 상관 없는 일에 몰두하고 있는 아버지를 보며, 나는 외계인을 바라보고 있다는 착각에 빠질 때도 있었다. 손톱 자르기에 열중하고 있는 아버지를 물끄러미 바라보고 있던 어머니가 혼잣소리처럼 이죽거렸다.

"또 자랄 텐데 손톱은 왜 자꾸 깎소?"

어머니를 내리까는 시선으로 바라보며 아버지가 되받았다.

"그 무슨 소리야? 손톱이 자꾸 자라니까 깎아주는 것 아니겠나."

아버지의 되받아치는 말에 발끈한 어머니가 다시 한번 복장을 질렀다.

"기왕 깎은 김에 봉숭아물까지 들이지그랬소."

"안 그래도 물들이고 싶은 마음은 굴뚝같은데 꽃필 때가 지나서 가슴이 쓰리네."

"봉숭아꽃이 없으면 치잣물이라도 들이지요."

"당신 내 앞에 턱 받치고 앉아 복장 지를래?"

"당신 복장 지르자고 한 소리는 아닙니다. 손가락 열 개 중에 여섯은 그토록 알뜰하게 깎아주면서 네 개는 왜 무섭도록 깎지 않고 기르고 있는 것인지 도무지 알 수 없으니까 하는 얘깁니다."

그때 아버지는 어머니 면전에다 두 손을 부챗살처럼 활짝 펴 보이며 이렇게 말했다.

"이것 봐. 엄지손가락과 새끼손가락은 태어날 때부터 다른 손가락에 비해 짧게 태어났어. 그런 불균형을 바로잡아서 손을 가치 있게 사용하려면 짧은 네 손가락을 길게 만들어줘야 할 것이야. 내가 왜 여섯 손가락 손톱은 짧게 깎고 짧은 네 손가락의 손톱은 기르고 있는지, 이제는 알아듣겠어?"

순종적인 용모와는 달리 아버지의 카랑카랑한 목소리와 말투, 그리고 어떤 반박도 용납하지 않겠다는 단호한 표정으로 던지는 괴팍한 질문들은 매우 거만하고 위압적이었다. 그런 거리낌없는 태도는 어머니뿐만 아니라 아버지와 같이 떠돌고 있는 일행들까지 코를 납작하게 만들거나 심지어 경건한 태도를 취하도록 만들었다.

손톱 정리가 끝났다 싶으면, 아버지는 부엌으로 나가 세숫대야를 들고 들어왔다. 아버지는 소녀인 나로 하여금 세숫대야에 오줌을 누게 하고는 그 오줌으로 손을 씻었다. 그것으로 손을 씻으면, 손바닥의 감각이 예민하게 되살아난다는 가당치도 않은 속설을 믿고 있었기 때문이었다. 그때마다 아버지는 매우 엄숙한 얼굴로 세숫대야에 오줌을 누라고 명령했다.

"어진아, 여기다 오줌 좀 눌래?"

나는 갑작스럽고 뜻하지 않게 찾아온 불상사에 얼굴을 홍당무처럼 붉히며 몽당치맛자락을 감싸쥐고 벽 쪽으로 물러섰다. 그때만은 어머니가 나를 편역들고 나섰다.

"가당찮은 소리하고 있네. 남이 들을까 겁나네."

"당신은 거들지 말고 가만있어."

"딸자식더러 요강도 아닌 세숫대야에 오줌 싸달라고 하는 뻔뻔스런 아비가 어딨소?"

"어허, 나서지 말라니까 그러네. 임자가 불쑥 나서서 야단법석이면 어진이가 질려서 오줌이 나오려다 말고 들어가겠네. 다 소용이 있어서 하는 말이 아닌가. 내 딸이니까 그런 말을 하지, 남의 딸자식한테 이런 부탁을 하겠나?"

"어진이 팔자도 진작부터 기구하게 되었소. 나가서 길을 막고 물어보소. 손 씻겠다고 딸더러 오줌 싸달라는 아비가 또 있는가. 딸이 첫 달거리를 했을 때, 사타구니에 찼던 기저귀를 몸에 지니고 다니면 재수가 있다는 말은 들었어도 오줌 받아 손 씻는다고 운수대통한다는 얘기는 못 들어봤소. 그 세숫대야 썩 치워요. 어진이 울고 있지 않습니까."

두 사람의 입씨름은 점입가경이었다. 이상한 것은 평소에는 나를 애물단지로 여겨 미운털을 박던 어머니가 그런 때는 나를 역성들고 나선다는 것이었다. 괴상망측하고 꺼림칙하고 심지어 비참하기까지 한 나는 진퇴양난이었다. 아버지 당부를 들어줄 수도 없었고, 어머니의 만류에 기댄다는 것도 어려웠기 때문이었다. 등에서는 진땀이 흐르는데, 사타구니는 얼음 보따리를 차고 있는 것처럼 싸늘했다. 나는 떨기 시작했다. 떨고 있는 나를 홱 낚아채며 의기양양한 어머니가 말했다.

"그것 보세요. 어진이가 떨고 있잖아요."

"당신이 앙칼지게 나서니까 어진이가 겁먹어서 그런 거야. 아무것도 아닌 일을 가지고 당신이 큰일이나 난 것처럼 야단법석을 피우니까 어진이가 떨고 있는 게야."

그렇다 하더라도 아버지는 기어코 대야에 오줌을 받아내고야 말았다. 어머니와 내겐 혐오스럽고 야만적인 그런 일들이 그러나 아버지에겐 하나의 의식이었다. 대야에 손을 넣고 씻고 있는 아버지의 모습은 너무나 진지하고 경건하게 보였기 때문에 어머니 이외에 어느 누구도 하찮은 일에 왜 그렇게 몰두하느냐는 핀잔을 주지 못했다. 어머니도 그 이후부턴 나에게 오줌을 받아내건 손톱 깎는 작업에 몰두하건 검다 쓰다 말이 없었다. 집으로 돌아온 아버지가 벌이는 일 중에 이해가 되지 않는 일들은 또 있었다. 오줌으로 손을 씻은 아버지는 허리춤에 둘러매었던 비단전대를 풀었다. 전대 속에는 소금에 절인 배춧잎사귀처럼 피곤에 지친 수십 장의 지폐가 들어 있었다. 아버지는 불에 적당하게 달군 인두로 시래기처럼 구겨진 지폐들을 정성 들여 다림질하였다. 그 손에서 정교하게 다림질당한 지폐들은 당초의 주름을 홀딱 벗어던지고 조폐공사에서 이제 금방 인쇄되어 나온 신권처럼 반들반들 윤기 나고 빳빳했다. 잘 다려진 지폐를 뒷문을 열고 햇살에 비춰보기도 하였는데, 요리조리 비춰보는 아버지의 손놀림에 따라 화폐에 새겨진 인물들이 흡사 살아 있는 생물인 듯 웃거나 울거나 혹은 근엄하게 보이기도 하였다. 아버지는 지폐에 새겨진 인물을 가리키며 어머니에게 말했다.

"당신 이분의 내력을 알고 있어?"

"나같이 무식한 년이 그런 걸 어떻게 알아요."

"이분 참 좋은 분이지."

"그럼 웬숫덩어리를 수천만이 만지는 돈에다 새겼겠어요."

"이분 때문에 우리 세 가족이 그런대로 연명하고 있는 것이야."

"그분이 우리 식구들 은인인 줄은 미처 몰랐네요."

"빈정대는 것인지 참말로 몰랐다는 것인지 분간을 못 하겠네."

"내가 보기엔 그 양반 때문에 당신이 객지로만 떠돌며 죽자 사자 곤두박질하는 것 같아서 달갑지가 않네요."

"그런 말은 이 양반을 욕보이는 말이요."

아버지는 자신의 무릎 앞에 가지런하게 놓인 지폐들을 만족스러운 시선으로 바라보았다. 그 돈이 애초에 아버지의 수중으로 들어올 적에는 지폐로서의 값어치를 의심받을 만큼 구겨진 누더기였기 때문이었다. 아버지는 혼잣소리로 말했다.

"조폐공사 사장 한번 해봤으면 좋겠어."

그때 어머니는 일손을 놓고 이마에 땀방울이 송송 맺히도록 열중하고 있는 아버지의 작업을 곁눈질하곤 했다. 작업은 지폐를 다림질하는 것으로 끝나지 않았다. 아버지는 벽장문을 열고 헌 신문지들을 꺼내 부엌으로 나가 먼지를 털었다. 누렇게 색이 바랜 신문지를 여러 겹으로 접은 다음 그것을 소반 위에 깔고 다시 그 위에다 다림질한 지폐를 얹었다. 그다음에는 지폐의 가장자리와 나란한 곳에 자를 갖다대고 예리한 면도날로 신문지를 지폐의 규격에 따라 정교하게 잘라냈다. 시간은 걸렸지만, 아버지의 손에는 앞뒤 양쪽이 진짜 지폐로 가려진 가짜 지폐 대여섯 다발이 태어났다. 꼼꼼하게 그리고 겹겹이 잡아맨 고무줄을 풀고 돈다발을 거칠게 흔들어보지 않는 이상 그것은 영락없는 진짜 화폐로서의 면모를 유지할 만했다. 노름판에서는 밑천의 크기로 사람의 자질을 따질 뿐 사람의 됨됨이로 밑천을 가늠하지 않는다는 것을 아버지는 알고 있었다. 상대가 애꾸눈이든 외팔이든 언청이든 상관할 바 아니었다.

아버지는 그 지폐다발을 줄줄이사탕처럼 전대에다 넣은 다음 허리춤에 둘러매어보곤 하였다. 그 위에 옷을 입어도 밀수품이나 넣고 다니는 배불뚝이처럼 어색하게 보이지는 않는지, 어머니의 조언을 얻기도 하였다. 방 이쪽 구석에서 저쪽 구석으로 걸어가보기도 하고, 물구나무서기를 해도 아래로 쏟아지지는 않는지, 여러 가지 포즈를 취해, 전대가 존재한다는 것을 의심받지 않도록 점검했다. 만에 하나 객지에서 불심검문을 당할 때 가짜 돈이 섞인 전대가 탄로나게 되면, 곧장 경찰서로 연행되어 창자에서 피가 배어나는 구타를 감당해야 했기 때문이었다. 경찰서에서의 구타와 고문은 일상적으로 자행되는 것이었고, 그곳에서 얻어내는 모든 강요된 자백은 그처럼 무지막지한 구타와 고문으로부터 얻어내는 것이었다. 그래서 그 전대는 노름판에서는 상대를 유인하는 데 없어서는 안 될 물건이지만, 상습 노름꾼을 색출하고자 하는 경찰들에겐 결정적인 단서를 제공해주는 것이었다. 어떤 수사관은 불심검문에서 문득 그런 전대를 찬 사람을 발견한다 하더라도 모른 척 지나치는 경우가 있다. 그것이 미끼인 줄 모르는 신출내기들은 수사관들을 따돌렸다고 생각하고 가슴을 쓸어내리지만 그것으로 치명상을 입게 된다는 것을 깨닫지 못한다.

어머니가 그 수상쩍은 작업을 바라보며 면박하거나 빈정거리기는커녕 조언까지 아끼지 않는 까닭은 따로 있었다. 아버지가 그 작업을 마치게 되면 많든 적든 반드시 다림질한 진짜 화폐 한 다발이 남게 되었다. 그 돈을 건네받은 어머니의 얼굴은 흥분으로 홍당무처럼 붉어져 하얀 치열을 마음껏 드러내고 웃었다. 어머니는 그런 아버지를 사랑하고 있었다. 아버지로서는 가짜 돈다발을 만들어내는 과정에서 남게 되는 자투릿돈을 어머니에게 건넸을 뿐이었다. 그러나 어머니로서는 자신에게 건네줄 돈을 마련하기 위해 아버지의 작업이 시작된 것인 줄로 알고 있었다. 그렇기 때문에 어머니는 형사들로부터 아버지를 은신시키고 따돌리는 일에는 체면이나 사리분별 따위를 따지지 않았다. 아버지를 방어하는 일이라면, 평소의 어머니처럼 모호하지도 않았을뿐더러 계략조차 기꺼이 구사하였다.

어머니는 그래서 이 집을 지키는 것을 자신의 본분으로 알았다. 자신의 손때가 묻지 않은 곳이 없는 이 집을 사랑했던 것은, 아버지가 짐승들처럼 아무리 먼 곳을 떠돌아다닌다 하더라도 때가 되면 이 집을 잊지 않고 찾아오기 때문이었다. 집이란 아버지가 아무런 거부감 없이 찾아올 수 있는 유일한 장소였다. 사랑받고 있다는 느낌을 항상 가질 수 있는 곳이라고 생각했다. 또 혼자 있어도, 남편이 찾아오는 곳이기 때문에 절대로 외롭지 않은 곳이라고 생각했다. 남편이 집에 있는 날은 방 안으로 스며드는 가녀린 햇살에도 감사했고, 오동나무 잎사귀 위로 떨어지는 햇살도 을씨년스럽지 않았으므로 감사했다. 그런데 세상은 그런 소박한 행복감조차 허락하는 데 인색한 편이었다.

어느 가을날 읍내의 경찰서에서 점퍼 차림의 사복 형사가 불쑥 찾아왔다. 수배령에 쫓기고 있는 아버지가 지난밤 집으로 돌아온 것을 눈치챈 마을의 어떤 사람이 고자질한 것이 분명했다. 그러나 그 형사가 마을 들머리에 모습을 드러냈을 때부터 동물적으로 낌새를 알아챈 어머니는 서둘러 아버지를 안방에 있는 벽장 속으로 숨긴 뒤 부엌으로 들어갔다. 그리고 이미 건조를 끝내고 부엌 선반 위에 갈무리해두었던 고추자루를 꺼내 안방 앞 툇마루 위에다 쏟아부었다. 매캐하고 짠 공기 때문에 눈을 뜰 수조차 없는데도 어머니는 재채기 한 번 하지 않고 참아냈다. 막 채비를 하고 고추를 다듬는 척하는

데, 초면의 사복 형사가 문밖에 모습을 드러냈다. 얼른 보아도 눈빛이 사납고 콧날이 날카로웠다. 그는 툇마루에서 고추 다듬기에 열중하고 있는 어머니를 일별하고 나서, 집 안팎 여기저기를 휘 둘러보았다. 그리고 마른기침으로 무게를 잡더니 냉소적이면서 거만한 태도로 물었다.

"나 조형사라 합니다. 배용태, 어젯밤에 집에 왔지요?"

매우 당차 보이는 사십대 중반의 그는 턱을 자기 앞가슴 쪽으로 바싹 끌어당겨 시선을 내리깔았다. 툇마루에 앉아 있던 어머니 역시 사내에게 시선을 돌리지 않은 채로 대꾸했다.

"예."

"방에 있으면 밖으로 나오라고 하시오."

사내는 툇마루에 엉덩이를 걸치고 앉으며 점퍼 주머니에서 담뱃갑을 꺼내들었다. 아버지를 수배하러 왔으나 이미 은신처를 꿰뚫어 알고 있기 때문에 굳이 서둘지 않겠다는 거드름이 역력하였다. 입에 문 담뱃개비에 불을 댕기고 뚜껑을 닫으면 딱 하는 파열음이 들리는 라이터를 바짓주머니에 넣은 사내는 줄곧 후미진 잿간 뒤쪽과 뒤뜰의 동정에 주의를 기울이고 있었다. 그가 곧장 방으로 뛰어들지 않고 있는 것은 만에 하나 아버지가 방 아닌 다른 장소에 은신하고 있을지 모른다는 짐작 때문일 것이었다. 그럴 경우, 시야가 넓은 툇마루를 지키고 있는 것이 유리하다고 생각한 것이었다. 어머니는 그때까지 가위로 고추 꼭지를 또깍또깍 잘라내면서 그린 듯이 앉아 딴청만 피웠다.

"무슨 일로 그러십니까?"

"어허, 이 아줌씨 시치미 떼는 것 봐. 무슨 일이라니? 창피한 줄도 모르나? 당신 남편한테 수배령이 내려져 있다는 것을 몰라서 딴청이야?"

"산골짜기에서 하염없이 묻혀 사는 미련한 여편네가 관청 사람들 하는 일을 어찌 알겠습니까."

"몰라도 돼. 나중에 당신 남편이 소상하게 알려줄 테니. 옥신각신할 것 없이 지금 당장 내 앞에 대령시켜요. 못 하면 당신부터 잡아갈 거야. 알겠어요? 수배령 내린 용의자 숨기면 은닉죄에 걸린다는 것도 알고 있겠지?"

"은닉이 뭔데요?"

"이 아줌씨, 보아하니 어리바리한 공무원 열쯤은 일 같잖게 잡아먹겠네. 아줌씨, 왜 그래? 자기가 한 일을 자기가 모른다는 게 말이나 돼?"

"제가 한 일이 뭔지 모르겠습니다."

"내가 나타난 걸 알아채고 당신 남편을 숨겨줬잖아."

"황소 같은 사람이 내가 숨긴다고 끽소리 안 하고 숨어 있겠습니까? 날 잡아갈라면 잡아가십시요만 그 사람 어젯밤에 집에 다녀가긴 했는데, 첫새벽에 일어나서 어디로 갔는지 여편네라는 내가 찾아봐도 행방불명입디다.”

“그래? 어젯밤에 왔다는 것은 나하고 의견이 일치하는구
만. 그런데 꼭두새벽에 집을 빠져나가고 말았다는 것은 내 의
견하고 불일치네. 오랜만에 마누라가 기다리고 있는 집으로
돌아왔는데, 어째서 꼭두새벽에 집을 나가버리고 말았을까?”

조형사는 자신의 말속에 부부간에만 알아들을 수 있는 의
미심장한 말이 숨어 있는데, 어머니가 그것까지 알아들을 수
있을까 하고 뚫어져라 바라보았다. 어머니가 그 말의 속내를
알아채고 흠칫한다면, 그가 찾고 있는 아버지는 집 안 어딘가
에 숨어 있을 수도 있었다. 그러나 어머니는 매우 침착하고도
신중하게 조형사의 말을 되받았다.

“일찍 일어나는 개가 따슨 똥을 먹는다지 않습니까.”

“그럼 배용태가 따슨 똥 핥아먹으려고 이른 아침에 집을 나
섰나?”

“똥인지 된장인지 그건 그 사람 입맛 따라 먹든지 마시든
지 하겠지요. 제 말이 틀렸다 싶으면 거기 우두커니 앉아 있
지만 말고 선생님 맘대로 한번 찾아보이소. 저기 툇마루 끝에
앉아 있는 저 애물단지 빼놓고는 집에 사람이라고는 씨도 없
으니까, 뒤지면 금방 적발이 되겠지요.”

“벽장 속 같은 데 숨어 있겠지.”

그 말이 들려오는 순간 내 가슴속에서 뭔가 뚝 떨어지는 소

리가 들렸다. 그런데 어머니의 대응은 아금받았다.

"우리 집 안방에 벽장이 하나 있기는 합니다. 그런데 사람을 누구나 알고 있는 벽장 속에 숨겨놓고 찾아보시라고 하겠습니까. 두 번 세 번 물어봐도 그 사람 꼭두새벽에 집을 나간 것은 사실입니다. 읍내의 정류장 근처라면 모를까, 집에는 없습니다. 마루에 앉아서 벼르지만 마시고 의심스러운 곳부터 한번 뒤져보시지요."

어머니의 노골적인 담판에도 불구하고 조형사는 대꾸도 없이 담배연기를 허공에 대고 훅 내뿜었다. 속으로는 또 허탕을 쳤다는 생각이 분명해 보였으나 내색하지는 않았다. 생각을 가다듬으려 하는데 난데없는 재채기가 터져나왔다. 목청에 구멍이라도 낼 듯 재채기를 토해내던 그는 다락이 있는 안방 문을 가로막은 채 고추 꼭지를 따고 있는 어머니로부터 멀찌감치 떨어져 앉았다. 그때였다. 그 동안 끄떡없이 견디고 있던 어머니가 사내를 뒤따라 재채기를 토해냈다. 머리에 둘렀던 수건에 콧물을 풀어낸 어머니가 말했다.

"아이고, 하품만 전염되는 줄 알았는데, 재채기도 전염되네."

연거푸 치른 재채기로 눈동자에 눈물조차 그렁그렁한 사내가 그 순간, 툇마루에서 벌떡 몸을 일으켰다. 그리고 거친 말투로 어머니의 비위를 건드렸다.

"개새끼, 그렇다고 내가 포기할 줄 알어? 땅끝까지는 물론이고 니가 가는 곳이라면 지옥까지 따라가서라도 잡고 말 거야."

조형사는 성큼성큼 부엌으로 들어갔다. 부엌을 가로질러 뒤뜰 쪽으로 난 외쪽 문을 열고 오동나무 아래와 장독대 사이를 살펴보았다. 그리고 눈높이만큼만 쌓아올린 뒤뜰 끝머리 흙담으로 다가갔다. 그곳으로 다가간 그는 골목 쪽으로 고개를 쑥 내밀었다. 구부러진 골목길이 마을 앞 신작로와 연결되어 있다는 것을 확인했고, 흙담 일부가 사람이 타고 넘어간 것처럼 허물어진 것도 발견했다. 세상사 속임수에는 모르는 것 없이 닳고닳은 그를 보기 좋게 따돌려버리는 노회함이 어머니에겐 있었다. 콧대 높던 그가 사라지고 난 한참 뒤, 어머니는 안방으로 들어가 벽장문을 열고 가만히 말했다.

"나와요. 그 사람 갔어요."

살벌한 객지생활에서는 패싸움에 멱살 잡고 흔들긴 예사고, 심지어는 식칼 휘두르기도 다반사로 여긴다는 소문이 있는 아버지도 어머니의 순발력 있는 수완 앞에서는 한낱 무기력한 소시민에 불과했다. 그렇기 때문에 아버지는 어머니의 그 지긋지긋한 발버둥과 맞서 싸울 담력도 사내다운 기백도 모험심도 일찌감치 단념해버린 것 같았다. 남들처럼 품위 있고 너그러운 아버지로서의 풍모도 찾아볼 수 없었다. 집안에

어른이 있다는 것을 확인할 수 있을 때는, 때때로 내장까지
게워낼 듯이, 죽든 살든 양단간 결단을 낼 듯 격렬하게 쏟아
내는 기침소리가 들릴 때뿐이었다. 그 이외에는 길고긴 우환
이 머물고 있는 집처럼 소름끼치도록 적막했다. 아버지에게
설령 남자다운 기백이 있다 하더라도 여자의 앙칼짐을 당하
지 못하는 탓인지도 몰랐다.

흉내내기도 두려운 어머니의 주기적인 악다구니를 지켜보
지 못했던 아버지가 몸에 몰래 지니고 있던 비상금 따위를 건
네줌으로써 그 필사적인 격분을 기적적으로 멈추게 한 것도
몇 번인가 목격한 적이 있었다. 개미와 꿀벌은 동료가 더듬이
로 배가 고프다는 신호를 보내면, 자신들의 뱃속에 있는 먹이
를 토해낸다는 사실을 어머니는 동물적으로 터득하고 있었는
지 몰랐다. 그처럼 어머니는 아버지가 어떤 약점을 가지고 있
는지 정확하게 파악하고 있었다.

아버지는 객지로 나가면 속임수와 잠적 그리고 폭력, 연속
적인 위장과 은폐만 난무하는 긴장감 속에서 살았다. 그러나
집으로 돌아온다고 해서 그 긴장감이 씻은 듯이 해소되는 것
은 아니었다. 자동차를 타면 그 기계의 흔들림 자체가 커피를
쏟는 일을 도와주듯이 하루 종일 끊임없이 이어지는 어머니
의 수다를 통해서 몸에 배어 있는 긴장을 풀 수 있었다. 뿐만
아니었다. 만나기 싫은 친척이나 이웃 들로부터 자신을 격리

시켜주고, 수배자를 쫓는 형사를 교묘하게 따돌릴 줄 아는 탁월한 임기응변과 순발력이 혀를 내두를 정도인 어머니를 좋아했다. 열대지방에 있는 홍수림 지역에 물이 빠지면 나뭇가지 속으로 들어가 몇 달 동안 비가 내리지 않아도 생명을 유지할 수 있는 물고기가 있다. 뿐만 아니라, 이 물고기는 배우자 없이도 생식이 가능한 암수한몸인 척추동물이라 했다. 그 물고기처럼 어머니는 아버지의 훈수가 없이도 일가를 군소리 없이 이끌어갈 수 있는 사람이었다.

그러므로 어머니가 나를 이용해 아버지를 공략해도 어느 정도까지는 바라만 보게 된 것이었다. 하지만 나는 누구에게서든 가시돋친 말이 아닌 예쁜 말을 들으면서 자라고 싶었다. 아무리 먹어도 비쩍 말라 볼품없는 계집애라 하더라도 손가락질당하며 자라고 싶지는 않았다. 이웃으로부터 앙칼지고 사박스런 여편네의 딸이라는 지탄을 받으며 사는 계집애이고 싶지 않았다. 욕하거나 슬퍼하지 않으며, 걸핏하면 매를 드는 어머니를 보지 않고 살고 싶었다. 명랑하고 부드럽게 그리고 활발하게 크고 싶었다. '감정이 상하네요'라는 말을 입에 달고 살고 싶지도 않았다. 그런데 그런 바람은 그때마다 보기 좋게 무시당한 채, 오히려 어머니가 안겨주는 모욕과 수치심에서 저항력을 키우며 가까스로 살아갈 명분을 얻어내는 편이었다.

아마도 아버지는 어머니가 어항에다 불을 지펴 생선찌개를 끓이겠다고 나선다 하더라도 처연하게 바라보고 있을 사람이 었다. 삶의 중심축이 오직 뜨내기생활에만 박혀 있는 아버지나 피붙이에 대한 가혹한 박해로 증오심을 희석시키려는 어머니나 모두가 정신적 조난자이긴 매한가지였다. 두 사람은 언제 어디서 다시 만난다 하더라도 부부로서 갖추어야 할 평범한 소양에 의지하고 살기엔 애당초 글러버린 사람들처럼 보였다.

아버지가 집에 모습을 자주 드러내지 못하는 것에는 역마살이 있다는 팔자 이외에도 상당한 이유가 있었다. 어머니도 그 이유를 너무나 잘 알고 있었다. 내가 열세 살 되던 가을날, 아버지는 한밤중에 집으로 돌아와 새벽에 잠이 들어 그날 해질 무렵까지 곯아떨어졌다. 그때 끈질기게 아버지 뒤를 쫓고 있었던 조형사가 느닷없이 집 앞에 모습을 드러냈다. 이상한 일이었다. 그 음울하고 불길한 인물이 아버지 행방을 쫓아 집으로 찾아오는 시간은 보통 한낮이었다. 그런데 그날은 해 질 무렵에 난데없이 모습을 드러냈으므로 평소 그 형사의 출현에 침착하게 대처했던 어머니도 잔뜩 겁을 먹고 당황하고 말았다. 어머니는 정신이 혼미한 상태에서 곤하게 잠든 아버지를 들깨우고 부엌으로 내달았다. 부엌까지 나간 것은 좋았는데, 부엌문을 열고 들어서는 순간, 어머니는 자신이 무엇 때문에 부엌으로 달려왔는지 도무지 뒤숭숭해서 알 수 없게 되었다.

어머니는 한동안 부엌 한가운데 우두커니 서서 금방 의문이 든 그 무엇에 대해 생각을 가다듬기 시작했다. 그러나 전혀 뚜렷한 이유 따위가 떠오르지 않았다. 질기게 남편을 뒤쫓고 있는 조형사를 보기 좋게 따돌리거나 방어하기 위하여 어떤 대책을 전광석화와 같이 마련해야겠는데, 아무런 대책도 없이 무작정 부엌으로 뛰어든 헛발질에 스스로 기가 차고 화가 치밀어오르는 것이었다. 그러나 따지고 보면, 그건 헛발질 따위로 낙담할 일은 아니었다. 배용태란 얼간이와 결혼해서 남들은 겪지 않아도 될 갖은 풍상을 겪고 살아온 동안, 자신의 일터는 이 손바닥만한 부엌에 한정되었다는 것을 문득 깨닫게 되었다. 울고 웃는 일, 험한 노동을 소매 걷어붙이고 치러낸 일, 가난한 집에 태어나서 헐벗고 살다가 나이들어 남편의 후처로 들어와 모질고 억세다는 빈축을 예사로 들으며 살아올 동안 어머니가 겪어온 초라하고 하잘것없는 역사는 모두 이 협소한 부엌에서 이루어진 셈이었다. 그래서 자신도 모르게 부엌으로 뛰어들면 무언가 해결책을 찾아낼 수 있으리라는 막연한 기대가 어머니를 그렇게 이끌어준 것이었다. 그때 부엌문 밖으로부터 누군가 황망히 뜀박질하는 소리가 들렸고, 거친 숨소리가 문밖으로 스치고 지나갔다. 헛발질을 하고 있는 사람은 자기뿐만이 아니라는 생각에 부엌문 틈으로 가만히 뒤뜰을 훔쳐보았다. 그 오동나무 아래에 낯익은 조형사가 몹시 낭패한 표정으로 담배를 피우고 있었다. 그가 이리 뛰고 저리 뛰면서 남편을 붙잡으려 하였으나 놓친 것이 분명하다는 생각이 들면서 이상하게 가슴이 뛰기 시작했다. 이마에 땀까지 번들거리는 조형사는 뭔가 이죽거리고 있는 눈치이긴 한데, 무슨 말인지 부엌까지는 들리지 않았다.

남편이 조형사를 어렵사리 따돌리고 자취를 감추는 데 성공한 것은 분명해 보였다. 그렇다면, 이번에는 어머니가 모습을 드러내고 뒤통수를 맞은 조형사를 집 밖으로 몰아내는 것이었다. 어머니 자신은 그런 경우 범인을 은닉시켰다는 혐의도 성립될 수 없고, 종범이란 것도 어불성설이었다. 조형사 앞에 모습을 드러내지 못할 이유는 어디에도 없었다. 심지어 남편을 놓친 그를 정면에서 한껏 조롱한들 역습을 당할 우려는 전혀 없었다. 그런데 이상하게도 밖으로 나설 수가 없었다. 도무지 발걸음을 떼어놓을 수 없었다. 정체 모를 두려움이 어머니를 뒤틀어잡고 놓아주지 않았다. 어머니는 숨죽인 채 오동나무 아래에서 서성거리고 있는 조형사를 훔쳐보고 있었다. 얼굴을 쳐들고 담배연기를 훅 내뿜고 있던 그가 그때 허리춤에서 무엇을 꺼내들었다. 바라보는 것만으로도 머리끝이 쭈뼛하게 곤두설 정도인 그 쇠뭉치는 다름아닌 권총이었다. 세상에 권총이라니…… 그와는 몇 번인가 정면으로 마주치기도 하고 혹은 이마가 서로 닿을 정도로 가까이 마주 서서 대거리를 주고받은 적도 있었다. 그러나 그가 권총이란 살인 무기를 소지하고 있다는 낌새는 전혀 알아차리지 못했었다. 권총이란 물건은 그래서 그 태생적인 본분을 발휘하지 않는다 할지라도 어머니에게 아찔한 공포심을 안기기에 충분한 물건이었다. 모질고 다부진 어머니도 그 권총이 시선에 들어오는 순간 두 발이 땅에 박혀버린 듯 미동조차 할 수 없었다. 정신이 가물가물 사라지는 듯한 미망에 빠져들었다. 그때, 조형사는 권총을 오동나무 위쪽으로 겨누고 부엌에서도 확연하게 들릴 정도로 소리질렀다.

"야, 배용태. 너 못 내려와? 너 냉큼 못 내려오겠다면, 그 구린내 나는 똥구멍에다 철심 박아준다? 내가 방아쇠만 당기면 넌 평생 동안 철심을 똥구멍에 끼고 살아야 할 거야."

그는 권총부리를 하늘로 향한 채 의기양양했지만, 그런 옹골찬 위협에도 전혀 대꾸가 없는 오동나무를 향해 다시 일갈이었다.

"야, 이새끼야. 똥구멍에 철심을 박아줄까. 아니면 맞창을 내줄까? 진작 안 내려오고 버티겠다면, 두 가지 소원을 한꺼번에 들어줄 거야."

언제나 음울하고 불길한 인물로만 알았던 조형사의 안색은 승리의 포만감으로 모처럼 벌겋게 상기되어 있었다. 그때 오동나무로부터 기적적인 응대가 있었던 모양이었다. 권총 든 손을 귀에 갖다대고 조형사는 말했다.

"야 이 새끼야. 큰 소리로 말해. 그 주제에 이웃에 부끄럽냐? 뭐라고, 그게 아니라고? 그럼 뭐야, 이 새끼야."

오동나무 아래와 위에서 번갈아 주고받는 대화는 그때부턴 안방 벽장 속에 몸을 숨기고 있던 나에게도 명료하게 들려왔다. 나무 아래에 서 있는 조형사가 그때마다 되뇌어 복창함으로써 아버지가 한 말을 고스란히 짐작할 수 있는 대화는 다시 들려왔다.

"이런 개자식이 있나. 어린 딸내미가 바라보는 앞에서 수갑 차기 민망하다는 놈이 대야에다 딸내미 오줌 받아내서 손 씻는 것은 떳떳한 일이냐?"

"오줌 받아내는 걸 당신이 봤소?"

"봤어. 이 두 눈으로 똑똑히 지켜봤어. 내가 직접 목격하지 않은 거짓말을 할 것 같아?"

"난 그런 적 없습니다."

"없긴 뭐가 없어, 이 새끼야. 잘도 둘러대는구만, 좆도 모르는 놈이. 유식한 척 교양 있는 척 말 잘 둘러대는 놈들 치고 사기꾼 아닌 놈 없다는 말 들어봤겠지?"

"난 그런 말 못 들어봤습니다."

"이 새끼 봐? 계속 부정적으로만 말하네? 창피한 줄도 모르고 거짓말하기야?"

승리의 예감에서 비롯된 자신의 위력에 대한 기쁨으로 우쭐대는 가운데서도 이빨을 사리문 조형사가 그 순간, 나무 아래로 내려온 아버지의 엉덩이를 본때 있게 걷어찼다. 아버지는 허리를 꺾고 앞으로 폭 꼬꾸라질 듯하다가 가까스로 몸을 지탱하고 바로 섰다. 그 처절한 모습이 가슴 아팠다.

조형사의 정보력은 등골이 오싹할 정도로 치밀하고 정확했다. 집 안에서 일어난 아주 미세한 움직임까지도 일찌감치 눈치채고 있었다. 딸의 오줌을 받아내서 손 씻는 버릇이 있다는 것조차 알고 있다면, 부부가 언제 어디서 잠자리를 같이했는지조차도 고스란히 꿰고 있을 터였다. 어머니는 그 한마디에 또다시 아연하고 말았다. 어진이에게서 오줌을 받아내는 일은 남편이 들을 땐 흡사 자신이 고자질한 것처럼 의심받을 만했다. 누구도 눈치채지 못할 일을 조형사가 알고 있다는 것이 너무나 놀라웠다. 도대체 누가 그런 사실을 조형사에게 고자질한 것일까. 어째서 남편은 이 집에서는 유일하게 숨기의 명소이며 보장된 피난처인 벽장을 마다하고 난데없는 오동나무 위를 선택한 것일까. 오동나무 귀신에 덮어씌었던 것일까. 오동나무에는 왜 기어올라가서 남의 속을 숯덩이로 만들어버린 것일까. 그런 생각이 스멀스멀 기어오르면서 눈물까지 쏟아졌다. 그러나 그것은 어머니가 모르는 탓이었다.

처음 그 조형사가 문밖에 나타났다는 것을 눈치챘을 때, 어머니는 자고 있던 아버지만 들깨운 것이 아니었다. 무슨 일이 닥치면 호들갑을 떠는 기질을 가지고 있는 어머니는 아버지 곁에 누워 덩달아 잠이 든 나 또한 덤으로 깨운 것이었다. 서두르는 어머니의 안색에 위기가 들이닥쳤다는 것을 눈치챈 나는 잠이 채 덜 깬 상태에서 냉큼 벽장 속으로 몸을 숨겼다. 그런데 내가 벽장 속으로 뛰어들고 난 뒤 채 일 분도 지나지 않아서 이번에는 아버지가 거친 숨소리를 죽여가며 벽장 속으로 숨어들었다. 그때 아버지는 먼저 들어와 사시나무 떨듯 하고 있는 나를 발견했다. 그 경황중에도 아버지는 어떤 생각을 했었던 것일까. 만약 조형사에게 색출되고 말았을 때, 피붙이인 내 앞에서 곱다시 당했어야 할 수치를 생각했을까. 아니면 세 사람이 쪼그리고 앉아도 공간이 남을 만한 벽장의 반복적인 피난처로서의 안정성에 의심을 가졌던 것일까. 어찌 되었든 아버지는 먼저 들어와 있는 벽장 속의 나를 발견하고 별안간 정신이 번쩍 든 것 같았다. 그리고 내게 물려줄 것이라곤 머리를 쓰다듬어주는 일뿐이란 듯 머리를 한번 쓰다듬어주고 난 뒤 내 시야에서 사라졌다.

조형사와 주고받는 대화를 듣고 나서야 벽장을 벗어난 아버지가 오동나무로 기어올랐다는 것을 깨달았다. 나는 벽장 속에서 기어나와 문틈으로 뒤뜰의 동정을 살폈다. 마침 아버지가 간신히 오동나무 등걸 위를 미끄러져 땅으로 내려섰다. 그처럼 초라하게 구겨진 아버지의 모습을 나는 본 적이 없었다. 평소에도 파리했던 안색은 더욱 질려 있었고, 해진 소매 밖으로 드러난 두 손은 가늘게 떨리고 있었다. 하얀 요때기를 깔고 누워서 하루 종일 꼼짝도 하지 않은 채 천장만 처다보고 있었던 거만한 아버지의 모습은 온데간데없었다. 비굴하고 누추했으며 자신에게 닥친 현실과 단호하게 맞대면하는 담대함은 털끝만치도 찾아볼 수 없었다. 조형사가 말했던 것처럼 정녕 창피스런 아버지가 그곳에 서 있었다. 아버지가 나지막한 어조로 조형사에게 말했지만, 그 역시 무슨 말인지 알아들을 수 없었다. 그러나 아버지의 말소리가 낮으면 조형사의 목소리는 그와 반비례하여 높아졌다. 아버지의 왼쪽 손목에 수갑을 채우면서 조형사는 이죽거렸다.

"야, 니 딸이 어디 있냐. 보이지도 않는 딸을 들먹이며 체통 지키겠답시고 비겁하게 말을 요리조리 돌리고 있나? 내가 너 때문에 노숙자 신세 못 면하고 있는 거 잘 알고 있을 터이지?"

속내를 모를 일은 또 있었다. 조형사가 그렇게 말하자 아버지는 그 말을 수긍한다는 듯이 고개까지 끄덕이는 것이었다. 일단 수갑이 채워지자, 체념한 탓인지 아버지의 얼굴은 본래의 안색으로 되돌아가고 있었다. 아버지는 조형사가 한 발짝 곁에서 지켜보고 있는 가운데서 옷을 갈아입었다. 어머니는 금방 울음을 토할 것 같으면서도 의외로 침착하게 행동했다. 남편이 체포된 것은 자신의 대처가 미흡했기 때문에 벌어진 불상사로 여겼다. 조형사에게 무릎을 꿇어서라도 방면을 빌고 싶었으나 어쩐 셈인지 그러고 싶지는 않은 것 같았다. 아버지 표정도 마침내 의연한 그대로였다. 아버지 몸에서 옷 스치는 소리가 마치 파도가 모래펄을 핥으며 밀려갔다 밀려오는 소리처럼 잔잔했다. 아버지의 시선은 천장을 쳐다보고 있었다. 윗도리 단추를 끼워주는 어머니의 손이 가늘게 떨렸다. 아버지는 조형사가 잠깐 한눈을 파는 사이에 어머니에게 재빨리 몇 마디를 남겼다.

　나는 아버지가 조형사와 함께 문밖으로 나설 때까지 모습을 드러내지 않고 뒷문 뒤에 몸을 숨기고 있었다. 아버지가 몸서리치게 두려워하던 쇠고랑을 차게 된 것은 그날 내가 무턱대고 벽장으로 뛰어들었던 것이 원인이라는 생각을 하고 있었다. 어쩌면 아버지는 앞을 보지 못한다는 달팽이보다 못한 생각을 가졌는지도 몰랐다. 달팽이는 자신의 기력을 아끼기 위해 앞서 그곳을 지나간 달팽이가 묻혀놓은 점액의 흔적을 따라 손쉽게 이동한다. 뿐만 아니라, 달팽이는 먼저 그 장소를 지나간 점액의 주인공이 이성인지 동성인지 알아채는 능력을 갖추고 있어서 짝짓기를 하고 싶다면 이성이 낸 점액질 길을 따라간다. 그처럼 애써 보장한 벽장이란 피난처를 마다하고 오동나무로 기어올라 화근을 만든 아버지의 반란을 어머니는 옹골차게 따지고 들었지만, 아버지는 그 벽장 속에서 나와 마주쳤다고 끝내 발설하지 않았다.

그런데 기가 찰 노릇은 그날 해 질 무렵에 벌어졌던 북새통이 그것으로 일단락되지 않았다는 것이다. 아버지가 그야말로 초라한 모습으로 조형사와 함께 집을 나섰던 그날 어머니와 나는 너무나 우울하고 참담한 시간을 보냈다. 좀처럼 울고 있는 모습을 볼 수 없었던 어머니도 그날만큼은 방 윗목에 이불도 덮지 않고 쪼그리고 엎드려 연신 눈물을 찍어냈다. 내가 이불을 내려서 덮어주면, 어머니는 당장 이불을 걷어붙이고 일어나서 충혈된 눈으로 나를 베어물 듯이 째려보며 말했다.

"네 아버지는 경찰서 구류간에서 담요 한 장도 없이 오들오들 떨고 있을 참인데, 내가 방구석에서 이불 덮고 엎드려 있다는 게 가당키나 한 일이냐?"

시름에 겨웠던 어머니는 서리 맞은 호박잎처럼 초연히 고개를 떨군 채, 엎드렸다 일어나기를 되풀이하면서 가슴속에 쌓아둔 숯을 태우며 애간장을 끓였다. 그리고 간혹 심장이 툭 터지면서 갈기갈기 찢기는 듯 방구들이 꺼져라 깊은 한숨소리를 쏟아냈다. 엎친 데 덮친 격으로 어둑발이 내릴 무렵부터

후두둑 비까지 내리기 시작했다. 평소에도 비가 내리기 시작
하면 어머니는 더욱 심란해져 안색이 금방 어두워지곤 하였
다. 뒤뜰에 서 있는 오동나무 큰 잎사귀에 비가 떨어지는 소
리는 언제나 두꺼운 책갈피를 회초리로 때리는 것처럼 둔탁
한 소리를 냈다. 그 둔탁한 빗소리가 비바람을 따라 멀리 휩
쓸려가는 소리를 듣고 있노라면, 그 쓸쓸하고 스산하기가 걷
잡을 수 없다고 실토한 적이 있었다. 뿐만 아니었다. 오동나
무 잎에 떨어지는 빗소리는 헐벗고 굶주린 뜨내기들이 어두
운 밤에 낯선 집으로 찾아들어 한 끼의 음식을 청하기 위해
문을 두드리는 소리로만 들려 자꾸 방문을 열고 싶어진다는
것이었다. 그 빗소리가 들리면 어머니는 일손을 놓고 하염없
는 눈길을 허공에 두고 있었다.

그 오동나무는 어머니가 아버지와 결혼한 후 이 집에 들어
앉았을 때, 그 우듬지가 까마득하게 보일 정도로 키 큰 나무
로 자라 있었다. 어머니는 그래서 가지와 잎사귀로 지붕을 덮
고 있는 그 나무를 싫어했다. 몇 번인가 아버지에게 나무를
베어버리자는 제의를 했었다. 그 뿌리가 구들장 아래까지 파
고들었다면, 집안에 폐해를 끼칠 수 있다는 것이었다. 그러나
아버지는 어머니의 제의를 달갑지 않게 여겼다.

"무슨 소리야. 오동나무가 당신한테는 애물단지로 보일지
는 모르겠지만, 그 나무는 선대에 심어서 지금까지 내려오는

우리 집안의 표상이야. 오동나무는 그래서 나무가 아니라 우리 집을 지켜주는 신이며 표상이야. 두 번 다시 그런 말 하지 마.”

“표상은 무슨 얼어죽을 표상이요.”

“당신 그거 알어? 이 세상에서 수십만 가지 나무들이 있지만, 봉황새가 내려앉는 나무는 예로부터 오동나무뿐이었어.”

“기가 차네. 도대체 봉황이라는 새가 있기나 한답디까?”

“우리 같은 한심한 사람들 눈에 보이지 않는다 뿐이지 봉황이 왜 없어. 대나무 열매를 먹고 영천의 물을 마시며 사는 상서로운 새야.”

“그 새가 하필이면 우리 집 뒤뜰에 심은 오동나무에 내려앉겠다.”

“그러니까 베지 말고 기다려. 저 오동에 봉황만 내려앉았다 하면 우리 집은 운수대통이야.”

“봉황 기다리다 목 먼저 부러지겠소.”

어머니의 대꾸에 아버지는 노골적으로 경멸의 시선을 보냈다. 자존심에 상처를 입었다는 표정이 역력했다. 아버지는 모처럼 어머니의 따귀라도 후려칠 듯 눈을 치뜨고 어머니를 바라보면서 언성을 높였다.

“저 나무는 우리 집안의 정신적인 지주라는 얘기야. 옛날에는 대갓집에서만 뒤뜰에 오동을 심었어. 그러니까 지금은 우리 집안이 몰락해버렸지만, 내로라하고 배 내밀고 살았다는 증거가 무심하게 서 있는 그 오동에 있어. 뒤뜰에 있는 나무 한 그루를 베어낸다는 것이 당신에게는 사소한 일인지도 모르지. 하지만, 밑동이 잘려나간 나무에 저주가 일어나면, 장차 우리 집안에 어떤 비극이 일어날지 아무도 몰라. 별생각 없이 저지른 일이나, 화풀이하겠다고 저지른 일이 나중에 세상을 확 뒤집어놓을 만큼 치명적인 사건으로 번진 사례는 너무나 많아."

"나뭇잎에 떨어지는 빗소리는 듣기 싫소. 어디 그뿐인 줄 아세요? 저 나무 때문에 우리 가족의 정체가 손쉽게 드러나요. 우리 집을 처음 찾아오는 사람도 저 몹쓸 나무 때문에 금방 알아채게 된다니까요."

"그렇다 하더라도 참아."

"아무짝에도 쓸모없는 나무를 목숨 걸고 지켜낼 것 같은 당신이 이상하네요."

"돌보지 않아도 벌레 한번 먹지 않고 저 혼자 자라고 있는 나무를 너무 입방아 찧지 말아."

그런데 집과 오동나무를 바라보고 있노라면 아버지 조상대에 심었다는 나무와 집의 규모에는 엄청난 괴리가 있었다. 아름드리가 되도록 큰 오동나무를 심은 대갓집이었다면 저택의 규모도 그에 버금가도록 어마어마했을 것이었다. 그러나 우리 세 식구가 살고 있는 이 초라한 가옥은 좁은 툇마루를 따라 방 세 개가 일직선으로 달린, 평범하고 협소하기 그지없는 한옥이었다. 대저택과 비교했을 때는 행랑채의 규모에도 미치지 못했다. 지난날의 영화를 증거하는 주춧돌 같은 흔적도 찾아볼 수 없었다. 지난날 뜨르르하게 살다가 쇠락한 저택에 가보면 집 안 여기저기에 지난날의 번성했던 흔적들을 찾아보기 어렵지 않았다. 지금 살아가는 사람들이 무심히 섬돌이나 디딤돌로 쓰고 있는 것을 자세히 살펴보면 옛날에는 안채의 주춧돌로 쓰던 것이었다. 혹은 집 앞의 채소밭에 경계석으로 쓰이고 있는 돌이 지난날 사랑채의 계단석으로 쓰이던 돌이었다는 것을 알아챌 수도 있었다. 그러나 우리가 살고 있는 집 주위 어디를 살펴보아도, 그 쓰임새가 지난날의 번성을 애기해주는 증거물로 삼을 만한 것은 추호도 발견할 수 없었다. 그런데도 아버지는 자신의 조상들이 토호였다는 것을 제법 그럴싸하게 포장하고 있었다. 아버지가 조상들의 세력을 터무니없이 부풀리고 있다는 것을 어머니도 눈치채고 있었다. 그런데도 그 가옥의 초라한 규모와는 전혀 어울리지 않는 오동나무만은 길길이 자라서 집 뒤뜰을 지키고 있었으므로 허풍 그만 떨라는 막말만은 할 수 없었다. 그러나 어머니는 아버지의 심장조차 멎게 만드는 무엄하고 치명적인 한마디를 던졌다.

"당신이 집에 없을 때 인부들을 사서 아주 밑동까지 싹 베어버려야겠소."

아버지의 안색이 파리하다고 할 정도로 질려버렸다. 아버지는 한동안 말문이 막혀 있는 듯했는데, 곧장 안정을 되찾아 말했다.

"돈만 주면 인부는 쌔고쌨을 줄 알지만, 거액을 안겨줘도 저 오동나무를 베겠다고 선뜻 나설 사람은 흔하지 않을걸."

"왜요?"

"대중없이 나무에 톱을 들이댔다가 날벼락 맞아 즉사한 일이 십오륙 년 전에 이웃 읍내에서 벌어졌었지."

"난 그런 말 못 들어봤소."

"당신은 그 당시 이 동네에 없지 않았나?"

"나중에 왔지만, 소문은 들을 수 있었겠지요."

"그만두자고."

"그만두기는 왜 그만둬요. 나무 베어내는 게 그렇게 무서우면, 객지로만 떠돌지 말고 집에 처박혀 있으면 되겠네."

"또 그 소리."

"옛날에 방귀깨나 뀌고 살았다는 당신 말이 거짓말인지 참말인지 알 수 없지만, 사람이 옛날 일에만 매달려 살 수는 없어요. 그러니 이제부턴 옛날 말은 그만 집어치워요."

"과거사는 내 전공이야. 나는 젊은 시절부터 그걸로 먹고살아왔지. 과거 때문에 생명 부지하고 있는 나 같은 사람이 있다는 것을 알고 있는 것은 세상에선 우리 집 뒤뜰에 서 있는 오동나무 한 그루뿐일 거야. 그만치 타일렀으면 이젠 원숭이라도 알아들었겠다."

"나한테는 저세상에서나 하는 말 같네. 같은 속내 가진 사람과 나무가 다행스럽게도 한집안에 살고 있어서 좋겠소."

"그럴 테지."

공교롭게도 상서로운 나무라했던 그 오동나무에 올라가 몸을 숨겼던 아버지가 조형사에게 잡혀간 꼴이 되었다. 그러나 아버지가 말했던 것처럼 나무가 보여준 어떤 영험함 때문이었는지, 아버지가 집으로 돌아왔던 지난밤과 거의 같은 시각에 참으로 놀라운 이변이 일어난 것이었다. 아버지가 잡혀간 그날 밤 어머니는 거의 뜬눈으로 밤을 지새우고 있었다. 나 또한 그날 밤은 싸늘한 바람과도 같은 두려움을 느꼈고, 손과 발이 경련이 일어난 것처럼 계속 떨렸다. 따분함과 울적함 그리고 뒤숭숭함이 함께 뒤범벅되어 똥줄이 타들어가는 듯한 초조함이 나를 뒤흔들고 있었다. 그때 문밖에서 인기척이 들렸다. 오동나무 잎에 떨어지는 빗소리 때문인가 해서 귀를 의심하였다. 그러나 빗소리 사이로 분명 인기척이 들려왔다. 긴가민가했던 어머니는 얼떨결에 문을 열었다. 밤빛으로도 분명한 아버지가 비에 흠뻑 젖은 채 문 앞에 서 있었다. 당찬 기

질을 갖고 있는 어머니조차 물귀신이라도 나타난 것이 아닌
가 하여 자지러질 듯 놀랐다. 어머니가 놀라든 말든 열어둔
문고리를 잡고 잽싸게 방 안으로 들어서면서 아버지가 첫번
째로 한 말은 불을 켜지 말라는 것이었다. 아버지는 저수지
밑바닥에 누워 있다가 온 사람처럼 온몸이 물걸레처럼 젖어
있었다. 어머니가 정신을 차리고 아버지의 옷을 벗기기 시작
했지만, 놀란 가슴은 진정되지 않아 두 손을 후들후들 떨고
있었다.

"도대체 어찌된 일입니까?"

어머니는 어둠 속에서도 수갑이 채워졌던 아버지의 손목을
유심히 살펴보았다. 아버지 입에서 퉁명스런 대답이 흘러나
왔다.

"그런 것은 알아서 뭣하게."

"당신 참 용하오. 세상에 이런 기막힌 일도 있습디까?"

"이런 기막힌 일도 있다는 것을 빤히 목격하고 있으면서 묻
긴 왜 묻나. 어서 옷이나 내놓아."

옷을 갈아입고 또다시 깊은 잠 속으로 빠져들 줄 알았던 아
버지가 서두르고 있었다. 어떻게 조형사의 손아귀에서 풀려
나게 되었는지, 어떻게 그 수갑을 풀게 되었는지 단 한마디도
없었다. 그러나 쫓기고 있는 처지에선 홀가분하게 벗어나지
못했다는 것을 조급히 서두르고 있는 아버지의 거동으로 충

분히 감지할 수 있었다. 옷을 갈아입은 뒤 아버지는 급히 집을 나서려 하였다. 어머니가 벽장 속에서 우산을 꺼내들었다. 아버지는 같이 설쳐대는 어머니가 민망했다. 완강하게 우산을 내치면서 아버지가 쏘아붙였다.

"우산을 쓰고 어딜 가라는 거야."

"비 오는 날 밤에 우산 쓰고 다니는 게 뭐가 이상해서요?"

"우산에 떨어지는 빗소리 때문에 내가 어디 있다는 것을 소문내고 다니는 것과 뭣이 달라?"

어머니의 표정이 애매해졌다. 아버지는 방을 나서기 전에 발발 떨고 있는 나에게로 다가왔다. 그리고 웃음 짓는 얼굴로 내 볼을 어루만졌다.

"우리 어진이가 바라보는 앞에서 이게 무슨 북새통인가. 이제 보니 야가 사시나무 떨듯 하고 있네. 어진아, 내가 곧 돌아올 테니 안심하고 있거라."

"당신 정말 가렵니까? 이 빗속을?"

"집에 머뭇거리고 있다간 아까처럼 그 꼴 또 보게?"

"누가 뒤쫓아온답니까?"

"그럴 테지."

"당신 경찰서까지 못 가서 되돌아왔소?"

"그런 거 묻지 말라고 했잖아."

"제발 뭐라고 말 좀 해줘요. 나도 알고 있어야 나중에 변명이라도 할 것 아닙니까?"

"이건 말을 서로 맞춘다고 해결될 일이 아냐."

"정말 그렇소?"

"그렇다니까."

빗속으로 아버지는 사라졌다. 방문이 열리고 닫힌 이후에도 오동나무 잎에 떨어지는 빗소리가 어느 때보다 을씨년스러웠다. 어둠 속에서 눈짓으로만 아버지를 배웅하고 있던 어머니가 혼잣소리를 하였다.

"저놈의 오동나무."

아버지가 집을 나선 뒤 두 시간 정도가 흘러갈 동안 어머니는 어둠 속에서 망연자실한 가운데 미동도 않고 앉아 있었다. 그리고 마당 쪽으로부터 우산 위로 떨어지는 빗소리가 들려왔다. 미동도 않고 있던 어머니가 자리에서 벌떡 일어났다. 그리고 순식간에 방 윗목으로 올라가, 벗어두고 수습하지 않았던 아버지의 젖은 옷들을 거두어 벽장 속에 감추었다. 비에 잠긴 마당을 저벅저벅 걸어오는 발짝 소리가 들렸다. 그리고 귀에 익은 목소리가 들려왔다.

"배용태 여기 없나?"

그제야 어머니는 얼른 방에 불을 밝혔다. 바퀴벌레 새끼가 방구석을 몰래 기어가도 알아차릴 수 있을 만치 방 안이 환하게 밝았다. 아버지가 없다는 것은 방에 불을 밝혔다는 한 가지 사실만으로도 너무나 확실해졌다. 어머니는 아버지의 부재를 증명해 보이기 위하여 얼른 불을 밝힌 듯했다. 불이 밝혀지면서 모녀 둘만 지키고 있는 휑뎅그렁한 방 안의 정경이 스산하게 드러났다. 오동나무에 떨어지는 빗소리가 그 빈약함을 더욱 부채질하고 있었다. 나는 어머니를 바라보았다. 그리고 놀랐다. 어머니의 안색이 그 어느 때보다 평온해 보였다. 뿐만 아니라, 말로 형언할 수 없는 자신감에 차 있기조차 하였다. 스산했던 어머니의 표정이 순식간에 자신감으로 바뀐 이유는 아버지를 찾았던 조형사의 말에 있었다. 그처럼 어머니는 아버지를 쫓고 있는 조형사의 어투에 스며 있는 미세한 파장조차 정교하게 꿰고 있었다. 아버지가 있느냐고 묻지 않고 없느냐라고 물었던 조형사의 옹색하고 무기력한 말에 자신감을 얻게 된 것인지도 몰랐다. 어머니는 불을 밝힌 다음, 여기 보란 듯 방문을 매몰차게 열어젖혔다. 방 안에 갇혀 있던 불빛이 비가 죽죽 내리고 있는 마당으로 우산처럼 펴지며 내달았다. 그때 조형사는 마당을 살펴보고 있었다. 아버지의 발자국을 색출해보겠다는 의도에서였다. 그러나 비가 이토록 세차게 내리는 야밤이니 어떤 흔적도 남아 있을 리 없었다. 어머니가 들릴 듯 말 듯 혼잣소리를 하였다.

"지지리도 못난 놈."

그 말귀를 알아듣기라도 한 것처럼 마당의 발자국을 살피던 조형사가 우산을 쓴 채로 툇마루 끝까지 삐쭉삐쭉 걸어들어와 어머니를 정면으로 쏘아보았다. 빗속에서도 그의 눈에는 핏발이 서 있고 입술은 말라서 꺼칠해 있다는 것을 발견할 수 있었다. 그는 치미는 화를 억누르면서 퉁명스럽게 물었다.

"배용태 여기 없소?"

"배용태는 없지만, 그 사람이 낳은 애물단지는 여기 있소."

"지금 나하고 농담하자는 거요?"

어머니의 냉소적인 이죽거림에 조형사는 한껏 밸이 뒤틀린 모양이었다. 섬돌로 올라선 그는 방 안의 어머니를 째려보면서 말했다.

"소낙비가 내리고 있는 야밤에 공무집행중인 사람에게 버르장머리 없게 빈정거려야 쓰겠소? 그런 못된 버릇은 어디서 배운 거요?"

쏘아붙이는 그의 일갈에 찔끔할 줄 알았던 어머니는 공작새처럼 거만하고 약간 꾸물거리는 투였지만 그 말을 정면으로 되받아쳤다.

"배우긴 어디서 배워요. 칠칠치 못한 서방 만나서 애간장 태우며 살다보니, 버르장머리 같은 것은 온데간데없어졌지요."

어머니가 또 그렇게 새살을 놓고 있는 사이에 수렁에 빠진 조형사는, 속절없는 나이 탓에 원시안이 되어버린 노인처럼 방 안 여기저기를 상반신을 끄덕거려가면서 살펴보고 있었다. 어머니의 표독스런 공격은 그때까지 계속되고 있었다.

"왜? 권총까지 들이대고 잡아간 사람을 놓쳐버렸소?"

조형사도 호락호락하지는 않았다. 어머니의 말을 대뜸 가로챘다.

"놓치다니. 내가 그런 얼간이로 보이나? 내가 저승까지 따라가서도 이놈을 잡고 말 거야. 신고된 사기도박 건수만 해도 몇건인 줄 알아? 자그마치 여섯 건이야. 내가 이런 놈을 잡지 않고 소 닭 보듯 하고만 있을 것 같아?"

"그런데 어째서 놓쳐버리고 이 고생이오?"

"그런 건 당신이 몰라도 돼."

그런데도 조형사는 아직 눈치를 채지 못하고 있었다. 그는 자신이 스스로 말했듯이 얼간이인 것 같았다. 어머니가 어째서 자기를 붙잡고 새살을 떨다가 트집을 잡았다가 하면서 시간을 끌고 있는 것인지 전혀 눈치를 채지 못하고 있었기 때문이었다. 그사이에 아버지가 그로부터 단 한 발짝이라도 멀리 도망할 수 있기를 바라는 어머니의 속셈을 알아차리지 못했다. 조형사는 어기적어기적 신발을 벗는가 싶더니 냉큼 툇마루로 올라섰다. 어머니가 벽에 걸어두었던 수건을 걷어 그에게 내밀었다. 그는 수건으로 얼굴에 묻은 물기만 훔쳐내고 젖은 발로 성큼성큼 방 안으로 들어섰다. 그리고 옛날 기생방처

럼 빗자루 하나만 덩그러니 걸려 있는 방구석 여기저기를 빈
대 잡으려는 사람처럼 샅샅이 살펴보았다. 그리고 벽장문까
지 빼놓지 않고 열어보았다. 의심받을 만한 정황증거 하나 없
이 깨끗하다는 것을 확인한 후에 그는 다소 누그러진 어투로
말했다.

"집에 들렀을 턱이 없지, 안 그렇소?"

그런데 그 말을 되받는 어머니의 말은 정녕 아슬아슬한 데
까지 미치고 있어 내 가슴을 태웠다.

"비도 퍼붓고 있는데 옷이라도 갈아입자면 집에 들르고 싶
었겠지요. 그런데 마음뿐이었겠지, 오금이 저려서 발길이 돌
려졌겠습니까."

"그 말이 옳아."

조형사는 젖은 소매를 걷고 시계를 보았다. 그리고 한숨을
푹 내쉬는가 싶더니 매우 쓸쓸한 어조로 말했다.

"벌써 새벽 세시군."

그날 밤에 벌어졌던 북새통 이후로 어머니가 수소문하여
아버지 거처를 찾아가는 일이 빈번해졌다. 그 사건이 있은
이후로 나는 비로소 아버지의 직업에 대해 관심을 갖기 시작
했다. 그때까지 아버지나 어머니 중 누구도 아버지의 직업에
대해 말해준 적이 없었다. 그것은 두 사람의 비밀이었고 모
략일 수도 있었다. 그리고 날벼락과 같던 어머니의 발작이

시작되면, 나는 곧장 벽장 속으로 숨어들어 모래펄 속의 가자미처럼 납작 엎드려 어머니의 까닭 모를 울화가 가라앉기를 기다렸다.

처음 나에게 벽장으로 몸을 숨기라고 가르쳐준 사람은 바로 아버지였다. 그 벽장에 들어가 숨죽이고 있으면 어머니는 벽장 코앞까지 다가와서도 나를 낚아채 밖으로 끌어내지는 않았다. 이상하게도 어머니는 그 장소를 범접해선 안 될 성역처럼 생각하고 있는 듯했다. 곰팡이 냄새가 설핏한 그 벽장 속에는 어머니의 과거와 현재가 뒤섞인 채로 가만히 엎드려 있었다. 그 속에 무엇이 들어 있는지 알 수 없는 큼직한 반닫이에는 언제나 잉어자물통이 채워져 있었다. 그리고 시계추가 없는 낡은 벽시계, 주둥이를 꽁꽁 묶어 막은 작은 꿀항아리, 광주리, 밥소라, 보시기, 소쿠리와 반짇고리가 있었다. 반짇고리에는 어머니에겐 아름다웠던 시간의 반추와 일상적인 갈망이 멈춰 있었다. 돌아오는 것에 인색했던 아버지를 기다리는 밤은 얼마나 길고 쓰라렸을까. 그 소슬한 시간들을 어루만지며 만들어낸 삶의 중력이 그 반짇고리에 고스란히 담겨 있었다. 어둠의 밀도가 밀가루 반죽처럼 응고된 그 벽장 속, 그러나 나는 언제부턴가 그 속에서 탁 트인 시야를 발견하곤 했었다.

문을 닫으면 귀에서 파열음이 스쳐갈 만치 캄캄했던 그 속에서 나는 무한한 자유와 만나곤 하였다. 그처럼 막힘없는 자유와 여유를 만끽할 수 있었던 것은 내가 천성적으로 가지고 있는 터무니없고 얼토당토않은 공상의 세계 덕분이었다. 내가 공상의 세계를 유지할 수 있는 한, 벽장이 아니라 두더지나 바퀴벌레의 집이라 하더라도 막힘의 부자유를 느낄 수는 없었다. 벽장 구석에 밀쳐둔 담요를 덮고 가만있으면, 꿈을 꾸지 않는다 하더라도 따뜻한 체온이 만들어내는 몽환적 경계가 가슴속에 소용돌이치는 두려움과 황량함을 따뜻하게 가라앉혀주었다. 그리고 어느덧 내가 만들어낸 안쪽의 평화와 어머니가 만들어낸 바깥의 살벌함이 한 몸으로 합쳐져 마음속으로부터 한량 없는 평화를 느낄 수 있었다.

그 상상력이 단초가 되어 나는 가늠하기 어려웠던 아버지의 직업을 의심하기 시작했다. 도둑이 아닌가. 아버지가 도둑으로 지목당할 징표들은 아버지의 행동에서 뚜렷하게 감지할 수 있었다. 첫째, 아버지는 이웃의 시선이 닿지 않는 한밤중이나 꼭두새벽만 골라 집을 찾았다. 그런가 하면 집을 나설 적에도 담 구멍으로 뱀이 사라지듯 눈 깜짝할 사이에 자취를 감추는 것이 도둑이 아니라면 흉내낼 수 없는 행동이었다.

그뿐 아니었다. 집에 와서도 마을 사람들과 어울리는 것을 극도로 자제하는 편이어서 아버지를 찾아오거나 아버지가 찾아가는 사람도 없었다. 때때로 집으로 가져오는 패물이 있기도 했는데, 그것들은 한결같이 도금이 벗겨진 중고품이거나 짝퉁이었다. 장물이 아니라면 똥값인 중고품을 집으로 가져 오진 않을 것이었다. 그렇다고 시골의 오일장들을 떠도는 약 장수나 노점상 같지도 않았다. 아버지는 내심 농사꾼들을 경 멸의 시선으로 바라보고 있었듯이 장돌뱅이들 역시 탐탁지 않게 여겼다. 그것은 아마도 아버지의 조상들이 아버지의 말 처럼 한때 이 고을에서 내로라하며 살았던 전력에 힘입었기 때문이기도 했다. 그러나 지금의 마을 사람 대부분은 농사일 로 가계를 꾸려 가는 데 비해 아버지에게는 소일거리가 될 자 투리땅조차 없었다. 땅이 있다면 어머니가 마당가 담장 아래 일궈놓은 손바닥만한 상추밭 정도였다. 아무리 생각해봐도 그런 아버지가 도둑질 말고는 할 일이 없는 사람으로 보였다. 어머니에게 갖다주는 가용돈만 해도 우체국환으로 부치거나 아니면 짝패라는 사람이 심부름으로 갖다주는 일도 자주 있 는 걸 보면, 그런 예측은 얼추 맞아떨어진다고 생각할 수도 있었다. 그러나 아버지는 도둑이 아니었다. 도둑의 손이 여자 손처럼 그토록 가녀릴 수 없었고 도둑의 얼굴이 흡사 여자의 피부처럼 희고 고울 수 없다는 생각이 들었기 때문이었다.

뿐만 아니라, 도둑들은 자기만의 교본 같은 것을 가지고 다 닌다고 했다. 자기가 털어야 할 사무실이나 집의 위치와 구 조, 가족 구성원과 침입경로 같은 것을 빼곡하게 적은 책자를 일컬음인데, 아버지가 허리춤에 차고 다니는 수상한 전대는 있어도 도둑의 교본으로 의심받을 만한 책자는 없었다. 나는 아버지가 책으로 보일 만한 물건을 손에 들고 있는 모습을 단 한 번도 목격한 적이 없었다. 그런데도 어머니와 말다툼을 할 때, 입에서 흘러나오는 말은 어른들의 표현대로 청산유수였다. 책이란 것과는 철저하게 담을 쌓고 살아도 어머니를 자극할 만큼 호소력 강한 그런 말을 할 수 있는 지혜를 어떻게 터득해가고 있는 것인지 도무지 알 수 없었다.

아버지가 가지고 있는 그런 불가해한 능력은 산호초에 살고 있는 물고기인 곰치의 능력을 뛰어넘을 수 있었다. 곰치는 자신의 입보다 엄청나게 큰 먹이를 씹지도 않고 그냥 삼켜버리는 능력을 가지고 있다. 물론 비단뱀도 자신의 입보다 큰 먹이를 일 같잖게 삼킬 수 있다. 고양이나 돼지 새끼까지도 삼킬 수 있는 뱀도 없지 않다. 그들의 능력처럼 아버지가 가진 능력도 나에겐 불가사의했다.

아버지가 계절이 바뀌는 오랜 기간 동안에도 집에 모습을 드러내지 않았던 때가 있었다. 가을이 깊어 서리가 내리기 시작하고 차가운 바람이 옷깃을 스치기 시작하는 겨울이 다가오고 있었다. 기다림에 지쳤던 어머니는 적어도 사흘 밤낮을 바깥출입도 않고 꼬박 방 안에만 틀어박혀 권태와 씨름하며 아버지가 입을 겨울옷 한 벌을 지어냈다. 그 이전에 어머니는 옷감을 마련하기 위해 읍내의 장터를 다녀왔다. 그날만은 나를 데리고 장터를 찾았다. 그 곳에 당도해서도 다른 물건을 팔고 있는 좌판에는 고개조차 돌리지 않았다. 오직 피륙전만 들러서 옷감을 골랐다. 그리고 꼬깃꼬깃하게 접은 지폐를 건네고 서둘러 일어섰다. 그렇게 서두르는 어머니의 조바심을 나는 이해하기 어려웠다. 설령 살 물건이 없다 하더라도 화장품가게나 옷가게쯤은 구경 삼아 둘러봄 직했다. 그런데 어머니는 도망치듯 곧장 집으로 향했다.

이상한 것은 선불 맞은 노루처럼 뒤죽박죽 바쁘게 걸음을 떼어놓으면서도 간단없이 등뒤를 돌아다보는 경계심을 잃지 않는 것이었다. 우체국이나 정미소와 같은 큰 건물 앞을 지날 때는 숨바꼭질하는 사람처럼 담벼락 뒤에 몸을 바짝 붙이고 서서 한길 쪽의 동정을 숨죽이고 지켜보았다. 제 발이 저렸던 어머니가 만에 하나 우리 모녀를 미행하는 사람이 있는지 살펴보려는 것이었다. 새벽같이 집을 나섰던 것도 그런 까닭이었다. 어머니로 하여금 치를 떨게 할 정도로 싫어했던 말이 있었는데, 그것은 "엄마, 저기 누가 와요"라는 말이었다. 그 말이 내 입에서 떨어지는 순간, 어머니의 안색은 때와 장소를 막론하고 순식간에 새파랗게 질리고 온전하게 걸어가다가도 갑자기 진이 빠진 사람처럼 맨땅에 상반신을 곤두박을 지경이었다. 만약 그 '누가 와요'라는 대상이 마을의 이웃이거나 연장 따위를 빌리러 왔던 사람이었을 경우, 나는 매질을 각오해야 했다. 그래서 나는 설령 누가 오고 있는 것을 눈치챘다 하더라도 얼른 시선을 다른 곳으로 돌리고 딴청을 피우거나, 그 장소에서 잽싸게 몸을 숨겨버렸다. 그런 편법을 동원함으로써 나는 어머니의 매질을 따돌리는 방법을 한 가지씩 터득해갔다. 또다른 방법은, 그것이 어떤 것이든 어머니가 하는 일이라면 동물적인 관심을 가지고 끈질기게 지켜보는 것이었다.

어머니가 바느질로 밤을 지새우는 날, 나 역시 덩달아 잠을 설쳤다. 한 땀 한 땀 실을 꿰매고 있는 어머니 곁에서 고개를 떨구고 꼬박꼬박 졸다가 소스라쳐 눈을 떠보면, 어머니는 초저녁에 보여주었던 초연한 자세를 조금도 흩뜨리지 않고 오직 바느질에 열중하고 있었다. 밤이 어디까지 깊어가고 있는지 알 수 없었으나, 추녀 끝을 지나가는 바람 소리는 매서운 겨울이 턱밑으로 다가왔다는 것을 예고하고 있었다. 어머니는 잠시 바느질을 멈추고 고개를 허공으로 치켜들었다. 그리고 메마른 기침소리를 토해냈다. 윗목에 놓여 있던 자리끼를 끌어당겨 목을 축인 어머니는 다시 반짇고리 위로 내려놓았던 솜옷을 집어들었다. 곁에 쪼그리고 앉아 노루잠을 자다 깨는 것을 반복하고 있던 내가 물었다.

"엄마 뭐해?"

어머니는 충혈된 눈으로 나를 돌아보았다. 초저녁부터 그때까지 곁에 앉아 비상 먹은 닭처럼 꼬박꼬박 졸기만 하는 내 존재를 눈치채고 있었으면서도 단 한 번도 아랫목으로 가서 자라는 얘기가 없었다. 아마도 한밤중에 혼자 깨어 있다는 것이 너무나 적막했기 때문인지 몰랐다.

"실컷 울다가 누가 죽었느냐고 묻는다더니, 초저녁부터 이때까지 빤히 보고 있었으면서도 내가 뭘 하고 있는지 몰랐나? 내가 시방 옷 맨들고 있잖아."

"누구 옷인데?"

"니 옷도 아니고 내 옷도 아니고 너그 아버지 옷이다."

"아버지 언제 올 낀데?"

"글쎄…… 남들은 날보고 배용태씨 여편네라고 부르는데, 당사자인 나는 내가 어느 위인의 여편네인지 그걸 모르겠다. 소가 들어도 웃을 일이지만."

"배용태가 누군데?"

"명색이 니 아버지란 인간이 배용태 아니겠나."

어머니의 빈정거림 속에는 남편을 폄하하는 기색이 희미하게 스며 있었다. 그러나 아직 철부지의 때를 벗어나지 못했던 나로선 어머니의 가슴속에 괴어 있는 미묘한 정한의 낙차를 감지하기 어려웠다. 어머니가 밤을 새워가면서 서둘러 옷을 짓는 것을 보고 있으려면, 아버지가 조만간 집으로 돌아올지도 모른다는 예감은 들었다. 그래서 물었던 말을 다시 물었다.

"엄마, 아버지 언제 와?"

"야가 왜 자꾸 아버지 언제 오느냐고 물어쌓나. 니 아버지 가 객지생활에 넌더리가 나고 심신이 지치게 되면 물귀신 형 용이 되어 꾸벅꾸벅 졸면서 집으로 돌아오겠지. 그 동안 벗고 사는지 입고 사는지 엄동설한이 바로 코앞인데 얼어죽지나 않을는지 몰라서 솜옷을 맹글고 있는 기다."

다 지은 핫옷을 보자기에 싸고 있는 어머니의 안색은 초췌 하였고 두 손은 떨렸고 눈은 충혈되어 있었다. 보자기를 윗목 에 밀어 놓은 뒤 어머니는 잠시 엎드린 채로 곯아떨어졌다.

이튿날 꼭두새벽, 옷보퉁이를 든 어머니는 내 손목을 잡아 끌었다. 첫 버스가 마을 앞을 지나자면 두 시간 이상을 기다 려야 할 이른 새벽이었다. 버스를 만날 수 있는 읍내까지는 소달구지를 얻어타야 했다. 달구지는 곳곳이 패어 울퉁불퉁 한 비포장도로를 덜컹거리고 뒤뚱거리며 굴러갔다. 쉴새없이 널뛰기를 하는 달구지 위에서 엉덩이를 들었다 놓았다 들까 불면서 몸가짐을 지탱하려고 애쓰고 있는 어머니의 모습은 안타까웠다. 달구지 난간을 두 손으로 비틀어잡고 버티고 앉 아 있으려면, 아래윗니가 쉴새없이 부딪쳐 턱과 관자놀이가 얼얼하게 아파오고 오금조차 저려왔다. 그런 경황중에도 가슴에 안고 있는 옷보퉁이가 행여나 굴러떨어질까, 치마의 허리끈을 바싹 조여입은 세속적인 치장이 흐트러지지나 않을까 옷매무새 가다듬기에 바빴다. 그처럼 자신의 옷매무새조차 가다듬기 어려운 가운데서도 가슴에 안고 있는 옷보퉁이 간수하랴, 달구지 판자 위에서 공깃돌 구르듯 때굴때굴 중심을 못 잡고 흔들리고 있는 나를 챙기느라 전전긍긍이었다.

그런 고초를 겪어가며 어렵사리 읍내까지 도착했어도 여정은 순조롭지 못했다. 버스터미널이나 트럭들이 들락거리는 화물집하장 여기저기를 돌아다니며 아버지가 있을 만한 거처를 수소문해야 했기 때문이었다. 어머니는 몇 번인가 주저한 끝에 나를 데리고 길 떠난 것을 후회하는 듯 줄곧 나를 바라보며 혀를 차곤 했다. 그런 와중에도 갈대밭에 떨어진 화살처럼 찾기 어려운 아버지의 행방을 얼추 집어낸 듯했다.

아버지는 우리들이 당도한 읍내에서도 먼 곳에 있는 모양이었다. 그곳까지 가는 버스를 타려면 부득이 읍내의 여인숙에서 예정에 없었던 하룻밤을 묵어야 했다. 불과 몇 푼 되지 않아 보이는 노잣돈을 아끼려고 안간힘을 쓰는 어머니의 노력은 측은할 정도였다. 선택의 여지없이 읍내에서 하룻밤을 묵어야 한다는 결론에 이르렀을 때, 어머니는 읍내 골목길 속에 숨어 있는 모든 여인숙을 샅샅이 뒤지고 다니며 숙박비를 흥정했다. 찾아간 여관이나 여인숙마다 제시하는 금액은 별

차이가 없었으나, 여비가 빠듯해진 것을 깨닫게 된 우리에겐 절박한 일이었다. 여인숙의 주인들은 알량한 숙박비를 아득바득 에누리하려 드는 어머니를 시선을 치뜨고 상대하면서 푸대접으로 일관했다. 그러나 어머니는 조금도 개의치 않고 끈질기게 달라붙어 뻣뻣하기만 한 주인을 설복시켜 방 한 칸을 헐값으로 얻어냈다.

그날 밤, 난생처음 집을 떠나 낯선 객지에서 하룻밤을 자게 된 나는 새벽에 잠에서 깨어날 때까지 어머니 잔허리에 게딱지처럼 달라붙어 새우잠으로 지새웠다. 그 여인숙의 야박한 주인은 숙박비를 파격적인 가격으로 에누리해주는 대신 척추까지 오그라들 듯한 매몰찬 냉골에 우리 모녀를 재운 것이었다. 소도시의 야박하고 냉정한 인심과 맞닥뜨리면서 나는 우울해졌다. 뒤뜰에 키 큰 오동나무가 열적게 서 있는 집으로 돌아가고 싶었다.

우리는 이튿날도 거의 종종걸음이었다. 피로만 쌓이는 여정이 고단하기 그지없었으나, 아버지를 만날 수 있으리란 기대감에 다리가 아프고 배가 아프단 말로 불평을 늘어놓기는 싫었다. 우리 모녀는 지난밤 뼛속까지 집요하게 파고들던 오한으로 말미암아 햇살이 따뜻한 대낮에도 사시나무 떨듯 해서 남 보기 민망할 정도였다.

눈가루가 부스스 흩어지기 시작하던 그날 오후, 우리 두 사람은 지난밤에 묵었던 읍내보다 더 크고 번잡한 도시 변두리에 있는 여관방에서 어렵사리 아버지와 대면할 수 있었다. '만났다'는 따뜻한 표현을 쓰기에는 너무나 어색한 그런 만남이었다. 그 어색하고 쓸쓸함은 마치 두 부부가 서로 거울을 보며 연구나 한 것처럼 똑같이 초라하고 냉담하게 얼어붙어 있었다. 아버지의 입성은 비 맞은 수탉처럼 후줄그레하고 남루했다. 몇 달 동안이나 단벌로 견딘 입성은 노름방을 전전하며 묻은 땟국으로 꾀죄죄하기 그지없었다. 길게 자란 엄지손가락과 새끼손가락의 손톱에는 때가 새까맣게 끼어 있었다. 그때처럼 아버지가 하찮은 위인으로 보이긴 처음이었다. 그때까지의 나에겐 아버지의 이미지는 언제나 큰 것과 관련되어 있었다. 그런데 집을 나서서 그곳 소도시에 당도하기까지 우리 모녀 곁을 지나쳤던 수많은 사람들도 그때의 아버지보다 눈물이 날 만큼 작아 보였던 사람은 없었다. 그것은 그 짧은 여행에서, 혹은 전혀 예상할 수 없었던 장소에서 느닷없이 마주친 아버지에게서 얻은 환각이며 착시일 것인데, 어떻게 해서 그 착시에 익숙해진 것인지 알 수 없었다. 어쩌면 아버지의 존재는 우리들 세 식구가 기거하는 집에 있으므로 그 존재가 뚜렷해 보이는 것인지도 몰랐다. 밤 지새우기를 예사로 알고 있는 아버지의 얼굴은 거의 회갈색으로 변해 있었고, 검지와 중지 사이의 손가락은 밤낮을 가리지 않고 줄곧 피워댄

줄담배의 댓진으로 새까맣게 절어 있었다. 감은 지 오래되어 정수리에 착 달라붙은 머리칼, 쇄골이 앙상하게 드러난 어깨, 앞으로 과도하게 구부러진 어깨 따위가 아버지의 고단한 객지생활을 명료하게 설명해주고 있었다. 게다가 이젠 수전증까지 있는 듯 무엇을 잡거나 끌어당기려 할 땐 손을 떨기까지 했다. 어머니는 줄곧 떨리고 있는 아버지의 손을 혼란스런 시선으로 바라보다 말고 소스라쳐 물었다.

"당신 혹시 아편 해요?"

"불각시에 그게 뭔 소리여?"

"아편 먹소? 안 먹소?"

"먹고 싶은 마음은 굴뚝같지만 없어서 못 먹겠네."

"아편 안 먹으면 손은 왜 사시나무 떨듯 하오?"

아버지는 피워물었던 담배를 재떨이에 비벼껐다. 그리고 어이없다는 듯이 어머니를 칩떠보며 손사래를 쳤다.

"무슨 엉뚱한 소리를 하나? 이 나이에 벌써 무슨 수전증이 있다고 사람을 몰아붙이나."

"손이 떨리면 그게 수전증이지, 그럼 폐병 들었다고 해야겠어요?"

"허…… 생사람 잡아도 구멍을 두어야지. 오랜만에 만나서 귀에 듣기 좋은 소리만 해도 못다 할 판국에 어째 물어뜯기부터 먼저 하려 드나?"

"하기사 하늘이 올곧은 일에 쓰라고 점지한 손을 이날 이때까지 칭찬받을 일에는 한 번도 써본 적이 없으니까. 수전증을 앓아도 싸지. 그러다가 지레 죽겠소. 중풍 들어 병신 되기 전에 집으로 돌아갑시다."

"미운털 박힌 소리만 골라가면서 하는구만."

"거리귀신에 덮어씌어서 객지생활 길게 하다간 송장 되고 나서야 집 찾아올 낀데, 그땐 송장 메줄 사람도 없어요. 이쯤에서 손 털고 정신차려요."

"점입가경이구만."

"지금이라도 늦지는 않았습니다. 사람 구실하고 살려거든 집에 갑시다."

"못 가."

아버지의 태도는 단호했다. 그런 아버지의 얼굴을 어머니는 물끄러미 바라보았다.

"정말로 못 가겠다는 것입니까?"

"내가 지금 여기서 멈추게 되면, 세상이 나를 짓밟고 저들 궁리대로 굴러가고 말 것이야."

"무슨 대단한 일이라도 하는 사람처럼 얘기하네?"

"나한테는 큰일이야."

"당신한테도 꿈이 있소?"

"꿈이 있고 없고가 무슨 문제야. 그냥 그때 손에 잡히는 것 그것을 이용하면서 살아가는 거지. 난 절대로 멈출 수 없어."

아버지의 단호함에 질린 어머니의 입에서 짧은 한숨소리가 흘러 나왔다. 그리고 말머리를 돌렸다.

"집에 가기도 싫고 나 보기도 싫다면, 그 잘난 손목이나 떨지 말든지…… 그 손으로 화툿목이나 온전히 가릴까. 저 꼴을 빤히 보고도 모른 척하고 있는 식구라는 위인들도 가소롭긴 마찬가지입니다."

장난삼아 말더듬이를 흉내내다가 정말 돌이킬 수 없는 언어장애자가 되는 것처럼, 아버지의 수전증도 처음엔 시험 삼아 해본 계략이었다. 노름판을 전전하는 사람들은, 사람은 겉과 속이 판이하게 달라야 한다는 무서운 진리를 스스로 깨우치게 된다. 그런 것은 얼굴이 두꺼울수록 유리하고 손이 떨릴수록 사기성으로부터 자유로울 수 있었다. 손이 병적으로 떨린다는 것은 상대방에게 속임수를 쓸 수 없을 것이란 믿음을 준다. 따라서 상대의 시선을 다른 곳으로 유인할 수 있는 책략으로 작용한다. 아버지의 그런 책략은 자신도 모르게 몸에 배어버림으로써 노름판이 아닌 곳에서도 수전증은 계속되는 것이었다.

어머니가 줄곧 딴죽 걸고 비꼬는 것을 멈추지 않는데도 아버지의 손바닥이 어머니의 따귀로 올라가지는 않았다. 어머니가 비틀어 물면 비틀어 무는 대로 가만두고 보자는 심산인 것 같았다. 아버지는 개가 공격하거나 지악스럽게 짖어댈 때 다가가서 달래거나 쓰다듬어주는 행위가 잘못된 대책 중의 하나라는 것을 잘 알고 있었다. 그때 개를 진정시키려 들면, 자신이 짖어대고 있는 행위에 대한 보상으로 알고 더욱 사나워질 것이었다. 그렇다고 폭력을 구사한다면, 불안감을 증폭시켜 더욱 사나워질 수 있었다. 가장 현명한 방법은 제풀에 지치도록 가만히 지켜보는 것이었다.

어쨌든 객지에서 갖은 신산을 겪고 있는 그에게 겨울에 입을 솜옷 한 벌을 들고 나타났다면, 홀대로 일관할 수는 없는 노릇이었다. 세상에 태어나서, 혹은 어머니와 결혼한 이후로는 처음 받아보는 융숭한 대접이었을 수도 있었다. 그러나 아버지가 겪고 있는 객지생활의 고초와 위험성은 어머니의 헌신적인 사랑을 부채질하는 측면도 있었다. 어머니가 옷보퉁이를 풀고 있을 때의 표정에선 분명 아버지에 대한 일말의 연민을 읽을 수 있었다.

"아무리 객지생활이라지만, 몰골이 눈 뜨고는 못 보겠습니다. 꼴이 그 모양이면, 굶은 호랑이도 안 물어가겠습니다."

어머니의 빈정거리는 투는 당연할 수도 있었으나, 입 다물고 있어도 좋았을 아버지가 되받아쳤다.

"호랑이가 물어가라고 새 옷으로 단장하란 말 같구만."

"꼴에 말귀는 썩 잘 알아듣네요."

"아무리 척이 진 내외간이라지만, 명색이 남편을 두고 한다는 험담이 어째 소름끼치게 살기등등해."

"당신 입에서 남편이란 말이 수월하게 나오는 것은 소름끼치지 않는가봅니다?"

"또 할퀴고 드는구만."

아버지는 한숨 돌릴 여유를 찾으려는 듯 다시 담배를 꺼내 물었다. 아버지의 가늘고 긴 손가락들이 담배 한 개비의 무게도 감당하기 어려운 듯 가녀리게 떨렸다. 아버지의 파리한 입술을 바라보던 어머니도 더이상 말꼬리 잡고 늘어지지 않았다. 담배연기를 후욱 내뿜은 아버지가 한풀 꺾인 어조로 말했다.

"내 거처를 용하게 찾아냈구먼……"

"좁은 땅덩어리에서 옹기종기 모여 살고들 있는데, 하늘 끝 간 데로 간들 못 찾겠어요?"

"길도 험한데 어진이는 왜 데리고 왔나."

"호랑이라도 내려와서 물어갈까 해서 데리고 왔습니다. 호랑이가 무섭지 않더라도 꼴같잖은 남편 찾아나선다고 철없는 계집아이를 혼자 집에 두고 길을 나선단 말입니까. 게다가 며칠이 걸릴지 알 수도 없고……"

"또 이상한 소리 하네. 작년 여름에는 어진이를 공중에 매달아두고 집을 나섰지 않았나. 그때 그물침대인지 하늘그넨

지 거기서 혼자 배겨나다 못해 떨어져 다리를 다쳤던 것이 생
각 안 나나?"

"철없는 아이를 앞에 두고 내 체면 깎을라고 작정했어요?"

"철없는 아이를 그렇게 만든 것은 생각하지 않나?"

"그렇게 만든 원인은 어디에 있었지요?"

"나한테 있었다는 얘기구만?"

"그럼 누구한테 있겠어요."

닭이 먼저냐 달걀이 먼저냐를 두고 두 사람 사이에 언쟁이
벌어지기 시작했다. 그로써 며칠 밤을 지새워 핫옷을 지어 남
편을 찾아온 어머니의 온후함과 간절한 애정은 거추장스럽고
덧없는 것이 되고 말았다. 확실한 것은 두 사람 가슴속을 뻔
질나게 오가며 후벼파는 분노와 그 분노를 부추기는 자극적
인 언사들뿐이었다. 나뭇등걸을 찍어대는 딱따구리나 박새는
나무 속에서 동면하고 있는 곤충을 잡아낸다지만, 두 사람이
서로를 후벼파는 것은 가슴속에 있는 고통과 악령을 끄집어
내어 흔들어대는 것뿐이었다. 두 사람은 그래서 언제나 서로
그리워하면서도 앙숙이었다.

4

지난여름의 일은 생생하게 기억하고 있었다. 어머니 역시 그때의 가슴 아픈 기억 때문에 무리해서 그녀를 데리고 길을 나선 것인지도 몰랐다. 작년 여름, 그때 역시 바람처럼 집을 나선 아버지는 달포가 넘도록 감감무소식이었다. 아버지의 오랜 무소식에 대한 어머니의 반응이 구체적으로 나타나기 시작했다. 막연한 것을 불구하고, 남편이 집으로 돌아올 때까지 침착하게 기다렸던 지금까지의 자세가 아니었다.

부엌에서 밥을 짓다가 그릇을 깨뜨리는 일은 다반사였다. 마을 공동우물에 물을 길으러 갔던 사람이 빈 물동이를 그대로 머리에 이고 돌아오는 황당한 일을 저지르기도 하였다. 마당을 쓸다 말고 빗자루를 그대로 마당 한가운데 놓아두고 방으로 들어와 걸레질을 하였다. 그나마 규칙적이었던 삶의 축이 거침없이 무너지고 있다는 징조를 보였다. 아버지가 영영 돌아오지 않을 수도 있다는 위기감이 어머니의 뒷덜미를 잡고 흔들고 있는 것이 분명했다. 흡사 죽은 사람처럼 곤하게 잠 속으로 빠져들었다가 어느 순간 엉덩이를 송곳으로 찔린 사람처럼 화들짝 일어나 앉는 일들을 매우 천연덕스럽게 되풀이하는 것이었다. 분노한다든지, 어떤 물리적인 자극을 받았다든지, 혹은 어처구니없고 억울한 구타를 당하지 않고도 그런 모습을 보여줄 수 있다는 것을 증명이라도 해주듯이. 어머니의 어떤 깊은 곳에서 그런 소름끼치는 의식이 만들어지고 있는 것처럼 보였다. 남편이 보고 싶다거나 그리워하고 있다는 것이 어떻게 해서 그런 모습으로 나타나는 것인지 나는 도무지 알 수 없었다.

내가 잠에서 깨어난 것은 아침이었다. 어머니로부터 잠충이라는 핀잔을 곧잘 들었던 나는 지난밤에도 잠이 든 이후로 한 번도 깨어난 적이 없었다. 그런데 이상했다. 어섯눈을 떴을 때, 위로 바라보이는 것이 쥐오줌 자국으로 얼룩진 안방 천장이 아니라, 사방이 끝간데없이 탁 트인 아침 하늘이었다. 순간적으로 화들짝 놀랐던 나는 발딱 상반신을 일으켰다. 그러나 여의치 않았다. 엉덩이가 허공에 떠 있거나 아니면 두 발을 버틸 수 있는 자세를 잡을 수 없다는 무력감 때문이었다. 몇 번인가 시도해보았으나 실패만 거듭될 뿐이었다. 잠에서 확실히 깨어났다는 것을 의식하고 있으면서도 발딱 몸을 일으킬 수 없다는 것이 이상했다. 일어나야겠다는 생각을 버리고 다시 몸을 뉘었다. 그제야 내 처지가 어떤 지경에 이르렀는지를 깨닫기 시작했다. 지난밤에 내가 잠들었던 곳은 분명 안방이었다. 그런데 잠에서 깨어난 장소는 안방이 아닌 뒤뜰에 매어진 그물침대 속이었다. 마치 비닐팩 속에 든 채로 냉동된 꽁치처럼.

내가 포박되어 있는 그물침대 한끝은 그 오동나무 가지에 매여있고 다른 한끝은 안방 뒤쪽의 서까래 기둥에 매어져 있었다. 아래쪽을 내려다보았다. 그 순간 나는 소름이 등골을 타고 내려가는 것을 느꼈다. 내 몸뚱이는 그물에 꽁꽁 묶인 채 너무나 아득한 낭떠러지 위에 대롱대롱 매달려 있었다. 아래를 내려다본 순간 그쪽에 펼쳐진 공간은 내가 하늘 쪽으로 바라본 공간보다 훨씬 더 위협적으로 크고 넓어 보였다. 그 공간은 나로선 감히 넘볼 수 없는 가공스런 공간이었다.

그 순간 내 입에서 울음이 터져나왔다. 아득하게 높은 벼랑 위에서 까치발을 하고 아래의 계곡을 내려다보는 듯 아슬아슬했기 때문이었다. 아득함이 너무나 섬뜩해서 발버둥쳐볼 엄두조차 할 수 없었다. 가슴을 엘 듯이 엄습해오는 영락감이 순식간에 가슴을 파고들었다. 어떤 수단을 강구하더라도 아래로 뛰어내려야 한다고 생각했다. 그러나 그것은 생각뿐, 전혀 실행에 옮길 수 없었다.

지난여름 나는 마을 뒤쪽에 있는 냇가의 소에서 자맥질했던 적이 있었다. 그때 나는 용기를 내어 깊이를 알 수 없는 물속으로 자맥질해들어갔다. 매우 긴 시간 동안 아래쪽으로 헤엄쳐들어갔는데도 밑바닥의 개흙이 만져지는 곳까지는 이르지 못했다. 한동안 깊숙이 내려갔다는 느낌이 드는데도 그랬다. 물 밖에서 떠들고 있는 아이들의 악다구니 소리도 이젠 들리지 않았다. 수면에 비치는 햇살도 희미해져 있었다. 그 순간 나는 몸을 뒤틀어 수면 쪽을 바라보았다. 햇살이 내려앉고 있는 수면이 저만치 아득하게 올려다보였다. 그리고 귀가 먹먹할 정도로 너무 멀리 자맥질해들어왔다는 것을 깨달았다. 순식간에 가슴을 때리는 절망감을 느꼈다. 곧장 숨통이 끊어질 것 같은 공포가 가슴을 에었다. 때맞추어 호흡이 치명적으로 가빠왔다. 나는 그만 입을 벌리고 한껏 물을 마셔버렸다. 그렇게 해선 안 된다는 것을 알고 있었지만, 불가항력이었다. 그리고 정신을 잃었다.

언제였던가. 웅성웅성하는 사람들의 목소리가 아득하게 들려왔지만, 아직도 시야는 새까만 하늘로 뒤덮인 채였다. 내 몸뚱이는 뭔가의 충격으로 심하게 요동치는 것이었고 다시 정신이 혼미해지면서 사람들의 웅성거리는 소리들이 아득하게 멀어져갔다. 그러다가 어느 순간, 하늘이 바라보였다. 내

생전에 그처럼 파랗게 맑은 하늘은 처음으로 보는 듯했다. 그
러나 곧장 그 파란 하늘에 구름이 떠내려가고 있었다. 나는
또한 구름을 처음 보는 아이처럼 구름들을 바라보기 시작했
다. 두둥실 떠나가던 구름 속에서 느닷없이 아버지의 얼굴이
나타났다. 아버지가 물었다.

"이거 우리 어진이 아냐. 어진아, 니 어진이 맞지?"

"예, 어진이 맞습니다."

"너 거기 누워서 뭐하고 있지?"

"헤엄치고 있잖아요."

"헤엄치고 있다고? 어허, 야가 정신이 어째 잘못됐나. 하
늘그네를 타고 있으면서 헤엄치고 있다니? 네가 정신이 나갔
나?"

그때 아버지의 얼굴이 조금씩 일그러지기 시작했다. 항상
그랬던 것처럼 아버지가 또다시 훌쩍 떠나버릴지도 모른다는
생각 때문에 초조해졌다. 벌떡 상반신을 일으키며 아버지의
손을 잡으려 하였다. 그러나 상반신을 일으킬 수 있기는커녕,
내 엉덩이는 뒤에서 잡아당기는 것처럼 묵직했다. 상반신을
일으키려고 안간힘을 쓸수록 엉덩이를 뒤로 잡아당기는 힘은
더욱 확대되어 나를 끌어당겼다.

"아버지, 또 어디로 가려는데요?"

"내가 가기는 어디로 간다고 그러지?"

"아버지 날 쫌 꺼내주세요."

"내가 가지는 않겠지만, 너를 그네에서 꺼내주지는 못할 것 같다. 너 엄마가 한 짓인데, 내가 꺼내주고 나면 내가 또 무슨 악담을 듣겠나. 엄마가 날 잡아먹으려 할 텐데."

"그래도 날 좀 잡아주세요."

"너 엄마한테 욕을 당한다 하더라도 널 당장 거기서 꺼내주고 싶지만, 내가 너무 멀리 있다. 그래서 나도 죽고 싶다."

그 순간 아버지의 모습은 구름이 감싸안고 하늘 저쪽 끝 멀리로 사라지고 흔적도 보이지 않게 되었다. 나는 또다시 울음이 터져나왔다. 그리고 한나절을 내처 그물침대에 갇힌 채 울면서 보냈다.

나는 해 질 녘까지 꼬박 굶고 허공에 뜬 채로 보냈으면서도 어머니를 애타게 찾지는 않았다. 나는 어머니가 덮어주고 간 낡은 담요를 뒤집어썼다가 다시 벗는 것을 되풀이하면서 사뭇 울음으로 보냈지만, 그네에서 뛰어내릴 엄두는 할 수 없었다. 소리를 질러댄다면 지나가는 이웃의 도움을 받을 수 있을지도 몰랐다. 그러나 사방 어디를 둘러보아도 바깥마당이나 담 너머의 정경을 볼 수 없었다. 어머니의 모습은 해가 지고 산그늘이 내리고 저녁 이내가 산기슭에 걸리는 늦은 시각까지 나타나지 않았다.

해가 저물면서 붉어졌다 회색으로 변한 노을빛이 대지에

깔리기 시작했다. 낮 동안 쉴새없이 흔들리고 있던 나뭇잎들이 조용히 숨을 고르고 있었다. 이웃에서 스며든 저녁연기들이 노을 속으로 들어가 날개를 접었다. 고요와 적막함이 서로 엉키고 뒤섞여 이상한 안도감이 가슴속에 자리잡았다. 노을이 사라지면서 어둠은 땅으로부터 천천히 피어올라 허공과 하늘에 나열되어 있던 모든 것을 지워나갔다. 그리고 땅으로부터 피어올랐던 어둠의 깨알 같은 파편들이 그때부턴 민들레 꽃씨처럼 하늘하늘 땅으로 내려앉기 시작했다.

대지가 그 어둠 속으로 완전히 사라져버렸을 때, 그 속으로부터 아주 천천히, 아이들의 소리없는 미소처럼 별이 뜨기 시작했다. 흔히들 말하듯 반짝이는 별, 그 별들은 밤마다 어둠 속에서 빛나고 있었을 것이다. 그러나 내가 그날 밤 바라본 별들은 너무나 낯설었다. 낯선 것은 두려웠다. 그런데 내가 경험하고 있는 낯섦에는 그런 감정을 느낄 수 없었다. 왜냐하면 하나둘씩 제 모습을 드러내는 별들 모두가 나에겐 작은 돛단배처럼 보였기 때문이었다.

나는 도화지를 펼치면 그 실체를 한 번도 경험하지 못했던 돛단배를 그려왔었다. 넓디넓은 바다를 흘러가고 있는 그 돛단배들에게 이름을 붙이기 시작했다. 내가 알고 있는 모든 사람들의 이름이 그들 돛단배의 사공이 되었고 그 사공들의 영혼을 실은 배들은 가없는 바닷속으로 흩어져 어디론가 거칠 것 없이 흘러가고 있었다. 흘러가는 배들을 나는 누워서 바라보고 있었지만, 사실은 정면으로 바라보고 있는 셈이었다. 크나큰 안도감이 나를 감싸기 시작했다. 그래서 그날 내가 맞이했던 밤은 짐승들의 소리가 들려왔어도 전혀 두렵지 않았고 오직 편안했을 뿐이었다.

숲보다 바위가 더 많은 뒷산 기슭 어디선가 수리부엉이가 울고 있었다. 욕설과 매질로부터 일시적으로나마 멀어진 지금의 상태가, 흡사 무중력 속을 부유하는 듯한 무력감과 함께 험악한 말투와 고함소리, 혹은 공격적인 언사와 매질과 두려움으로부터 무관한 세상 속으로 하염없이 떠밀려가는 듯했다. 그런가 하면 평소에는 마냥 귓결로 흘려보내버려서 아무렇지도 않았던 풀벌레 소리나 나뭇잎들이 미세하게 떨리며 서로 부딪치는 소리, 그리고 오동나무 잎사귀에 후둑후둑 떨어지는 빗소리 들까지도 명료하게 귓전에 와 닿았다. 그 소리들이 발산하는 서러움으로 나 역시 흔들리기 시작했다. 그것들은 내게 다가와 매우 독특한 과장법으로 나를 끌어당겼고, 때로는 왜곡되어 내 귀와 시선에 밤새도록 너울거리고 뒤틀리고 춤추며 기묘하게 어른거렸다. 나는 다시 얼빠진 상태가 되었고, 졸음이 차츰 내 긴장과 두려움을 가려주기 시작했다. 방광이 터져나갈 듯이 조급했던 마려움도 언제부턴가 내 머릿속에서 말끔하게 씻겨나가고 없었다. 누가 나를 대신하여

속 시원하게 방뇨를 해준 것처럼.

이튿날 해 질 무렵에야 어머니는 핼쑥한 얼굴로 집으로 돌아왔다. 그리고 뒤뜰의 오동나무 가지에 매달린 그물침대에 탈기한 채로 널브러진 나에게 힐끗 일별을 주었다. 부엌의 항아리에 바가지를 휘휘 내저어 물을 떴다.

"물 마셔라."

나는 그 바가지를 들고 서 있는 어머니를 빤히 쳐다보았다.

"안 마셔."

"마셔라."

"안 마셔."

"안 맞고 싶거든 마셔라."

나는 비로소 바가지를 게걸스럽게 끌어당겨 배가 터지게 물을 마셨다. 그런 나를 물끄러미 내려다보고 서 있던 어머니가 물었다.

"별일 없었제?"

나는 물바가지를 입에서 떼자마자 그 자리에서 쓰러지고 말았다. 내 이름을 다급하게 부르는 어머니의 목소리가 저만치 멀어져가고 있었다. 다시 혼절에서 깨어났을 때, 내 얼굴과 가랑머리는 흠뻑 젖어 있었다. 기겁을 한 어머니가 내게 물바가지를 끼얹었기 때문이었다.

5

그 여인숙 방에서 어렵사리 이루어졌던 부부의 대화는 그
대목에서 다시 말문이 닫혀버렸다. 그런데 바로 그 순간이었
다. 아버지는 어머니와 내가 미처 시선을 피할 말미도 주지
않고, 그 꾀죄죄한 옷들을 벗기 시작했다. 윗도리와 바지 그
리고 속옷까지 조금도 주저 않고, 거침없이 벗어 알몸이 될
때까지 어머니는 뚫어지게 바라만 볼 뿐 아버지의 거친 행동
을 핀잔하거나 제지하지 않았다.

이성을 잃은 듯한 아버지의 대담한 도발에는 까닭이 없지
않았다. 어머니의 말대꾸마다 경멸이 도사리고 있다는 것에
분개했기 때문일 것이었다. 멀지 않은 장래에 혹한을 맞이할
남편의 처지가 측은하게 생각되어 솜옷을 지어왔으면서도 굳
이 배알이 뒤틀릴 말만 골라 하는 어머니의 비뚤어진 속내가

괘씸했던 것이었다.

순식간에 홀딱 벗어버린 아버지의 알몸은 역시 빈약하고 초라했다. 그때까지 아버지는 나에게 견고하거나 크다는 이미지로 다가왔었다. 밀어붙여도 넘어지지 않으며 잡아당겨도 좀처럼 끌려오지 않으며 쇠꼬챙이로 난자를 한다 해도 흠집 하나 나지 않는 대상으로 알았다. 어린 시절에 눈앞에 나타나는 모든 현상들은 실제보다 과장되거나 확대되어 기억되기 마련이었다. 그런데 그때 내 앞에 실체를 드러내던 아버지의 모습은 정녕 보잘것이 없을 정도로 쪼그라들어 있었다.

그것은 내가 미처 알아차리지 못하고 있는 가운데 아버지가 쇠락의 길을 걷고 있다는 증거이기도 했다. 그러나 팔과 몸통 그리고 다리 혹은 허리와 같은 몸 전체를 구성하고 있는 균형에 비교한다면 아버지의 사타구니 사이로 축 늘어진 시커먼 성기는 비정상적으로 무척 컸다. 불과 열네 살의 나이였던 나는, 그때 남자의 왜소한 체구에 매달려 시달림을 받고 있는 그 가래떡 같은 성기를 처음으로 목격한 것이었기 때문에, 실제보다 과장되어 보인 것일 수도 있다. 어쨌든 나는 수치심으로 화끈거리는 얼굴을 두 다리 사이에 묻었다. 어머니도 알아차리지 못하는 사이 나는 사춘기를 겪고 있었다.

어머니는 어째서 아버지의 객기를 만류하지 않았는지 궁금했었다. 어쩌면 먼 곳까지 찾아온 아내에게 아버지가 보여주고 뽐낼 수 있는 것이란 그 도구가 유일했을 수도 있다. 그것은 마치 수사슴이 자신의 머리가 휘청거릴 정도로 과장되게 자란 뿔로 수컷임을 자랑하려는 것과 같은 것인지도 몰랐다. 혹은 그 반대일 수도 있었다. 노출을 상습적으로 즐겨하는 것은 자부심이 없고 자신이 실패한 사람이라는 것을 스스로 인정하려는 행동인지도 모른다. 스스로 보기에도 남자답지 못하면서도 남자의 이름으로 행세하고 있다는 것을 비관적으로 증명하려는 것인지도 몰랐다. 반대로 성기를 사람들 앞에 드러내놓고 상대방으로 하여금 당혹감과 혼란을 줌으로써 자기 스스로에게 성기가 얼마나 중요한지를 입증하려는 의도 역시 있었을지 모른다. 그것을 가지고 여자를 까무라치게 할 수도 있을 것이며, 엄청난 힘을 가지고 있다는 것을 증명해 보일 수도 있기 때문이다. 그러나 그날 밤 아버지의 대담하고도 급작스러웠던 일탈은 과연 어느 쪽에 속하는 것인지 어린 나로서는 알 수 없는 일이었다.

그날 밤 그 여인숙 방에서 두 사람은 내가 잠결에도 확연하게 느꼈듯이 걸판지게 열정을 나누었었다. 나를 바로 곁에 두고도 두 사람의 행동은 이성을 잃은 것처럼 조금도 주저가 없었다. 어머니는 자신의 배를 뜨겁게 달궈주는 유일한 도구인 아버지의 성기를 탐했다. 밤새 아버지의 목덜미를 파고들며 애무를 간절하게 원했고, 그리고 끊임없이 질문을 던졌다. 아버지가 다른 여자를 두고 있는 것이 아닌가 하는 것이었다. 어머니의 끊임없는 추궁과 안달에도 아버지는 일체 대꾸 없이 오로지 그 일에만 열중하는 듯했다. 섹스는 아버지의 일인 노름과 비슷한 측면을 가지고 있었다. 같은 생각을 가지고 있는 사람들이 어두운 불빛 아래에서 한 가지 일을 가지고 몸을 비비거나 부딪치거나 대화한다. 그러면서 서로의 감정이 고조된다. 그럼으로써 서로 비길 수 없는 신뢰가 필요하다는 것을 가슴으로 느끼게 되는 것이다. 그날 밤 두 사람은 어머니가 항상 바라고 있었던 것처럼 서로 신뢰하며 의기투합했을 것이었다.

여자에 대한 질문은 또다시 공격할 수 있는 빌미를 찾아내려는 어머니의 속셈이란 것을 알고 있었기 때문에 아버지도 대꾸하지 않았다. 어머니는 아버지의 바람기에 어느 정도 융통성을 보일 것처럼 말했다. 그날 밤 어머니가 한 말 중에 기억하고 있는 대화가 있다.

"금실이 좋다는 원앙도 수놈은 기회만 있으면 다른 암컷과 오입질을 한답디다."

"그거 처음 듣는 얘기네."

"당신은 처음 들었는지 모르지만, 나는 여러 번 들었어요."

다른 여자를 진정을 바쳐 사랑하고 그것에 빠져 헤어나지 못한다면 모를까, 남자가 객지로 돌아다니며 사소하게 피우는 바람기는 어느 정도 참아줄 수 있다는 듯이 떠벌렸다. 상습적이거나 심각하게 보일 때에는 결코 참아넘길 수 없기 때문에 아버지 가슴속에 숨겨져 있는 진정성을 캐물으려 하는 것이었다. 아버지 역시 사귀고 있는 여자가 있든 없든 어머니의 가슴속에 숨겨져 있는 비수를 간파하지 못할 리는 없었다.

나는 늦은 아침 비로소 잠에서 깨어났고, 그리고 어머니가 보이지 않는다는 것을 깨달았다. 불안한 얼굴로 두리번거리고 있는 나에게 아버지가 나지막하게 말했다.

"어디로 갔는지 나도 모르겠다마는 기다리면 곧 돌아올 거야. 자기 친정집이 여기서 멀지 않으니 거기로 갔는지도 모르지."

"엄마 언제 갔는데요?"

"아침 일찍 널 맡겨놓고 꼬리에 불 단 짐승처럼 허겁지겁 어디라는 얘기도 않고 정신없이 달려가더라. 인정머리도 없이. 걱정할 것 없다. 아침 일찍 갔으니까 저녁에는 안 돌아오겠나."

"언제 올 건데요?"

"안 온들 무슨 걱정이고. 내하고 같이 살면 되지."

나는 간절하게 물었으나 아버지의 반응은 시큰둥했다. 그때 비로소 어머니가 무엇을 하든 어디로 가든 아버지의 허락 따위는 안중에 없게 되었다는 것을 깨달았다. 아버지가 그랬던 것처럼 어머니의 사주에도 역마살은 있다는 깨달음이었다. 어머니가 다시 여인숙으로 모습을 드러내기까지 이틀 동안 아버지는 아무런 불평도 없이 나를 곁에 두고 지키고 있었다. 아버지는 그 동안 내 곁을 지키고 앉아서 손목시계를 풀어 오랫동안 닦고 있었다. 아버지가 말하기를 그것은 좀처럼 손에 넣기 힘든 명품이라고 했다. 서울 부잣집에서도 구경하기 힘들다는 그 귀중한 시계가 어떻게 해서 아버지 수중에 들어왔는지는 알 수 없었다. 아버지는 거의 하루 종일이다시피 그 시계를 알코올에 적신 손수건으로 닦고 또 닦았다. 어찌나 닦았는지 시계판을 얼른 보아도 사람의 얼굴이 카메라의 렌즈처럼 입체적으로 비쳐 보였다. 얼굴뿐만 아니었다. 시계를 비추는 각도에 따라서는 곁에 있는 사람의 손바닥 속에 숨긴 작은 물건까지도 금방 식별할 수 있을 정도였다. 시계 닦는 일이 지겨워지면, 아버지는 방바닥에 등을 붙이고 누웠다. 그다음 한 다리를 허벅지 쪽으로 끌어당겨 무릎을 올렸다. 다른 한 다리를 그 무릎에 포개 얹은 다음 발목을 까딱까딱 흔들기 시작했다. 그때 아버지의 양손은 자신의 뒤통수를 받치고 있었다. 그 동작을 잠드는 법도 없이 오랫동안 계속했다. 그것은 아버지가 뭔가를 골똘하게 생각하고 있다는 증거였다. 까딱까딱까딱…… 그 습관적인 발놀림은 아버지의 속내를 거울에다 비추듯 명징하게 보여주는 풍향계와 같았다. 발을 천천히 흔들고 있을 땐 적어도 사오 일 정도는 집에 머물 수 있을 만큼 주변 여건이 안정되어 있다는 예측이 가능했다. 그러나 매우 가파른 속도로 움직이고 있을 때는 적어도 하루나 이틀 뒤에는 집을 떠난다는 것을 예견할 수 있었다. 발을 천천히 움직일 때는 아버지가 객지에서 겪었던 경험들 중에서 즐거웠거나 유쾌했던 일들을 회상하고 있을 때였다. 그러나 그 움직임이 빠른 경우는 매우 불길한 징조가 엿보였다. 경찰의 수배를 받고 있거나 동료들 사이에서 모함이나 배신 따위가 불거져나와 피신 삼아 집에 들렀다는 것을 예상할 수 있었다. 아버지의 괴벽은 그것에서 그치지 않았다. 창호지를 잘게 찢어서 손으로 똘똘 말아 송곳처럼 만들었다. 그리고 그것을 콧구멍 속에 밀어넣었다. 그 조금에 아버지는 목젖이 선명하게 불거지도록 고개를 뒤로 젖히면서 재채기를 쏟아냈다. 그 재채기의 쾌감을 즐기기 위하여 아버지는 몇 번인가 그것을 콧구멍 속으로 밀어넣다 뽑았다를 반복했다. 아버지는 언젠가 혼잣소리로 말했다.

"옛날부터 선비들은 일하지 않고 놀고먹었다."

아버지와 어머니의 관계는 촉수에서 물고기를 마비시키는 치명적인 독을 분비하는 산호초와 그 속에서 공생하는 흰동가리라는 고기의 관계와 흡사하였다. 흰동가리는 산호초에서 부화하자마자 먼바다로 탈출하는 본능이 있다. 그러나 몇 달

후에는 문득 자신이 태어난 산호초의 집으로 되돌아와 머문다. 그 동안 포식자들의 위협이나 공격을 받게 되면, 흰동가리는 포식자를 독성을 가진 산호초 속으로 유인해서 마비시켜버리고 자신은 살아남는다. 천적에겐 치명적이지만, 흰동가리에게는 산호초의 촉수에서 분비되는 독을 무력화시키는 분비물이 있기 때문이다. 아버지는 집 밖에서 불거진 사건으로 신변의 위협을 느끼게 되면 필경 집으로 돌아와 회오리바람이 비켜갈 때까지 숨어서 잠자코 기다리는 것이었다. 개미가 진딧물을 무당벌레로부터 보호해주는 대신 꿀물을 차지하듯이 어머니는 아버지가 몸서리치게 두려워하는 불길함으로부터, 그리고 음울한 박해로부터 방어해주고 나름대로의 이득을 챙기는 눈치였다. 어디로 사라져서 어떤 사람을 만나고 돌아오는지 알 수 없는 어머니의 상습적인 가출을 아버지가 알고 있다고 해도 혹독하게 다스릴 수 없었던 것은, 아버지의 적을 향하여 분비할 수 있는 치명적인 독을 어머니만이 가졌기 때문이었다. 언젠가 내가 물었던 적이 있었다.

"엄마 어디 갔다 왔어요?"

"뭐라꼬? 너 인제 뭐라 했지?"

"엄마 어디 갔다 왔냐구요?"

"저기……"

"저기 어디?"

"이 앙큼한 계집애 봐. 맛도 안 들고 군둥내부터 먼저 난다더니, 니가 뭘 안다고 꼬치꼬치 파고들어? 저기라면 저긴 줄 알 일이지. 낯짝 쳐들고 왜 자꾸 묻네? 묻는다고 내가 시시콜콜 들이댈 줄 알았어?"

어머니는 손을 들어 한쪽 방향을 가리키긴 했다. 그러나 그 방향은 언제나 애매한 것이었고, 가슴을 따뜻하게 적셔주는 진정성이 있는 것도 아니었다. 그렇다고 더이상 물을 수도 없었다. 손찌검이 되돌아올 것이기 때문이었다. 예나 지금이나 어머니로부터 부드러운 접촉과 친밀하고 따뜻한 것, 그리고 예쁜 말을 들으며 자라고 싶었다. 슬퍼하지 않으며 살고 싶었다. 어머니가 항상 내 곁에 머물며 날 안아주고 위로해주기를 바랐다. 하지만 어머니는 멈추지 않았다. 아버지와 같은 몹쓸 직업을 갖고 있지 않았음에도 아버지처럼 살고 있었다. 순식간에 어디론가 자취를 감추었다가 불쑥 모습을 드러내는 것이 그랬다. 하루 혹은 이틀의 간격을 두고 모습을 드러내는 어머니의 냄새는 좋았지만, 어딘가 낯설었고 오래 맡으면 안 되겠다 싶은 금기의 냄새도 함께 있었다.

돌이켜보면, 어린 시절 어머니로부터 받은 정제된 매질은 지극히 감정적인 사람의 체온과 연결되어 있었기에, 걷잡을 수 없이 산만하고 불안한 가운데서도 아련하게나마 안정감 같은 것을 느낄 수 있었다. 그러나 이런 따돌림은 나에게 절망감만 안겨줄 뿐 다른 아무것도 없었다. 그래서 일찍부터 어떤 발버둥도 쓸모없게 되었다는 것을 깨닫게 되었고, 그것은 나를 무엇이라도 일찌감치 체념하게 만들었다. 아이들은 직관과 순정의 힘으로 세상을 파악한다. 그러나 나는 일찍부터 비뚤어지고 부정적인 눈으로 세상을 보는 계집애가 되었다. 그것이 가실 줄 모르는 치욕의 자국이 될 줄은 모르고. 어머니는 내가 지겨우면서도 때때로 사랑하는 내 딸이라고 두둔했다. 그래서 나는 어머니가 원하는 말과 행동만 하고 있었다. 나아가 그런 행동들은 나로 하여금 어머니를 미워하고 있다는 사실을 잊어버리고 사랑하고 있다고 착각하게 만들었다. 내가 어머니에게서 물려받은 것은 아버지로부터 비롯된 어머니의 상처였다. 그래서 어머니와 나의 관계는 감정과 혼란의 파괴로 이루어진 최악의 결합이라고 말할 수 있었다. 겉치레뿐인 사랑이라는 미명 아래 모든 것이 가능했고 모든 것이 정당화되면서, 결국은 모든 것이 괴멸되어버린 결과를 낳았다.

6

그것은 내가 일 년 넘게 갇혀 살게 된 외딴방 속의 생활로
거슬러올라간다. 시어머니와 외아들 그리고 며느리, 세 사람
이 살고 있는 집은 마을과 먼발치에 있는 방 세 칸짜리 집이
었다. 오십여 호가 처마를 서로 마주하고 살고 있는 마을과는
이백여 미터나 멀찌감치 등 돌리고 앉은 외진 곳이었다. 겨울
이 되면 먼 개활지를 거쳐 휘몰아치는 바람은 언제나 세 사람
이 너구리처럼 웅크리고 있는 이 계곡 속의 집으로 몰려들었
다. 그처럼 바람을 통째로 안고 사는 집이었다. 마을의 좁고
굽은 고샅길들을 갈고리로 긁어내듯 할퀴고 빠져나온 바람이
그 집 앞으로 휘몰아들면서부터 황소울음소리를 내질렀다.
바람에 실려온 눈보라들이 울음소리와 함께 소용돌이치다 그
자리에 무릎을 꿇고 엎드리며 쌓이는 것이었다. 겨울에 쌓인

눈발들은, 4월이면 눈이 녹는 마을과는 달리 집이 있는 계곡
에는 5월 초순까지 쌓여 있었다. 그 사건이 일어난 것도 필경
폭설 때문이었다.

　시어머니와 남편은 나를 혼자 집에 남겨두고 곧잘 출타하
곤 했다. 읍내에 오일장이 서는 날이면, 두 사람은 한결같이
동행이 되어 장을 보러 나섰다. 내가 보기에는 장에 가서 긴
요하게 사고팔 것도 없어 보였다. 장으로 가는 길이거나 돌아
오는 길이거나 딱히 이렇다 하게 들고 오는 장보따리가 없었
기 때문이다. 그런데도 그들의 장보기는 습관적이었다. 아마
도 장터에 가서 눈요기나 하고 국밥이나 떡 같은 음식으로 요
기를 하고 돌아오는 것이 전부였을 것이다. 그것이 그들의 고
단한 삶의 질곡을 희석시키거나 변화를 주는 나름대로의 방
법인지도 몰랐다. 며느리의 존재가 엄연한데도 불구하고 어
머니와 아들 사이가 마을 사람들로부터 빈축을 살 만큼 노골
적인 정분을 나누게 된 것에는 물론 까닭이 있었다. 그것은
아들이 유복자였기 때문이었다.

　남편이 이 세상에 태어나서 맨 처음 눈에 각인한 존재는 그
의 어머니 한 사람뿐이었다. 남편 없는 세상에서 혼자 핏덩이
를 낳아 기른 어머니 역시 사람의 진정한 존재로는 아들이 유
일했다. 사정이 그러했으므로 나는 그들을 거북해하거나 분
개 따위도 하지 않았다. 설움받고 자란 사람은 세상의 온갖

잡다한 잔상들을 접수하는 데 재빠르고, 온갖 소름끼치고 변덕스런 일들을 이해하는 속도도 남보다 빠른 법이다. 일찍부터 체념을 배웠기 때문이다.

폭설이 내렸던 날은 혹한의 한가운데를 꿰뚫고 나가는 1월 하순이었다. 아침부터 잔뜩 찌푸려 있어 눈이 내릴 조짐이 뚜렷했으나 어머니와 아들은 읍내의 장터로 나섰다. 공교롭게도 그들이 장터로 떠난 지 두 시간쯤 지난 뒤부터 눈이 내리기 시작했다. 미처 눈설거지를 가다듬을 사이도 없을 정도로 시작부터 펑펑 퍼부어대는 꼴이 심상치 않았다. 열아홉 살에 남편과 결혼한 이후 이 산골집에서 붙박이장처럼 미동도 않고 살아온 지 두번째 겨울을 맞이했지만, 짧은 시간에 그토록 많은 눈이 내려 쌓인 것은 처음이었다. 눈이 내리기 시작한 지 불과 서너 시간 못 가서 작은 마당에는 눈이 수북하게 쌓였다. 시야는 황량하고 눈길이 닿는 곳까지 온통 새하얗게 변했고 사위는 슬프도록 조용했다. 세상에 드러난 마지막 흔적까지도 지워버리려는 듯 눈은 잠깐의 말미도 주지 않고 지독스럽게 내렸다. 움직이는 것은 눈발뿐이어서 나는 다른 움직임을 보여주는 무엇이 있어주기를 간절하게 바라는 심정이 되었다.

물론 장에 가서 길이 막힌 시어머니와 남편 역시 읍내에서 단 한 발짝도 떼지 못했을 것이었다. 적어도 눈이 녹을 때까지 삼사 일 정도는 만날 수 없을 것이고, 그 동안은 나 혼자서 이 외딴집을 지키고 있어야 할 것이었다. 그러나 나는 당황하지 않았다. 집 안팎에는 갈무리해둔 먹거리들과 땔감들이 손만 뻗으면 닿을 수 있는 거리에 있었기 때문이었다.

눈 속에 갇혀 있다 하더라도 꼬리가 보이지 않을 정도로 길고 긴 기억들과 호젓한 명상을 즐길 수도 있었다. 적적하고 음습한 곳에 혼자 동떨어져 있다 하더라도 온후한 가슴으로 찾아올 사람들을 기다릴 수 있는 천부적인 소질을 나는 갖고 있었다. 똘똘 뭉쳐 있던 어머니의 표독스러움이나 증오심도 물려받은 적이 없었다. 어렸을 때의 나 역시 나그네처럼 객지로 떠도는 아버지를 어머니 이상으로 밀도 있게 기다렸었고, 한번 마실을 나가면 새벽까지 집으로 돌아올 줄 몰랐던 어머니를 끈질기게 기다렸던 이력을 가진 여자가 바로 나였다. 남편으로부터 받는 경멸을 억눌러 참으며 결혼생활을 지탱해온 내력도 있었다.

7

　'바다이바구'에서 허드렛일을 거들기로 결심하고 들어앉게
된 것도 벌써 삼 개월째였다. 식당의 안성댁 내외는 여전히
이재민들처럼 두서없이 살고 있었는데, 부부가 집 안에 같이
있는 날이 드물었다. 비좁은 가게와는 어울리지 않는 커다란
수족관이 식당 앞의 시야를 가로막고 있었다. 안성댁은 우울
증이 있긴 했으나 대체로 무던한 성품이었다. 그러나 그녀의
심각한 비만은 엉덩이를 그 작은 의자에 박은 채 도무지 움직
이려 들지 않는 버릇 때문이라는 생각까지 들었다. 어쩌다 움
직여야겠다는 어려운 결심을 하고 걸어갈 적에는 상반신과
하반신이 좌우로 완전히 어긋나게 움직이는 우스꽝스런 모습
을 연출했다.
　그런가 하면 허우대는 크지 않았지만, 딱 벌어진 상반신이

완강하고 위압적이기 때문에 땅딸보라는 별명을 가진 그의 남편 박창호는 아내와는 대조적인 모습을 하고 있었다. 박씨는 아내가 경매에서 낙찰받아온 활어들을 수족관이 설치된 트럭에 싣고 서울의 거래 식당에 납품하고 있었다. 매일이다시피 서울을 들락거렸지만, 타고난 근력이 워낙 튼튼했기 때문에 서울왕복이라는 중노동을 수월하게 견뎌내는 편이었다. 식당에 아내의 모습이 보이지 않아도 저 혼자 뚜벅뚜벅 걸어 들어와 냉장고에서 소주병을 꺼내 반병쯤은 대수롭지 않게 벌컥벌컥 마셨다. 그러고는 웃통을 활활 벗어던지고 방으로 들어가 코를 골며 잠이 들었다.

식당 간판은 시늉으로만 걸어놓았을 뿐, 활어들을 잠시 보관해두기 위한 장소로서의 역할이 더 컸다. 종업원으로 들어앉은 나 역시 가게에서의 역할이란 단순했다. 언제나 가게 문턱에 놓여 있는 나무의자에 앉아 가게 앞을 오가는 사람들을 쳐다보며 호객이나 하는 것이 일과의 대부분이었다. 박씨는 하루나 이틀에 한 번씩 트럭을 몰고 서울로 들락거리는 일에 열중하고 있었기 때문에 가게 영업을 거들어줄 말미도 없었고, 관심도 없어 보였다. 그러나 서당개 삼 년이면 풍월을 읊는다고, 문턱에 앉아 가게를 지키는 일을 삼 개월 남짓 하게 되면서 간혹 찾아드는 손님들의 수발은 나 혼자서 감당할 수 있게 되었다.

박씨가 그러하듯, 가게를 꾸려나가는 일에 관심을 두지 않는 것은 우울증을 앓고 있는 안성댁도 마찬가지였다. 얼른 보면 그들 부부는 앙앙불락 다투는 일이 없어 금실이 좋아 보였다. 그러나 서로 얼굴을 마주하고 소곤소곤 대화를 나누는 모습이 눈에 띈 적은 없었다. 어쩐 셈인지 서로가 집에 정을 붙이지 못하고 물에 기름 돌듯 하였다. 그렇다고 서로 이마를 다투며 혹독한 말로 헐뜯는 일도 볼 수 없었다.

안성댁은 새벽에 간신히 선착장으로 나가 하역된 활어들을 낙찰받아 가게의 수족관을 채워두고 나면, 이웃 나들이로 하루를 보내는 것이 일과의 전부였다. 박씨는 아내가 집에 있든 없든 상관하지 않고 활어들을 트럭 적재함의 수조에 퍼담아 달아나듯 서울로 줄달음쳐서 이틀이나 사흘 뒤면 당당한 얼굴로 '바다이바구'에 모습을 드러냈다. 두 내외가 벌이는 그런 일과는 오래 전부터 서로 약속이라도 한 듯 하루도 거르지 않고 천연덕스럽게 반복되고 있었다.

박씨는 아내인 안성댁처럼 행동거지가 굼뜨거나, 매사에 빈정거리는 투의 말버릇을 가졌다거나, 게으름으로 일관하는 위인은 아니었다. 잔망스러워 보이는 외모와는 판이하게 목소리는 언제나 탄력을 받아 걸걸하고 쾌활했다. 남을 모함하거나 아첨하는 따위의 데데한 구석이 없어 보이는 성품을 갖고 있는 듯했다. 언젠가 지나가는 말처럼 그 언저리를 슬쩍 건드려본 적이 있었다.

"저 아저씨…… 언제 빈 수조에 물만 채워서 떠난 적이 있었잖아요? 단골식당에 바닷물도 배달해줍니까?"

화들짝 놀랄 줄 알았는데, 그렇지 않았다. 평온한 낯빛으로 그러나 한심하다는 눈빛으로 나를 한동안 바라보고 있던 박씨가 말했다.

"적재함에 물만 채워서 떠났던 경우는 한 번도 없었는데, 무슨 말입니까? 교통 좋은 강릉 서울 간도 아니고, 여기서 서울이 어딘데, 맹물 싣고 다니면서 남의 손가락질을 받겠소? 남이 장에 간다니까 거름지고 장에 간다더니 내가 그런 꼴이란 얘긴데, 말이나 됩니까?"

"내가 잘못 본 것이라면 모를까, 그랬던 적이 여러 번 있었던 것 같은데……"

"허, 젊은 여자가 한 식구처럼 흉허물 없이 지내다보니까, 멀쩡한 사람 병신 만들려 드네. 내가 빈 차에 물만 채우고 가게를 떠난 적이 있다면 이 손가락에다 장을 지지시오. 나도 명색이 사업한다는 사람인데, 장님이거나 미친놈이 아니라면, 그런 맹물 같은 일을 저지르겠소?"

어떻게 보면 '바다이바구'에 거처하고 있는 우리들 세 사람은 잘못 훈련된 탐지견처럼 제각기 다른 곳에서 무언가를 찾아 두리번거리고 있는 얼치기들인지도 몰랐다.

"저기 언니……"

나는 안성댁을 그렇게 불렀다. 그녀가 먼저 나를 아우라고 불렀기 때문이었다.

"이웃에서 안성댁이라고 부르는 걸 보면 언니 고향이 경기도 안성 근처인가봐요."

그녀가 힐끗 나를 일별하더니 입가를 비쭉거리며 말했다.

"나? 내 고향 안성 아니야."

문밖을 턱짓으로 가리키며 그녀는 말했다.

"저 화상 고향이 안성이야."

그녀는 남편 박씨를 곧잘 '화상'이나 '웬수'로 불렀다.

"그럼 언니 고향은 어딘데?"

"난 고향 몰라, 그런 건 왜 물어?"

"궁금하니까 물어보는 게지."

"궁금해도 참는 게 좋아. 동생하고 삼 개월 넘게 한솥밥을 먹고 있지만, 내가 동생 고향 어디냐고 다잡고 물어본 적 없었잖아. 그러니까 궁금해도 참아."

"석 달 가까이 살았으니까 서로 언니 동생으로 트고 지내는 것 아니겠어요. 고향을 모른다면, 낳아준 부모조차 모른다는 말과 무엇이 다르겠어."

"태어난 고향이 어딘지, 친척들은 어디에 흩어져 살고 있는 것인지, 정말 그런 것 몰라. 내 이름이 배수진이란 것밖에는.

그렇기 때문에 지금까지 남에게 그런 것 묻지 않고 살았어. 내가 철부지 젖먹이일 적에 엄마가 남편한테 버림받고, 엄동설한에 날 들쳐업고 사시사철 지향 없이 떠돌며 살았지. 우리 엄마 죽을 때까지 몸으로 때우고 감당해야 할 일이라면, 도둑질하고 서방질 빼놓고는 안 해본 일이 없었어. 다라이에다 생선 몇 마리 얹고 이 마을 저 마을 넘나들며 생선장수도 했었고. 파출부살이는 보통 하는 일이었고, 삯바느질도 했었고 농가에서 더부살이로 들어가 모심기, 고추 따기도 했었지. 그래서 우리 엄마 손등은 매화나무 등피같이 갈라터져서 험악했어. 내게 남아 있는 어린 시절의 기억이 있다면, 이름도 없는 산골 구석 남의 집 밭둑에서 칭얼거리며 뱀딸기나 질경이 뜯어먹으며 놀았던 기억밖에 없어. 내가 봐도 어머니는 숨이 끊어질 때까지 놀고먹는 일을 무서워했지. 만류를 해도 소용이 없었어. 돌아가시기 전까지 이 좁은 포구에서 일감을 찾아 헤매다녔어. 그게 우리 엄마야. 선창으로 나가 입항한 배에서 그물을 받아 생선을 따거나 그물 보수하는 일로 생계를 꾸려나갔지. 그런 애옥살이를 견디는 중에 당신은 배를 쫄쫄 굶으면서 먹는 것만 생겼다 하면, 오지랖에 싸들고 와서 나를 먹이는데 거의 미쳐 있다시피 했지. 나는 으레 그래야 하는 것처럼 그 써늘하게 식은 음식들을 목구멍이 미어터지도록 꾸역꾸역 우겨넣었지. 왠지 알어? 나에게는 그게 낙이었고 잘 놀고 있는 것이었고, 그것 외에는 나를 기쁘게 하는 것이 없었기 때문이지. 나는 어머니란 존재가 오직 자식 먹여 살리기 위해 살고 있는 사람으로만 알았으니까. 끼니를 거르거나 배가 조금만 고파도 먹을 걸 안 가져온다고 어머니 따귀도 때려봤어. 그 죗값 때문에 지금 내 몸뚱이가 이 꼴이 되고 말았지. 이제 와서 생각해보면 어머니는 당신이 배를 주리는 원수를 갚느라고 나를 그렇게 짐승처럼 먹여 키웠는지도 몰라. 내가 이런 비곗덩어리로 살게 되리라곤 어머니는 상상할 수도 없었겠지. 그걸 예상했더라면 내가 흙더미에서 뒹굴었다 할지라도 나한테 그렇게 그악스럽게 먹이진 않았을 거야. 무식했던 게 탈이었지…… 하루 종일 쉬지 않고 주전부리를 해야지 그렇지 않으면 도무지 우울하고 무기력해서 울고 싶어진다니까. 남들이 뱃가죽에 낀 지방을 뺀다, 다이어트인가 다이나마이트인가 뭘 한다고 지랄발광들하고 돌아가길래 나도 엇 뜨거라 싶어서 덜 먹고 운동 많이 하고 살 뺀다고 발버둥쳐봤어. 하지만 삼사일을 잘 견디다가 삼라만상이 잠든 한밤중에 혼자 일어나 냉장고 문이 닫힐까 발등으로 가로막고 퍼질러 앉아 죽기로 작정하고 폭식을 해서 도로아미타불이 되고 말았지. 그것이 자꾸만 반복되다보니까, 나중에는 며칠을 용하게 굶는다 하더라도 아무런 효과도 없어지데. 이것이 내가 나에 대해서 알고 있는 전부야. 그러니까 더이상 그 아버진가

껍데기인가 하는 사람이 누군지는 제발 묻지 말어."

"철부지 시절에 아버지를 떠나서 기억이 희미할 수도 있겠지. 그러나 어머니가 살아 계실 때, 이런저런 푸념을 늘어놓는 중에 아버님이나 고향 얘기가 나왔을 법한데……"

"그런 넋두리 늘어놓을 여자라면, 남편에게 소박당하고 쫓겨난 뒤 십수 년을 살아가면서 한 번쯤은 나를 데리고 남편을 찾아갔겠지. 엄마가 양반 자랑하기 좋아하는 건달에게 시집을 간 모양인데, 남편이란 사람이 놀고먹는 백수 주제에 가문의 장손이었던가봐. 왜 그런 말 있지? 인간됨됨이 못된 것들일수록 항렬 높더라고. 장손과 결혼한 여자라면 아들을 낳아주어야 하지 않겠나. 그런데 우리 엄마 나를 낳은 다음 어인까닭인지 아들이든 계집아이든 임신이 안 되었대. 그래서 쫓겨난 거야…… 우리 엄마 그렇게 무던한 사람은 아니었어. 가슴속에 바위 같은 포한이 떡하니 들어앉아 꿈쩍도 않는 그런 여자였어. 하긴 당신 돌아가신 뒤에도 내가 아버지란 작자를 찾아가 또다시 구질구질하게 구박당하고 설움당하고 살까봐 이를 악물고 신세타령은 안 한 것인지도 몰라. 그 깊은 속내를 지금 와서 누가 알겠어. 그러니 그런 쓸데없는 거 궁금해하지 말고 설거지나 마저 해. 오늘은 우리 둘이서, 해안도로 초입에 있는 도루묵탕 잘 끓이는 집 알지? 감포에서 살다왔다는 그 곰보네 집. 그 집 가서 밥 먹자."

그러나 내가 물었던 말에 속 시원한 대답을 해주지 못한 것이 께름칙했던지 그녀는 새삼스럽게 물었다.

"이봐 동상, 어디 다녀올 곳은 없지?"

"……?"

"다녀올 곳이 있으면 며칠 말미라도 줄 테니, 싸게 갔다와. 가게에 오래 틀어박혀 있으면, 진력도 날 테고. 그래서 휴가라도 주는 게야."

"갈 곳이 없네요."

"그런데 그 꼴같잖은 가방은 왜 만날 들었다 놓았다 하노?"

"내 맘대로 들었다 놓았다 해도 아무 말썽 없는 것은 이 세상에서 그 가방 하나뿐이니까 그렇지요."

"어떤 때는 숙맥같이 앞뒤를 가리지 못하는 여편네 같은데, 어떤 때는 말도 척척 잘도 받아넘기네."

"내가 원래 하루에도 몇 번씩 정신이 오락가락합니다."

"한번 말문이 트였다 하면 청산유수야."

"달갑잖으면 말 시키지 마요."

"말 돌리지 말고 어디 가고 싶은 곳이 있으면 곧이곧대로 털어놔봐."

"언젠가는 떠나야 하겠지만, 아직은 마땅히 갈 곳이 없네요."

"그래놓고 또 훌쩍 없어져버릴 것이제?"

지혜로운 사람이든, 멍청한 사람이든, 불행한 사람이든, 운 좋은 사람이든, 선한 사람과 악한 사람, 비겁한 사람과 용기 있는 사람들을 통틀어서 몇 번의 만남으로 상대방의 근본이나 됨됨이를 산적 꿰듯 일목요연하게 가려낼 수 있을지 모르겠지만, 그런 혜안이 나에겐 없었다. 그 판별에는 무엇보다 복잡하고 수많은 중간단계의 시험이 도사리고 있다는 것을 깨달았다. 그런데 그 수많은 중간단계의 시험을 나 자신이 몸소 치러야 한다는 것에 아득한 심정이 되었다. 한때는 '바다이바구'와 냉큼 작별해야겠다는 생각이 새록새록 머리를 들기도 했다. 그들 내외가 벌이고 있는 복잡한 가정사에 함께 얽혀 또다시 발을 빼지 못하고 전전긍긍할지 몰랐기 때문이었다. 짐작만 했던 단서들이 노골적인 사실들로 구성되기 전에 이 작은 포구에서 떠나야 했다. 그것이 나 자신이 취해야 할 현명한 태도라는 것은 알고 있었다. 그런데도 손쉬울 것 같은 그 떠남이 간단하지 않았다. 그로부터 나에겐 무의미한 나날들이 그렇게 흘러가기 시작했다. 어쩌면 내 영혼은 지금까지 수많은 시험과 느낌 들을 거쳐왔으면서도 그것들로 충만하지 못하는 천성적인 허기에 시달림을 받고 있는지 몰랐다. 그래서 내 기력이 죄다 소진될 때까지 더 많은 확인과 느낌 들을 스스로에게 요구하고 있는 것 같았다. 과연 배수진이라는 이름의 피붙이와 자매일 수 있는 것인지 그것조차 믿을 수 없는 나 자신이 혐오스럽기도 했다. 안성댁에게 어떻게 다가가야 할 것인지, 그것조차 알 수 없었기 때문이었다. 알고 보면 그들 부부 역시 나와 마찬가지로 무의미하게 살아가는 사람들임에 틀림없었다. 가게 일에 열정을 바쳐서 돈을 벌어보겠다는 의지가 없는 것은 부부가 마찬가지였다. 그녀의 남편 박씨의 빈번한 서울 나들이를 지켜보던 나는 안성댁에게 물었다.

"아저씨 서울 너무 자주 가는 것 아닌지 모르겠네. 어떤 땐 수족관에 물만 채워서 가는 때도 있는 것 같은데……?"

파리채를 들고 쟁반들을 쌓아둔 찬장 문을 더듬어가고 있던 안성댁이 뒤돌아보지도 않고 이죽거렸다.

"저 화상이 단골로 활어를 대주는 식당에 데리고 자는 여자가 있겠지."

남의 말 하듯 대수롭지 않게 내뱉는 그녀의 처연한 태도가 더욱 놀라웠다. 그와 함께 파리채가 찬장의 유리문을 매몰차게 내려치는 소리가 나고, 찬장 안에 쌓였던 쟁반들이 무너질 듯 와르르 하고 심하게 흔들렸다. 내가 뭐라고 말하기도 전에 그녀가 말을 이어갔다.

"처음엔 그 식당 파출부나 종업원인 줄 알았지. 그런데 수소문해보니까 그것도 아니여."

"아니면 누구게요?"

"누군 누구야. 그 식당 주인여자지."

"언니, 넘겨짚지 말아요. 식당 주인이라면 나이도 지긋할 테고 미혼도 아닐 텐데 그럴 리가 있나요."

"아니면 내 손가락에다 장을 지져."

"참 별일도 많네."

"세상에 별일이 그것뿐인 줄 알어? 그 화냥년은 눈이 화등잔 같은 남편이 있는데도 나 보란 듯이 박창호란 화상하고 끼고 잔다데."

"그런데도 남편이 가만있다니."

이번에는 식탁 위에 놓인 양념그릇으로 날아가 앉으려는 파리를 발견한 것인지, 사선으로 날아간 파리채가 식탁 모서리를 탁 내려치는 소리와 함께 알루미늄으로 된 양념접시가 날듯이 문지방 쪽으로 갔다. 그리고 문지방을 정통으로 맞고 빨간 회고추장을 내쏟으며 바닥에 엎어졌다.

"왜 그런지 아나? 임자 같은 숙맥은 그런 내막을 눈치채지 못하겠지. 요새 유행한다는 윈윈이라는 말 알고 있어? 애당초 어떤 시러배 같은 놈이 그런 말을 지어냈는지 알 수 없지만, 그 웬수 같은 놈 때문에 머지않아 온 나라가 화냥년에 화냥놈 들만 활개치고 다니는 날이 오고 말걸."

"윈윈이 뭐예요?"

"나보다 젊다는 사람이 그걸 몰라?"

안성댁은 파리채를 휘두르느라 오래 서 있었다. 게다가 흥분한 탓으로 눈동자까지 약간 충혈되어 있었다. 숨을 가쁘게 몰아쉬던 그녀는 파리채를 식탁 아래로 내던졌다. 가게 문지방 곁에 놓였던 낚시용 의자를 끌어당겨 가게 안쪽에 앉아 있는 나를 향해 털썩 주저앉았다. 넓은 치마폭 속으로 그녀의 허벅지가 훤하게 드러났다. 뿐만 아니었다. 당초부터 헐렁하게 재단해서 만든 팬티 사이로 그녀의 불두덩도 힐끔 바라보였다. 그녀도 그것을 알고 가게 안쪽의 나를 향해 앉았는지도 몰랐다. 옷매무새를 고치라는 주의도 주기 전에 그녀가 말을 이어갔다.

"윈윈이 뭐냐 하면, 남편이란 작자가 계집이 화냥질을 하고 있다는 것을 알고 있으면서도 모른 척한다는 게야. 왜 그렇게 되었느냐 하면, 바로 식당 때문이여. 남편이란 놈이 여편네의 화냥질을 눈감아주지 않으면, 아침에 건져올린 싱싱한 자연산을 낮 열두시도 되기 전에 배달받을 수는 없다는 계산을 하고 있기 때문이지. 우리 집 화상은 그걸 알고 새벽잠을 설쳐가면서 그 식당에다 활어를 운송해주는 거고. 물론 계산이야 하겠지만, 수금한 돈이 그 여편네 사타구니 속으로 되돌아 들어가지 않는다는 보장이 있겠나. 그 여편네로 보면, 꿩 먹고 알 먹는 격이지. 그 가게는 그래서 그 근방에서 진짜 자연산

횟집으로 소문난 식당이 되었어. 이제는 그 가게가 관광안내 책자에도 나오고, 그년이 맛집 자랑 티브이에도 출연했기 때문에 그 남편놈은 이제 빼도 박도 못하게 되었지 뭐야. 수입이 쏠쏠한 판에 계집이 화냥질을 정리한다면 굶어죽을 판이니까 갈 데까지 가보자는 심산이겠지."

"언니 말대로 그게 사실이라면, 한 번이라도 가서 분탕질을 놓아야 할 텐데?"

"분탕질? 말은 듣기에 속 시원하네. 그러나 속만 끓이고 있을 뿐, 분탕질하면 뭣하나. 소동 피우다간 내가 먼저 지레 죽을 텐데. 가만 앉아 있어도 하루 종일 턱에 걸린 숨 고르기에도 바쁜 내가 서울까지 기어올라가서 그 소동을 피우다보면, 내가 숨을 달고 집에까지 올 수 있을까? 그것 때문에 못 가고 여기 앉아 용만 쓰고 있어. 그뿐만 아니지. 죽은 엄마 생각 때문에도 그런 짓은 못해. 아빠가 엄마를 내쫓고 난 뒤, 며칠 되지도 않아 재취를 맞아들였는데도 엄마는 안색 한번 고친 적이 없었거든. 그 여자도 도회지 변두리에서 떠돌며 고생고생으로 근근이 살아가던 여잔데 아버지를 만나 그 집으로 들어앉은 모양이야. 얼굴도 그만하면 제법 반반하고, 눈썰미 있고 바느질도 고와서 객지에서 얻은 여인네치고는 제법 쓸 만했다더군. 성품도 당찬 데가 있어서 아빠란 사람이 금방 휘어잡히고 말았다는 소문도 들었어. 그랬으니 아빠가 우리 엄마 소식인들 궁금해할 리 없지. 금방 잊어버렸겠지. 내가 보기에는 엄마는 여자로서 큰 허물도 없었고, 외양도 그만하면 음전해서 소박맞을 정도는 아니었어. 오직 남편의 바람기 때문에 쫓겨났다면 가슴에 남는 흉터가 있었을 텐데, 엄마에겐 그런 게 안 보였어. 무슨 화석 같았다니까. 표정도 없고 원망도 없었어. 그저 불같이 꺼지지 않고 살기만 했었지. 그래서 엄마는 내가 지금처럼 남편에게 몹쓸 지경을 당하고 홀대를 당하더라도 가만 내버려두라고 가르친 게야. 어디 그뿐인가. 처녀 때부터 몸뚱이가 비대해서 임신 한번 못 해본 내가 무슨 낯짝으로 남편의 외도에 행패를 부릴 수 있겠어. 이 몹쓸 몸뚱이를 가지고 그 더러운 집구석에 뛰어들었다가 갈비뼈나 몇 대 부러지면, 나만 손해지."

나는 모처럼 거울 앞에 앉아 머리를 빗고 있었다. 식탁 여섯 개가 두 줄로 배치되어 있는 가겟방에는 무려 세 개나 되는 대형거울이 걸려 있었다. 방의 체적으로 보아서는 분명 거울의 과부하였다. 그런데도 박씨는 나로 하여금 그 거울들을 언제나 깨끗하게 유지하도록 명령했다. 거울은 그 덕택에 언제나 그야말로 명경과 같이 투명하고 청결했다. '바다이바구'의 개업을 축하해서 기증된 그 거울들에는 그것을 기증한 단체들이나 사람들의 이름이 거울 크기와의 조화를 배짱 좋게 무시하고 커다랗게 씌어 있었다.

일테면 남애항 어촌계 이름도 있었고, 초등학교 16회 졸업생 일동이나 도의원 박아무개가 기증한 거울도 있었다. 박씨는 그 거울들을 방에 배치된 식탁 이상으로 소중하게 생각했다. 그리고 내가 그 거울들을 닦고 있을 때, 박씨는 문밖에서 뒷짐을 지고 서서 바라보기도 했다. 그 거울 중에서 도의원 박아무개의 이름이 적힌 대형거울은 그 방의 주인이 자기인 것처럼 가장 큰 북쪽 벽면을 차지하고 있었다. 거울 위는 소소한 도구로는 뺄 재간이 없도록 대못을 박아 고정시켜놓았다.

나는 지금 바로 그 거울 앞에서 머리를 빗고 있다. 하염없이 머리를 빗다보면, 거울 속에서 느닷없이 남편이 나타나 나를 뚫어지게 바라보거나, 시어머니가 나타나 나에게 욕설을 퍼부으며 삿대질을 할 때도 있었다. 그러나 마음이 평온할 때는 그 거울은 햇살이 비치는 바닷속이 되었다. 온갖 환상들이 그 바닷속을 헤엄치고 다녔다.

나는 내 얼굴을 다시 한번 눈여겨보았다. 과연 사람들의 시선을 끌지 못할 만큼 빈약한 몸매를 가졌고 박색인지 의심스러웠다. 내가 볼 적엔 눈 코 입이 제각기 적당한 간격을 유지하며 놓여 있어야 할 자리에 자연스럽게 놓여 있었다. 그런데 많은 사람들은 내 용모에 대해서는 단 한 번도 기분좋은 말로 거들어준 적이 없었다. 잘났다고 볼 수는 없었지만 삐뚤어졌거나 꼬였거나 배치가 기형적으로 놓인 것도 아니었다. 너무나 평범한 얼굴이기 때문에 사람들의 시선이 스쳐가기만 하는 것인지도 몰랐다. 그때 마침 가게 밖의 수족관 앞에 어수선한 인기척이 들렸다.

나는 머리 빗는 일을 재빨리 수습하고 양재기를 들고 밖으로 나섰다. 문밖에는 두 쌍의 중년 남녀들이 수족관의 활어들을 손가락질하고 있었다. 그들의 손짓에 따라 뜰채를 수족관에 넣고 휘젓기 시작했다. 몇 마리의 가자미들을 수조 밖으로 건져냈다. 사십대 후반으로 보이는 한 여자는 들고 있는 핸드백까지 빨간색일 정도로 빨간색에 미쳐 있었다. 빨간색 일변도의 치장은 자기가 외로운 과부란 얘기였다. 그런가 하면 다른 한 여자는 검은색에 푹 빠져 있었다. 두 사내는 사막을 건너는 낙타들처럼 두 여자를 이끌고 위풍당당하게 가게 안으로 들어섰다. 주위를 쭈뼛쭈뼛 살펴보는 어색함 따위는 그들에게서 발견할 수 없었다. 뒤가 구린 사람들의 거동에서 발견되는 어색함이나 주눅들어하는 기색도 전혀 없었다.

빨간색이나 검은색이 서로 많이도 달랐지만, 눈썹을 싹 밀어버리고 그 자리에 화학물질로 눈썹을 다시 문신한 것은 똑같았다. 이삼일 전에 마감한 것 같은 파마머리는 서로가 너무나 닮아 한 미용사의 솜씨임이 분명했다. 그러고 보면 얼굴 생김새도 비슷해서 한 어머니가 낳은 자매라는 짐작도 가능했다. 그러나 동행한 사십대 후반이나 오십대 초반의 두 남자는, 여자의 취향 따위는 아예 무시하고 여행중에 아쉬워서 아무렇게나 짝을 맞추어 시시덕거리며 동행하기로 작정한 사람들처럼 보였다.

한 사내는 키가 너무 컸고 한 사내는 보통 키 꼴을 하고 있었지만 제각각 전혀 다른 지방의 사투리를 썼고, 두 사람 모두 여자들에게 반말을 쓰고 있었다. 키 큰 사내는 음식접시가 아직 식탁으로 나오지도 않았는데, 이번 식대는 자기가 쏘겠다고 벼르고 있었다. 그들이 부부지간이라면, 두 여자 중에 한 여자쯤은 식대를 쓰겠다고 생색을 내고 있는 남자를 향해 눈을 흘기거나 식탁 아래로 손을 디밀어 남자의 허벅지를 꼬집기도 하는 법인데, 그런 기색은 추호도 없었다. 키가 큰 사람은 비교적 오래 산다. 그러나 키가 너무 크면 오래 살지 못한다. 키가 매우 크면 암과 같은 병에 걸릴 확률이 높고, 문틀에 부딪치는 경우가 많다. 어느 잡지에서 우연히 읽은 글귀를 떠올리며 그는 혼자 웃었다.

횟거리와 소주이 식탁으로 날라지고 밑반찬들도 얼추 갖추어지자, 여자들은 주저없이 소주잔을 비우기 시작했다. 남자들은 대부분 여자들의 위세에 눌려 소주잔을 입술에 갖다 대고 혀를 굴리며 홀짝거리는 편이었지만, 여자들은 남의 눈치 따위는 안중에 없어 보였다. 한 남자가 젓가락으로 횟감을 집어 초장에다 버무리며 중얼거렸다.

"하여튼간에 우리나라 여자들 대중없이 용감한 건 알아줘야 돼. 우리나라가 요 모양 요 꼴인데도 여자들 때문에 그나마 요만치 견디며 지탱하고 있다고 웬 웃기는 자식이 신문에다가 대문짝만하게 썼더구만."

"왜? 그 사람 논조가 마음에 안 들었었나봐? 내가 볼 때도 당연한 말 같은데…… 기분 나뻐?"

그렇게 반문한 것은 식탁 맞은편에 빨간색 여자와 나란히 앉은 보통 키의 사내였다.

"맞아요, 그 말이 기분 나쁜가보네요."

그렇게 역성을 들고 나선 것도 빨간 여자였다. 이미 두 사람 사이는 죽이 맞아떨어진 모양이었다.

"야, 기분좋을 것도 없지. 여자들이 사회에 진출해서 좌지우지하고 있는 걸 남자들은 뒷짐 지고 서서 바라만 보고 있어야 한다는 게 기분좋은 풍경은 아니지 않어? 북한 남자들이 여자들 앞장세워놓고 뒷짐 지고 바라보고 있다는 소문이 있데?"

"그게 기분 나쁘면 뒷짐 지고 서 있지 말고 너도 생활일선에 나서서 뭔가를 뒤틀어쥐고 자지우지하면 될 것 아냐. 누가 하지 말라나? 괜히 심술을 부리고 있네."

"내가 무슨 역하심정이 있어서 심통을 부리겠어. 그냥 그렇

다는 얘기지. 그리고 입은 삐뚤어져도 말은 똑바로 하라구 했
어, 자지우지가 아니고 좌지우지야."

"야, 깐죽거리지 말어. 자지든 우지든 우지자지든 상대방이
그렇게 알아들으면 됐지. 자지면 어떻고 우지면 어때. 누가 잡
아가나?"

"그래도 술도 취하기 전에 혀부터 꼬부라졌다는 얘기는 듣
지 말아야지."

"까고 있네, 까고 있어. 지금 이 우아한 여사님들 앞에서 날
창피주고 싶은 거지?"

"미안해, 그게 아니야. 우리 사이가 그런 사이는 아니잖
어."

"그러니까 오늘 술값은 내가 내겠다구."

"야, 그 말 하려고 처음 말을 그렇게 꺼냈냐?"

"아이, 이러다 쌈 나겠네? 술값 내겠다는 사람이 한마디 한
걸 가지고 넉넉하게 두고 보시지 자꾸 토를 달고 그러시나?"

대개는 그렇다. 빛 좋은 밑반찬에 먹음직한 횟감 놓고 소주
잔 기울이는 자리에서 오가는 말이란 것들이 등급으로 치자
면 하치일 것이고 격으로 쳐도 천박한 말밖에 더 있을 게 없
는 것이다. 고상한 말이 있다 하더라도 소음투성이인 선창가
에 쭈그리고 앉아 할 말이 못 되는 것이다. 빨간 여자가 이젠
노골적으로 보통 키의 사내를 편들고 나섰다. 그러나 소주 몇

잔에 벌써 게슴츠레해진 키 큰 사내가 갑자기 그녀를 손가락질하며 낄낄거리고 웃기 시작했다. 일테면 너희들 두 사람 언제부터 그렇고 그런 사이가 되었느냐, 우리들 넷이 서로 만난 것이 불과 세 시간도 채 안 된 거북한 사인데 그렇게 되어도 괜찮은 거냐는 속내가 그 갑작스럽게 튀어나온 웃음에 담긴 뜻이었다. 그러나 키 큰 사내의 빈축에 주눅들어 숨을 곳을 찾을 만큼 비위짱 없는 여자는 이미 아니었다. 빨간 여자는 웃음을 그치지 않는 키 큰 사내에게 적의를 담은 시선으로 쏘아보았다.

“그렇게 비웃는 게 아닙니다. 누워서 침 뱉기란 말도 못 들었어요? 배에 타고 난 뒤에 우리 두 여자를 찜하고 나선 건 댁이 먼저였잖아요.”

체면이 말이 아니게 구겨진 키 큰 남자가 안줏거리를 씹는 일을 딱 멈추고 여자를 쏘아보았다. 변명의 여지가 없어 보였다. 그러자 이번엔 빨간 여자의 파트너 격인 보통 키의 남자가 키 큰 남자를 손가락으로 가리키며 킥킥거리기 시작했다.

“이렇게 난처한 처지 될 줄 알았다니깐.”

검은 옷 입은 여자가 사태의 난처함을 해결했다. 그녀는 식탁과 부엌을 오가며 수발하고 있는 나를 식탁으로 불러들이는 것으로 [illegible] 검은 여자는 자신의 턱밑에 놓여 있는 소주잔을 냉큼 들어서 목

구멍에 홀짝 털어넣고 난 뒤, 다른 손으로 부엌에 있는 나를
손짓했다.

"아줌마, 이리 와서 한잔 거들어줘."

검은색 여자가 굳이 나를 불러들이려는 속내를 알아챈 이
상 매몰차게 뿌리칠 수 없는 노릇이었다. 유형은 천차만별이
지만, 고객들이 술자리에서 벌어진 언쟁과 어색한 분위기를
수습하려 할 때 엉뚱한 사람을 불러들이는 경우가 있다. 내가
주춤거리며 검은 여자의 뜻을 받아들여 방으로 한 발짝 들여
놓았다.

"안돼, 저리 비켜."

완강하게 그리고 매우 다급하게 손사래를 치며 가로막고
나선 것은 부엌문 앞에서 서성거리고 있던 안성댁이었다. 흥
분해버린 것은 술값을 지불하겠다던 키 큰 사내였다. 그는 안
성댁에게 삿대질하면서 욕설부터 퍼부었다.

"이봐, 뚱땡이 아줌마. 당신 어디 있다 불쑥 나타나서 감 놔
라 대추 놔라 간섭이야? 당신 도대체 누구야?"

"나요? 이 집 종업원이요. 종업원은 입도 뻥긋 못 하나?"

"이봐, 뚱땡이. 얻다 대고 반말을 찍찍 그어?"

"왜, 반말해서 기분 나뻐?"

"그래, 기분 나쁘다 왜."

"갯가 여자들 곤조통이 어떤지 맛 좀 보고 싶으면, 자꾸 대

꾸해. 니들 묻지마관광 와서 나한테 싸움 걸겠다 이거지? 이것들이 얻다 대고 반말이야 반말이."

안성댁이 아주 노골적으로 들이대는 말에 사내는 그만 기가 팍 죽고 말았다. 사내가 손사래를 치며 말했다.

"그만둡시다, 그만둬요."

"종업원 주제에 얌전하게 상차림이나 봐줄 일이지, 손님들 하는 일에 개보지에 보리밥 끼어들듯이 왜 끼어드느냐 이거지?"

"어허 됐다니까, 왜 이래요?"

이번엔 빨간색 여자가 키 큰 사내를 만류하고 나섰다. 그러나 그때 이미 나는 검은 옷의 여자로부터 소주잔을 건네받아 목구멍 속으로 흘려보내고 있었다. 나를 물끄러미 바라보고 있던 키 큰 사내가 얼굴이 벌겋게 달아오른 안성댁을 바라보며 한마디 던졌다.

"아줌마, 북새통 일어나기 전에 저리 비켜요."

술자리는 바야흐로 난삽해지기 시작했다. 네 사람은 너나들이로 농담들을 주고받기 시작했다. 그뿐만 아니었다. 남자들은 마침내 여자들 목덜미와 볼따구니에 쭉쭉 입을 맞추기까지 했다. 여자들의 어깨는 언제부턴가 남자들의 가슴 쪽으로 파고들고 있었다. 낮술로 취기가 도도해진 가운데서도 좀처럼 자리를 털고 일어날 기미는 보이지 않았다. 곁에서 바라보는 사람이라도 없을 땐 그 자리에서 옷을 벗기고 일을 벌일 조짐까지 보였다. 괄시를 할 수도 없는 것이, 두 여자가 키 큰 남자의 주머니 사정은 아랑곳하지 않고 이것저것 횟거리를 추가로 주문했기 때문이었다. 그런 추잡스런 것들을 목격하면서 내 생활의 주둔지가 이런 모습으로 꼬여가고 있다는 자각이 뒤통수를 쳤으나 안성댁과 곧장 이별할 수는 없었다.

8

　언제부턴가 어머니가 아버지를 찾아갈 적에는 지난날처럼 여러 곳을 헤매고 다니며 부산을 떨지 않고도 처소를 족집게로 집어내듯 찾아냈다. 껍데기 속에 숨어 있는 골뱅이 살을 바늘 끝으로 집어내듯 정확하기 그지없었다. 그것은 여러 번 아버지를 찾아나섰던 경력에서 얻어낸 예지능력 따위가 몸에 밴 까닭일 수도 있었다. 그리고 아버지의 생활이 언제 어디서나 노름꾼들과 결탁되어 있다는 단순성이나 한계성을 유지하고 있기 때문이기도 했다. 그 두 가지 조건들이 절묘한 조화를 이루어, 막상 집을 나설 때는 막연한 것 같았으나 한 길을 두 번 이상 내왕하는 번거로움을 겪는 일 없이 아버지의 거처까지 당도하곤 하였다. 그러나 그것은 어머니가 아버지를 찾아나섰을 경우뿐이었다.

언젠가 아버지가 어머니의 행방을 찾아나섰던 때가 있었다. 어느 해 가을이었다. 역시 객지로 떠돌던 아버지가 아무런 예고 없이 집으로 모습을 드러냈다. 그런 일은 좀처럼 없던 일로 넋 놓고 있던 어머니는 자지러지듯 놀랐다. 나중에야 정신을 가다듬고 어찌된 일이냐고 자초지종을 물었을 정도였다. 그러나 아버지는 명색이 한 가정의 가장이란 작자가 자기 집을 찾아온 것인데, 무엇이 그렇게 놀랄 일이냐며 어머니를 면박했다. 말인즉슨 옳은 말이었으므로 대거리라면 입에 바늘쌈지를 문 것이나 다름없었던 어머니도 입을 다물었다.

아버지가 모처럼 제 발로 휘적휘적 걸어들어온 것이 대견스러웠던지, 어머니의 대접은 보기 드물게 고분고분하고 극진했다. 어머니의 표현 그대로를 빌리자면, 있는 것 없는 것, 이웃 동네에서 빌려서까지 거두어 먹이고 입히는 것이었다. 그런데 아버지가 집으로 돌아와서 사흘쯤이 지났을 무렵이었다. 아침에 마실 다녀오겠다던 어머니가 해거름 녘인데도 모습을 드러내지 않았다. 끼니때를 넘기고 불을 켤 때를 넘기고, 그날 밤을 꼬박 새우잠으로 지새웠는데도 어머니는 종무소식이었다. 이웃에 수소문을 해보았으나, 역시 행방은 오리무중이었다. 어머니가 간혹 집을 비우는 경우가 없지는 않았지만, 그것은 아버지가 집에 없는 경우로 제한되어 있었다. 뿐만 아니라, 해 질 녘에는 반드시 집으로 돌아온다는 철칙이 있었다. 그런데 밤을 꼬박 지새웠는데도 어머니의 모습이 보이지 않게 되자, 아버지는 당황하는 기색이 역력했다. 객지로 떠돌아다닐 때는 어떻게 하는지 모르겠지만, 집에 체류할 적의 아버지는 자신의 몸을 가꾸는 일 이외에는 손끝도 까딱하지 않으려 했다. 어머니의 수발이 그처럼 아금받고 철저했기 때문에 자리잡은 습관이었다. 그랬기 때문에 어머니가 사라지고 없었던 사흘 동안 아버지와 나는 끼니 따위를 제대로 챙겨먹을 수 없었다. 아버지가 부엌의 찬장을 뒤져보았으나, 손끝이 맵짠 어머니가 식은 음식 따위를 찬장에 너절하게 남겨둘 리 없었다. 세 식구가 한 끼를 먹고 나면 보시기에 간장 몇 방울만 남을 정도로 어머니의 음식을 조리하는 솜씨는 맵짜고 검약했다. 음식을 찾아 찬장을 뒤지던 아버지가 푸념했다.

"도대체 이처럼 융통성이 없는 여자가 사흘 동안 만나서 볼일 볼 사람이 있다는 것이 신기하군."

아버지의 푸념을 들어보면, 어머니의 가출이 대수롭지 않다는 투였다. 그러나 이틀 밤을 뜬눈으로 지새우며 울먹울먹하고 있는 내게 말했다.

"어진아, 너는 태어나서 지금까지 한시도 엄마 곁에서 떠나본 적이 없이 붙어살았는데, 아무런 까닭 없이 사흘 동안이나 집 나가서 코빼기도 안 보이는 엄마가 어디 갔는지 모르겠나?"

"나도 모르겠습니더. 알면 얘기하지요."

"나도 지금까지 살다가 볼 것 못 볼 것 숱한 사연 겪고 살았다만, 엄마같이 남편한테 쓰다 달다 말 한마디 없이 숨어버린 여편네가 있을 줄은 몰랐다. 황당하기는 너도 마찬가지겠지만 말이다."

마을로 나가서 다잡고 물어볼 사람도 없었다. 평소에 이웃과 소원한 관계를 유지했기 때문이었다. 아버지는 드디어 어머니를 찾아나서기로 결심한 것 같았다.

"이 사람이 어디 가서 자결이라도 해버렸나…… 그럴 여자는 아닐 텐데……"

어머니의 행방을 쫓는 아버지의 대책은 도무지 엉성했다. 대책이랄 것도 없었고, 눈이 번쩍 뜨이는 조치를 취하는 것도 아니었으며, 계략 따위는 더욱 아니었다. 문득 낯선 거리로 들어선 시각장애인처럼 길목에 우뚝 서서, 방향을 살피는 것이 아니라 귀를 기울이는 것이었다. 납득할 수 없는 그런 행동을 바라보고 있어야 하는 나까지 모멸감을 느낄 정도였다. 그것은 어머니가 남편의 행방을 찾고 있을 때의 거동과는 전혀 딴판이었다. 어린 나조차도 진작 어머니를 찾아내기는 글렀구나 하는 생각이 들 정도였다.

아버지를 신뢰할 수 있는 한 가지 증거는 얻어낼 수 있었는데, 그것은 어떠한 경우라도 내 손을 놓지 않았다는 것이다.

바쁘게 버스를 타야 할 때도 내 손을 놓치지 않으려 하였고, 빠른 걸음으로 걸어야 할 때도 어린 내 보폭에 맞추어 걸으려고 애썼다. 버스를 타고 트럭을 타고 이곳저곳으로 수소문하고 다녔으나 끝내 어머니의 소재를 찾을 수 없었다. 그러면 그럴수록 아버지는 내 손목을 꼭 감싸쥐는 것을 잊지 않았다.

수소문을 하는 방법에서 어머니와 확연히 다른 것은 또하나 있었다. 아버지는 자신이 남자라는 것을 본때 있게 보여주려 했다. 그것은 어떠한 일이 있어도 알 만한 사람을 만나 어머니의 용모를 소상하게 설명해주고 이런 여자를 보지 못했느냐고 묻지 않는 것이었다. 머릿속에 무엇이 들어가서 어떻게 굴러가고 있는지 알 수 없었으나 그 고집 한 가지만은 철저하게 지켰다. 그처럼 이상한 고집은 아버지뿐만 아니었다. 대부분의 경우, 남자들은 행인들에게 길을 물어보지 않으려 한다. 이유는 매우 단순하고 유치하다. 다만 한 가지, 낯선 사람으로부터 길눈이 어둡다는 핀잔을 듣는 것이 싫기 때문이었다. 그래서 설령 길을 잃어버리고 근처의 똑같은 거리를 몇 바퀴나 뱅뱅 돌면서도 도무지 길을 물어볼 엄두는 내지 않는다. 그때 만약 곁에 여자가 따라다니고 있다면, 그렇게 고집 부리지 말고 냉큼 길을 물어보라고 앙칼지게 소리친다. 남자가 그것을 받아들이지 않고 계속 고집을 부리게 되면, 독기가 잔뜩 오른 여자가 화닥닥 뒤돌아서버린다. 바로 아버지가 그런 꼴이었다. 어머니를 찾아내야겠다는 열정은 간절해 보였지만, 행방이나 소재를 알고 있음 직한 사람을 수소문해서 길을 물어보는 법이 없었다. 그러니까 발걸음은 물에 기름 돌듯 겉돌아갈 수밖에 없었다.

지척을 분간할 수 없을 정도로 어두운 밤중에도 누구에게나 잘 보이는 대상이 있다. 그것은 불 켜진 상점과 어머니였다. 어머니는 밤중이 아니라, 멀리서도 금방 알아차릴 수 있을 만큼 잘 보인다. 그러나 어머니는 어디에도 없었다. 그처럼 건성으로 찾아나선 시늉만 했으므로, 모두가 헛수고로 결말이 날 것은 뻔했다. 어쨌든 모든 것이 잠꼬대 같았고 어리석음 그 자체처럼 느껴졌다. 따분하고 울적했던 우리는 해 질 무렵, 어느 마을 초입 야트막한 언덕에 있는 느티나무 아래에 나란히 앉았다. 끌려다닌 딸이나 이끌고 다닌 아버지나 모두 지친 상태였다. 우리는 멀리 바라보이는 먼 산주름을 헤아리며 처연하게 앉아 있었다. 해는 벌써 서쪽 하늘가로 밀려나 있었다. 바라보이는 마을에서 저녁연기가 피어오르고 있었다. 아버지가 바짓주머니에서 종이봉지 하나를 꺼내 건네주었다. 종이봉지 속에는 낮에 먹다 남은 국화빵 몇 개가 찌그러진 채로 담겨 있었다. 봉지를 받아든 나는 먼저 아버지에게 내밀었지만, 아버지는 고개를 가로저었다. 도무지 배가 고프지 않았고, 식욕도 없었다. 그처럼 아무것도 하지 않고 하염없이 앉아 있었던 적도 없었다.

"너 엄마가 이 세상 땅 안에는 없는 모양이다. 내가 도저히 찾지 못할 곳으로 자취를 감춰버린 거야. 엄마가 어디 보통 앙큼한 여자냐. 그 고양이 같은 면상을 보아라. 생사람도 가만히 세워두고 잡을 여자다. 나 같은 얼간이는 일 같잖게 따돌릴 수 있는 다부지고 모진 여자다."

"......"

"엄마가 걸핏하면 늘어놓던 푸념이 생각난다......"

"......?"

"그거 생각 안 나나? 비가 오는 날 엄마가 꿈을 꾸면, 뒤뜰에 있는 오동나무가 꿈속에 나타나더란 거? 그 오동나무 뿌리들이 너무나 길게 뻗어서 우리 집 안방이나 건넌방의 구들장을 모두 들어올려 우리 집이 오동나무 뿌리들 등쌀에 더이상 버티지 못하고 공중에 둥둥 떠다니는 꿈을 꾼다고 꾸며대더라. 멀쩡한 나무에 무슨 귀신이 붙어 있는 것도 아닐 텐데, 그 나무를 베어 없애버리지 못해 안달이 난 거다. 혼례를 치르고 처음 우리 집으로 들어왔을 때는 뒤뜰에 커다란 나무가 있어 듬직하다고 입에 침이 말랐는데, 언제부터 마음이 변해서 나무를 잘라버리자고 졸라대는지 알 수가 없다. 나무는 그렇다 하더라도 자기 뱃속에서 나온 너가 엄마한테 홀대받고 설움받는 일은 없어야 할 텐데 너무 야박하고 매몰찬 여자다.

144

차라리 얼간이 취급받는 내 뺨따구를 때리는 게 순서지, 이렇게 처신해서는 안 되는 거다. 아직 응석받이 때를 못 벗은 너를 두고 쥐새끼처럼 홀라당 행방을 감추는 여편네가 어디 있겠나. 벼락을 맞으려고 환장한 사람이 아니면 할 짓이 아닌 거다. 내가 몹쓸 놈이라면 내 가슴에 대고 총이라도 빵 쏴부려서 내가 죽으면 그걸로 해결은 될 건데, 죄 없는 너를 데리고 이런 숨바꼭질을 시키는 것은 상년들이나 할 짓이다. 이게 어디 사람의 탈을 쓰고 할 짓인가? 내가 경황중에도 꼬박꼬박 생활비를 건네주는 것도 너를 데리고 살아가는 게 대견해서다. 엄마가 귀여워서 갖다주는 게 아니야. 그렇다 하더라도 나중에 내가 이런 말을 하더라고 일러바치지는 마라."

아버지는 어머니 행방을 찾아 세상을 두루 뒤지고 다녔던 것처럼 말하고 있었으나, 실제로는 집에서 사오십 리 안팎 거리에 있는 네댓 마을을 다녔을 뿐이었다. 어떤 마을에 들어가면, 아버지는 골목어귀 어디쯤 남의 집 축담 아래 추레한 모습으로 쭈그리고 앉아 있었다. 이런 일이 부질없는 짓이라는 것을 알고 있기 때문인지도 몰랐다. 그러나 가랑머리 소녀인 나는 얄기죽얄기죽 골목 안으로 들어가 까치발을 하고 남의 집 담벼락 너머로 집 안의 동정을 살펴보곤 하였다. 만에 하나 어머니의 낌새를 찾아보기 위해서였다. 그런 식으로 어머니를 찾는다는 게 얼마나 헛되고 터무니없는 짓인가는 아버지부터 너무나 잘 알고 있었다. 그런데도 나로 하여금 그런 얼빠진 짓을 그만두라는 말은 하지 않았다.

그 어처구니없는 여행은 언제 울음보를 터뜨릴지 조마조마한 어린 딸의 울적한 심기를 우선 달래주고 보자는 심산에서 출발했는지도 몰랐다. 아버지는 많이 피곤한 사람이었다. 피곤이 아니라, 병에 걸려 몰래 신음하고 있는지도 몰랐다. 파리한 안색에는 피곤만 쌓여 있는 것이 아니었다. 병색이 완연했다. 그때의 여행에서 나는 아버지가 원래부터 병약한 사람이며 지금은 구완을 받아야 할 처지에 있다는 것을 어렴풋하게나마 깨닫게 되었다. 아버지는 오래 걷지 못했다. 오래 걷노라면 목젖이 끊어지는 듯한 기침으로 실랑이를 벌여야 했고, 기침이 끝나면 그곳이 한길 복판이라 할지라도 멈추고 한동안 가슴을 진정시키느라 곤욕을 치러야 했다.

"내가 너 엄마 속을 썩이고 있다는 것을 모를 리 있겠나. 다 알고 있다. 그러나 어떻게 하겠느냐. 배운 게 도둑질이라고, 내가 어쩌다보니 일하지 않고 먹고산다는 건달들과 어울리게 되었고, 그래서 배운 것이 화투장이나 손에 들고 끚수나 쪼는 딱한 신세가 된 것이다. 이게 늦게 배운 도둑질도 아닌데, 옛날이나 지금이나 화투장 만지는 방에 들어앉았다 하면 어인 까닭인지 날 새는 줄 모르는 거야. 그 사람들과 어울리게 되면 말로 형언할 수 없는 기쁨을 느낄 때도 있다. 어떤 때는 여

태껏 한 번도 맛볼 수 없었던 설렘이나 어떤 자신감조차도 느
낀다. 그래서 그 사람들과 이상야릇한 관계를 맺게 되는 게
야. 때로는 소름끼치는 일을 겪을 때도 있고, 겉으로만 정중
한 척하는 불쾌하기 짝이 없는 웃음을 짓는 인물과도 한통속
이 되어 뒹굴 때도 있다. 비열하기 짝이 없는 사람도 있고, 다
소곳하게 수줍음을 많이 타는 사람인 줄 알았는데 나중에 보
면 식칼을 빼들고 덤비는 꼴도 보았다. 흉허물 없는 사이라
하더라도 말썽이 생기면 순식간에 저 혼자 살겠다고 숨거나
도망하는 사람도 있다. 그런데도 아직까지 손을 떼지 못하고
있는 신세가 됐다. 어찌 다른 도리가 없었다. 촌구석에서 태
어나고 자라났다면 농사일을 배웠어야 제격이었을 터인데,
그 농사일이란 게 내하고는 인연이 없었던 모양이다. 명색이
대대로 놀고먹는데 길들여진 선비 가문에서 태어난데다가 천
성이 병약해 힘든 농사일은 근력에 부쳐서 도저히 해낼 수 없
는 걸 어찌하면 좋으냐. 그래서 죽은 사람도 깨어나면 일해야
한다는 농번기에도 나 혼자만 빈둥빈둥 놀고 있는 반건달 신
세가 되었던 것이야. 사람 팔자 길들이기 탓이더라고, 뭘 해
서라도 밥값은 해야겠다고 생각하고 찾아간 곳이 운수 사납
게도 투전판이었던 게다. 처음에는 이런 상놈들이 서로 몰려
다니면서 도대체 무슨 짓들 하고 있는 것인지 구경 삼아 찾아
갔던 거야. 별생각 없이 끼운 첫 단추가 잘못 끼워진 줄 모르

고 바람 부는 대로 어영부영 지내다보면 지금 내하고 너하고 겪고 있는 이런 꼴이 되는 것이다. 알고 보면 나도 가엾은 사람이다. 그런데 이게 내 책임이냐, 그렇다고 너 책임이냐. 아무에게도 책임이 있는 게 아니다. 하늘이 그러라고 시킨 일인데, 책임 소재가 따로 있겠나. 그렇다면 나나 너나 그렇게 훌쩍거리고 울어봤자, 모두가 남이 보면 웃을 일이다. 사주팔자 시키는 대로 따라가다보면 어디쯤 가서는 지쳐서 끝장이 나겠지. 울지 말고 어서 일어서거라.”

아버지는 어째서 난마와 같이 얽혀 있는, 혹은 아득하기만 해서 갈피조차 잡을 수 없는 세상사의 잡다한 이야기들을 어린 나에게 말하고 있는 것일까. 정말 알아듣기 버거운 말이었다. 그러나 세상사의 덧없음을 일깨워주는 듯한 아버지의 푸념을 듣고 있으려면, 어쩐 셈인지 어두웠던 마음이 조금은 밝아지는 것 같았다.

아버지는 비로소 어머니 찾는 일을 단념한 것이었다. 어머니에 대한 아버지의 추측은 자의적이며 전혀 근거가 없거나 희박한 것들일 수 있었다. 그러나 자신의 운명이 위태로울 때 이성적일 수 있는 사람은 드물었다. 그런 때 사람들은 당연히 극단적인 태도를 취하기 마련이다. 하지만 아버지는 자신의 운명이 매달린 문제 앞에서 냉정한 판단을 내릴 줄 아는 강단의 소유자였다. 그것은 내가 그때까지 발견하지 못했던 아버지의 또다른 일면이기도 했다. 아버지는 다시 어린 딸의 손을 잡고 혼잣소리처럼 말했다.

"너를 그런 자리에 데리고 간다는 것은 어불성설이다. 그런 일은 있을 수 없는 일이다. 그러나 어쩌겠나. 너를 혼자 집으로 데리고 가서, 나만 쏙 빠져나올 수는 없는 노릇이다. 그게 또 엄마를 빨리 찾아내는 방법인지도 모르지."

낯선 마을 들머리에 앉아 아버지는 드디어 감추어왔던 자신의 비밀 한 가지를 털어놓은 것이었다. 아니래도 나는 아버지가 마을의 비슷한 연배들처럼 지기 펴고 살지 못하는 것이 불만이었다. 객지를 떠돌다가 집으로 돌아와 모습을 드러낼 때도 창호지로 스며드는 달빛처럼 소리없이 은밀했다. 그리고 소리내지 못하도록 설계되어 태어난 물고기처럼 하루 종일 침묵 속에서 지냈다. 기침할 때만 빼고. 그런가 하면, 집에서 다시 떠날 때도 떠들썩했던 이웃 사람들의 풍속과는 딴판으로 모래펄에 물 스며들듯 순식간에 모습을 감추어버렸다. 자신이 남들처럼 농사일로 가족을 부양하고 있지 못하다는 자격지심이 아버지의 행동을 그렇게 만든 것인지도 몰랐다. 어린 나이였지만, 그날 늘어놓았던 아버지의 푸념에서 희미한 연민까지 느꼈었다. 나는 가늘게 떨리고 있는 아버지의 손바닥 위에 내 손을 얹었다. 이제 어머니 따위는 찾아내지 못한다 할지라도 거리낄 것이 없다는 생뚱맞은 생각이 들었기

때문이었다. 아버지도 내 속내를 희미하게나마 감지한 것이
틀림없었다.

"그래, 이제는 그만 찾자. 우리도 찾을 만큼 찾지 않았느냐.
모두가 못난 애비 불찰이다. 죄를 모두 내게 뒤집어씌운다 하
더라도 내가 무슨 변명을 하겠냐. 엄마도 오죽 울화가 치밀었
으면, 집 나가는 버릇이 생겼겠나. 모두가 내 못난 탓이고 내
불찰이다. 따지고 보면 바깥으로만 떠돌게 된 것은 엄마 먼저
가 아니고 내가 먼저였다. 그래서 사실은 엄마하고 마주친다
해도 내가 할 말이 있겠느냐. 생각을 해도 할 말이 없다. 다시
한번 내만 못난 놈이 되는 거다."

우리는 느티나무 아래를 벗어나 한길로 나섰다. 그리고 그
곳에서 처음 만나는 버스에 올랐다. 버스를 두 번이나 갈아타
고 도착한 곳은 언젠가 어머니와 함께 아버지를 찾아나섰던
기억이 있는 소도시였다. 그 도시 북쪽 변두리 후미진 골목
안에 아버지가 모든 것을 걸고 버티는 노름판이 있었다. 아버
지의 예상은 적중했다. 내가 그 여인숙 주인의 수발을 받으며
지낸 지 하루 만에 초췌한 얼굴의 어머니가 모습을 드러냈다.
어머니는 도착하자마자 나를 먼저 낚아챘다. 딸에 대한 집착
이 그처럼 맹렬했다면 어째서 홀연히 자취를 감추었던 것일
까. 나는 어머니의 낯 뜨거운 가출을 이해할 수 없었다. 어머
니를 아연한 시선으로 바라볼 뿐 말이 없었던 아버지도 속내

는 나와 별다르지 않았을 것이었다. 아버지는 여인숙의 다른 방으로 어머니를 불러 앉혔다.

"내가 따질 처지는 아니란 것은 당신부터 먼저 알고 있을 테지만, 사람이 자식을 두고 먼 길을 가게 되었다면 어떻게 하다가 그렇게 되었다는 말은 있어야 할 것 아닌가."

"죄송하게 되었습니다."

근래에 이르러 그처럼 고분고분한 어머니를 본 적이 없었다. 어머니는 아버지를 똑바로 보지 않으려고 시선을 내리깔고 있었다. 그 모습이 측은하기까지 했다. 그것은 아버지의 공격을 차단하려는 의도가 숨어 있는 것으로 보이지는 않았다. 진정으로 보였다.

"집을 나갈 때 왜 어디 간다고 얘기를 하고 갔더라면, 어진이가 엄마를 찾아서 온 동네를 들쑤시고 다니지 않아도 되었을 것이 아닌가."

"볼일이 금방 끝날 줄 알았어요."

"한두 살 먹은 어린애도 아닌데 그 일이 금방 끝날 일인지 닷새 엿새가 걸릴 일인지 짐작 못 했더란 말이야?"

얼추 꾸짖고 말 것이란 당초의 생각과는 달리 아버지의 추궁이 점점 구체성을 띠며 어머니를 옥죄고 들었다.

"당신한테 뭔 위중한 일이 있어서 엄연히 집을 지키고 있는 남편한테까지 비밀로 하고 허둥지둥 집을 나섰더란 말이야?"

"당신이 알아서 좋을 것이 없다는 생각이 들어서 가만히 나선 것이었는데, 지금 와서 보니 속 좁은 생각이었네요."

"내가 심란하게 생각할까봐서 말하지 않았다고?"

"예."

"이런 기가 찰 노릇이 있나. 도대체 무슨 일이었는데, 툭 털어놓지 못하고 말을 뱅뱅 돌리고만 있는 거야?"

"읍내 경찰서에 출두하라는 통지를 받은 게 있었습니다."

순간 놀란 아버지가 두 눈이 휘둥그레져서 어머니를 바라보았다. 말만 들어도 모골이 송연할 지경인 그 경찰서란 곳을 다녀왔다는 어머니의 말에 아버지는 말문이 막혀버렸다. 아버지는 세 사람만 앉아 있는 여인숙 방을 휘둘러보았다. 엿듣고 있는 사람이라도 있나 해서였다. 아버지는 흡사 외계인을 만난 사람처럼 기묘한 시선으로 어머니를 바라보다가 입을 열었다.

"거기는 왜 갔어?"

"호출장이 왔더라니까요."

"그 호출장에 내 이름이 적혀 있었나? 아니면 당신보고 오라고 했나?"

"내 이름이 적혀 있었으니까 내가 갔지요. 당신 몰래 일을 끝내고 장보기라도 해서 곧장 돌아온다는 게 이렇게 꼬이고 말았네요."

"도대체 당신에게 무슨 죄가 있다고 경찰서에서 호출을 한다는 거야?"

"그자가 당신이 어디에다 거처를 정하고 사는 것이며, 어떤 계집들과 어울려 다니며, 어떤 위인들하고 어울려 다니며 사기도박을 일삼느냐고 꼬치꼬치 캐묻습디다. 그자 말은 나를 참고인으로 불렀다는 것인데, 지가 추측하고 있는 대답을 못 듣게 되자, 나를 때리지는 않습디다만 유치장에다 가두고 아주 넋을 빼려 듭디다. 그뿐입디까, 내가 거짓말을 밥 먹듯 한다고 교도소로 보내겠다고 땅땅 벼릅디다. 내가 법이 무엇인지 경찰서라는 데가 뭐하는 곳인지 알게 뭡니까. 교도소로 보내버린다니까, 등골이 오싹하고 가슴에서 간 떨어지는 소리가 쿵 합디다. 그래서 당신 거처가 어디라고 말하고 싶은 마음이 굴뚝같아서 입술이 간질간질하데요."

간이 뚝 떨어지기는 아버지도 마찬가지였다. 그러나 아버지는 추궁의 끈을 놓치지 않으려고 안간힘을 쓰고 있었다. 세상에 이런 변고가 어디 있나 싶어 당초부터 벌어졌던 아버지의 입은 닫힐 줄 몰랐다.

"그래서 내 거처를 말해버렸나?"

"기왕 내친김에 모른다고 잡아뗐지요. 내가 거기에 이르러서야 어디로 가면 당신을 찾을 수 있다고 실토정을 하면, 그때까지 모르쇠로 버티던 것이 모두 거짓말로 들통이 나버릴 것이 아닙니까. 그렇다면 둘러치나 메치나 그자가 마음먹기 따라서 감옥 가기는 마찬가지다 싶어서 마음 독하게 먹고 버텼지요. 그랬더니 그자가 허파가 뒤집히나봅디다."

"찌증을 내?"

"알고 있으면서도 모른다고 버틴다는 것을 빤히 알고 있습디다. 그래서 유치장에 가둬가면서 협박했지만, 내가 자기들이 생각하는 것처럼 호락호락한 여편네랍디까."

"당신을 심문한 자가 누구였나?"

"당신 뒤따라다니는 조형사 그 사람입디다. 그자가 아니면 당신 뒤꽁무니를 그토록 끈질기게 뒤지고 다니는 사람이 또 있겠어요?"

아버지의 표정이 또다시 애매해졌다. 어머니 입에 꽂혀 있던 시선이 허공으로 흩어졌다.

"내가 그자가 말하고 있는 것처럼 상습적으로 속임수를 일삼고 있는 것은 절대 아냐. 경솔하게 속임수를 일삼다가 손등 찍혀 병신 된 사람이 한둘이 아니거든. 노름이란 운수나 확률의 싸움이지, 흔해빠진 속임수에 현혹되었다간 그야말로 패가망신하는 거야. 노름에는 두 가지 유형이 있지. 하나는 신사적인 노름이고, 다른 하나는 불한당들이나 하는 천박하고 속임수에 매달리는 노름이지. 노름이란 고약한 취미라고들

말하지. 그런데 투전판을 악덕 상인들보다 더 나쁘게 말하는 것은 도대체 무슨 까닭 때문인지 잘 모르겠어. 상인들의 속셈을 한번 들여다봐. 기회만 있으면 소비자들의 눈을 속이려 들고 기만하려 들지 않나. 그런 장사꾼들과 노름꾼들 사이에 근본적으로 또 양심적으로 다른 점이 뭐가 있겠나. 그런데도 유독 나를 잡지 못해 목숨을 걸다시피 하면서 내 뒤를 쫓는 그놈의 심사는 알다가도 모르겠어. 그놈의 시뻘건 눈을 보면 난 소름이 끼칠 정도야. 그래서 내가 그자에게 또다시 잡힌다면 나는 살아남지 못해."

"그자가 입만 뻥긋했다 하면, 당신을 사기꾼이라고 몰아붙이지 않습니까. 사기 친 일이 없다면, 그자를 떳떳하게 만나서 결백을 밝히는 게 당신 신상을 위해서도 좋지 않겠습니까."

어머니의 두 눈이 기대감으로 반짝 빛났다. 그러나 아버지의 고개는 방바닥으로 떨어졌다.

"그게 아니야. 당신, 그 소낙비 오던 날 밤 기억하지?"

"그날 밤 일을 잊을까요. 그때 당신 어떻게 그 수갑을 풀고 빠져나왔소?"

"내가 무슨 재주로 그 수갑을 풀겠소. 그자가 경찰서 도착하기 전에 자기 손으로 풀어준 거요. 내가 풀려면 열쇠가 있어야 하는데 그 경황중에 내게 열쇠 만들 재간이 있었겠나."

　화들짝 놀란 어머니가 반짝거리는 눈으로 이번엔 반대로 아버지를 추궁하고 들었다.

　"그자가 풀어주다니 그게 가당키나 한 일입니까."

　"그자가 내 손목에 채운 수갑을 풀어주기 전에 내가 먼저 풀어준 게 있지."

　"당신이 풀어준 게 뭔데요?"

　"그 경황중에도 내가 궁리를 한 게야. 그자에게 지금 내 허리춤에 전대를 두르고 있다고 했지. 처음에는 무슨 흰소린가 해서 귀넘어들었다가 내가 재차 깨우쳐주자 솔깃했던지 경찰서에서 멀지 않은 골목으로 날 끌고 가더군. 비가 퍼붓고 있는데, 나더러 전대를 풀어보라고 하더군. 전대 속에는 신문지를 잘라서 지폐 크기와 똑같이 만들어 고무줄로 꽁꽁 묶은 돈뭉치 네다섯 개가 들어 있었지. 나는 전대 속의 지폐뭉치를 보여준 다음 전대째로 그자의 겨드랑이를 벌리고 끼워넣었지. 그자가 얼떨결에 그걸 받고 가만 서 있더군. 비가 내리고 어두운 속에서도 그자의 두 손이 벌벌 떨리고 있는 걸 봤지. 그자는 윗도리를 벗고 전대를 자기 잔허리에 둘러매더군. 그리고 벌벌 떨면서 내 손목의 수갑을 풀어줬어. 날 풀어주고 난 다음 그자가 먼저 날 남겨두고 등뒤로 손을 흔들며 빗속으로 사라지데. 난 기회는 이때다 하고 선걸음으로 냅다 뛰어 집으로 돌아갔던 것이야."

어머니는 그때까지 아버지의 말이 믿어지지 않는 듯 시종 애매한 얼굴로 아버지를 바라보고 있었다.

"참 이상했어. 지금까지 살아올 동안 그날 밤처럼 내가 박동 치며 살아 있다는 것에 흥분되었던 적이 없었어. 당신도 알다시피 내가 살아가는 것이 너무나 조잡스러워서 재미도 없었고, 그렇다고 가슴 뛰게 흥분되는 일은 더욱 없었어. 일 년 삼백육십오 일이 만날 그 대중이었어. 내 잘났다고 떠들어봤자 귀를 기울여 들어줄 사람도 없었지만, 혹시 들어준다 해도 미친놈 대접이나 받았고 헛소리나 지껄이는 놈이라고 손가락질받았지. 그런데 참 이상하게도 날 잡아가지 못해서 이빨을 갈며 노심초사하는 조형사라는 사람이 내 거짓말을 그대로 믿어주었어. 세상 참 희한하다는 생각이 안 들어? 외나무다리에서 자주 만난다는 원수끼린데도 내 거짓말을 아무런 의심 두지 않고 들어주었다는 것은 좀처럼 있을 수 없는 일이지. 그 이후부터 내가 시름에 빠지게 되면 항상 그때를 생각하게 되더군. 그러나 당신 내 말 들어봐. 내가 두 번 다시 그자에게 잡히게 되면 여축없이 감옥행이야. 그자가 집에 가서 전대를 풀어보고 얼마나 놀라고 황당했을까. 배신감 때문에 자기 발등을 도끼로 찍어버리고 싶었겠지. 한동안 잠인들 온전히 잘 수 없었겠지. 이젠 콩으로 메주를 쑨다 해도 두 번 다시 내 말을 들으려 하지 않을 것이야."

그러나 그로부터 어머니의 가출은 상습적이 되었다. 그 외박이 주기적이란 것에 불만을 두기 시작한 아버지의 눈치 따위는 아랑곳하지 않는 대담성까지 확보해나갔다. 처음에는 출타했던 아버지가 집으로 돌아와 체류할 때로 한정되었다. 그러나 가출이 습관화되면서 이젠 아버지가 있으나 없으나 내키면 하루나 이틀 정도 집을 비웠다가 돌아오곤 하였다. 어머니가 돌아왔을 땐, 어찌할 바를 모를 정도로 좋아서 오히려 기쁘다는 감정 표현이나 말이 나오지 않을 정도였다. 성급했던 어머니는 그런 속내는 헤아리지 못하고 나를 닦달했다.

"요놈의 계집애 봐라? 내가 반갑지도 않느냐?"

그러면 나는 얼굴이 홍당무가 되고 사타구니에서 식은땀이 나기 시작했다. 성급한 어머니가 매라도 들면 어떻게 하나 싶었기 때문이었다. 나는 아무 말도 할 수 없었고, 말은 주로 어머니 몫이었다. 그처럼 어머니에게 끊임없이 휘둘리고 아버지를 대신하여 매를 맞았지만, 나는 어머니를 죽기 살기로 그리워하며 사랑했다. 하지만 어머니를 마음속 깊은 곳으로부터 신뢰하지는 않았다. 특히 외박에서 돌아왔을 때, 어머니의 눈빛과 말은 서로 아귀가 들어맞지 않는다는 인상을 주었기 때문이었다. "내가 반갑지도 않느냐"고 물었을 때 어머니의 목소리는 너무나 아름답게 느껴져 그 품에 와락 안겨 울음을 터뜨리고 싶은 정도였다. 한편으로는 그 말이 진심이 아니란 것을 직감적으로 느낄 수 있었다. 그전에는 느낄 수 없었던 감정이었다.

제일 소름끼치는 것은 반갑지도 않느냐고 물으면서 상냥하게 웃는 것이었다. 속으로는 뭔가에 잔뜩 울화가 치밀어 있으면서도 겉으로는 웃고 있다. 그것이 무서웠다. 매번 그렇지는 않았지만, 외박에서 돌아온 어머니는 자주 내 머리를 잘랐다. 웃자라서 이발을 할 때가 되지 않았는데도 통과의례처럼 내 머리를 싹둑싹둑 잘라냈다. 한참 동안 나를 빤히 바라보면서 내게 무엇을 해줄 수 있을까, 내가 관심을 가지고 있는 것은 무엇일까 하고 속내를 가늠해보고 궁리를 하는 것 같았다. 그러다가 옳지 하고 생각났다는 듯 서둘러 방으로 들어가 보자기를 가지고 나왔다. 그것으로 내 어깨를 덮은 다음, 가위를 가지고 머리를 자르기 시작했다. 매우 진지한 표정으로 머리를 자르고 있는 어머니의 모습이 어쩐 셈인지 매질을 할 때보다 더욱 두려웠다. 어머니를 미워할 수 없어 미움이 공포로 변한 것이었다. 나는 언제나 어머니처럼 예뻐지고 싶었다. 어머니가 나를 싫어할까봐 항상 걱정하고 있었기 때문이었다. 그러나 나는 네모진 얼굴에 눈은 과도하게 커서 항상 어딘가 잔뜩 겁먹고 있는 아이처럼 보였다. 입술은 두꺼웠고 반대로 눈썹은 시늉뿐이어서 희미했다. 그래서 혼자 있을 때 내 모습은 어디에도 존재하지 않았다. 나 자신이 그러면서도 어머니가 집으로 돌아오는 날을 예감하게 되면, 너무 흥분해서 몸에서 열이 날 지경이었다. 이러다가 정말 앓아눕게 되면 어찌하나 전전긍긍하기도 하였다. 왜냐하면 어머니가 "엄마 저기 누가 와요" 다음으로 싫어하는 말이 "엄마 나 배 아파"였기 때문이었다. 아버지 역시 마찬가지로 그 눈치를 알고 있어서 그토록 악질적인 기침에 시달리면서도 아프다는 말을 하지 않을 정도였다.

어머니는 나의 민감하고 연약한 부분, 말하자면 내가 어머니를 사랑하고 있다는 사실을 감싸주고 보듬어주는 것이 아니라 내 머리를 자르는 따위의 공격적인 방법을 찾아내어 그것을 실행에 옮김으로써 아버지의 관심을 끌어내려 하였다. 그러나 그런 돌출행동이 어머니가 저지른 실수나 상처를 딸에게 고스란히 물려주고 있다는 사실은 깨닫지 못했다. 그렇지만 나는 어머니에게 순종했다. 근본적으로 어머니는 나와 아버지를 사랑하고 있다는 것을 알고 있었기 때문이었다. 어머니의 삐뚤어진 생각이 한 가족이 부둥켜안고 살아야 할 중심축을 위태롭게 지탱하고 있었다. 나는 부드러운 접촉과 친밀함과 따뜻함을, 달짝지근한 인생 따위를 어머니에게 바라고 있었지만, 이제 그것은 불가능하게 되었다는 것을 깨달아가고 있었다.

아버지도 그랬다. 눈썰미가 있는 사람이라면, 본래는 가랑머리였던 것이 언제부턴가 귀를 덮는 단발머리로 바뀌었고, 귀를 덮었던 단발머리가 또 언제부턴가 짧아지기 시작해서 양쪽 귀가 모두 드러나게 되었는지 그 한 가지만 관찰할 수 있었다면, 어머니에게 몇번의 가출이 있었는지 대강은 짐작할 수 있었을 것이다. 그러나 아버지는 천지개벽이 된다 하더라도 그런 것에 관심 둘 사람이 아니었다. 아버지의 관심은 어떻게 하면 노름판에서 자신이 오래 남을 수 있을 것인지, 오직 그 한 가지에만 매달려 있었다.

아버지도 어머니도 집에 없을 땐 물론 나 혼자 집을 지키고 있어야 했다. 어린 나이였지만 혼자 집을 지키며 며칠을 보내는 데는 별 어려움을 겪지 않았다. 뿐만 아니라, 어머니가 며칠 동안 돌아오지 않는다 해서 별다른 분란을 일으키지도 않았다.

강아지는 주인이 하루라도 집을 비우면 온 집 안을 난장판으로 만들어버린다. 그렇게 잘도 가리던 똥오줌을 아무렇게나 싸버리고 마루에 내다놓은 화분 따위를 뒤엎어버리거나 옷가지들을 갈가리 찢어놓는다. 짐승의 분탕질로 온 집 안이 쑥밭이 되는 경우는 많았다. 그러나 어린 나에게 집을 맡겨두어도 짐승도 하는 질투심이나 앙탈의 흔적은 집 안 어디를 살펴보아도 찾아볼 수 없었다. 어머니가 수습하고 떠난 자리는 며칠이 지난 뒤에 돌아와도 온전한 그대로 보전되어 있었다.

상습적인 어머니의 가출은 어린 내게 많은 것을 깨닫게 했다. 세상엔 완벽한 행복도 존재하지 않는 것이지만, 도저히 헤어날 수 없는 비참함이나 불행도 있을 수 없다는 것이었다. 평범한 아이라 해서, 혹은 나와 같이 버림받은 아이라 해서 그런 억울한 생활에서도 안정감을 얻어내지 못하란 법도 없는 것이다.

어머니가 딸과 마주하고 생활하는 것이 부담이 되었듯 나 역시 언제부턴가 어머니와 살을 비비고 살아가는 것이 거북해지기 시작했다. 특히 나를 바라보는 어머니의 시선에는 언제나 뿌리를 헤아릴 수 없는 거부감이 묻어 있었다. 그런 어머니의 시선을 조바심하며 바라보고 있는 것보다 오히려 혼자 있는 것이 한결 편안했다. 집을 떠나기 전에 어머니는 여느 때와는 달리 밥이나 찬거리 혹은 주전부리할 것이라도 세심하게 챙겨주고, 돌아올 동안 혼자서 섭생하도록 했다. 그런 경우 요깃거리는 어머니가 집에 있을 때보다 양과 질의 면에서 월등하게 우수했다. 바로 그러한 점이 어머니와 어린 딸 사이에 일종의 음모를 만들게 했다. 말하자면, 어머니의 가출에 대한 비밀을 지켜주는 것이었다.

나는 모처럼 베풀어주는 어머니의 은전을 혼자서 야금야금 즐겼고, 어머니는 그것을 미끼로 아버지가 보내는 의심의 시선을 따돌리는 것이었다. 어머니가 가출하고 난 뒤에 자질구레하게 감당해야 할 노동이 나에겐 어머니와 같이 살아가는 것보다 훨씬 홀가분했다. 왜냐하면 혼자의 생활에는 변덕이 없었고, 부당함이 없었고, 성가심도 받지 않았으며 소름끼치는 언사에 주눅들 필요도 없었기 때문이었다. 그래서 과부하된 노동과 허기까지도 강단 있게 이겨낼 자신이 있었다. 어머니의 욕설과 매질로부터 일시적으로 멀어져 있는 동안 막연하나마 나 자신 속으로 다시 들어가 무언가 생각하고 침잠할 수 있는 시간을 갖는다는 것이 어쩌면 다행스러웠다. 어머니가 가출했다는 것을 깨닫는 순간부터 나는 밤이 되면 담요를 챙겨들고 오동나무 가지에 천연덕스럽게 매달린 하늘그네로 올라가 밤을 새우곤 했다.

그 하늘그네는 진솔한 세상의 일상사, 혹은 이웃의 정리로부터 나를 차단하려 하였던 그물이나 다름없었다. 그런데도 나는 어머니가 쳐놓은 그물에 차츰 길들고 있었다. 어리석게도 나는 훨씬 나중에야 그것을 깨달았다. 문제가 있다면 때마침 어머니가 집을 비웠을 때 아버지가 불쑥 모습을 드러내는 경우였다. 그런데도 아버지는 처음 한 번을 제외하곤 항상 그랬던 것처럼 어머니를 찾아나서지는 않았다. 침묵으로 일관하며 어머니가 돌아오기를 기다렸다. 그 기다리는 시간이 길어봐야 이틀이나 사흘이었다. 그때 어머니가 돌아오면, 아버지는 매우 안타깝고 안쓰럽다는 듯이 먼저 주눅이 든 표정으

로 그러나 한편으로는 의구심이 담긴 눈으로 어머니를 바라
보며 말했다.

"내가 영영 돌아오지 않을까 걱정이 되어서 또 찾아나섰
나? 여기가 내 집인 줄도 모르고 정신 나간 놈처럼 살진 않
어."

어머니는 아무런 대꾸도 않고 마루로 올라앉으며 호흡을
가다듬었다. 그리고 눈갈기를 치뜨고 남편을 노려보며 말
했다.

"내가 이러다가 언젠가는 지레 죽고 말 테야. 집에서 살림
사는 것보다, 칠칠치 못한 남편 행방 찾느라 반평생을 보내버
렸다면 도대체 어느 시러베 같은 놈이 믿어줄까. 이러다가 길
바닥에 혀를 처박고 죽고 말겠지. 그러면 우리 어진이는 누가
돌보며 이 집구석 건사는 누가 할꼬."

아버지는 외간여자와 나란히 누워 있다가 아내에게 들통난
오입쟁이처럼 고개를 사타구니에 처박은 채 구린 입도 떼지
않았다. 부부가 벌이고 있는 그 이상한 게임은 내가 보기엔
아무런 실속이 없는 연극 같았다. 그런데도 두 사람은 그런
게임을 운명이라도 판가름 낼 것처럼 진지한 표정으로 진행
시켰다. 그런 방법으로 어머니는 얼마 동안 자신의 비밀들을
위태롭게나마 지켜나갔다. 그러나 비밀이란 말에 포함되어
있는 어떤 은둔성이란 것도 애매하긴 매한가지였다. 그 비밀

이라고 지적한 것이 사회적 정당성을 획득하고 있을 적에는 전혀 무의미한 말이 되어버리는 것이었다. 말하자면 어머니의 빈번한 가출이 베일 뒤에 숨겨져 있긴 하였지만, 그 속내가 어떤 성격을 가지고 있는지에 대해선 어머니가 실토하지 않는 이상 아무도 알 수 없었다.

아버지를 쫓는 조형사에게 주기적으로 불려가 조사를 받았는지도 모르고, 아버지가 객지로 떠돌며 진 도박빚 때문에 집에서 자취를 감추었다가 위험이 사라졌을 때 모습을 드러낼 수도 있었다. 그것도 아니라면, 어머니가 실토했듯이 아버지의 거처를 찾아 헤매다가 허탕을 치고 돌아왔을 수도 있었다. 빚쟁이가 찾아오는 것은 나도 몇 번인가 목격한 적이 있었다. 도박빚은 돈을 빌린 사람이나 빌려준 사람이나 그 장소와 행위의 비밀 때문에 떳떳하게 얼굴을 드러내지 않는다는 특성을 가진다. 그래서 빚쟁이가 나타날 때도 당당하게 마당으로 들어서며 배아무개 집이 여기냐고 묻지 않는다. 우선 뒷짐을 지고 마을 어귀에 들어서서, 냄새 맡는 짐승처럼 심상찮은 시선으로 여기저기를 두리번거리며 적어온 메모지를 꺼내어 집을 찾기 시작한다. 어렵사리 문패도 없는 집을 찾게 되면, 담 너머에서 까치발을 하고 집 안의 동정을 주의깊게 살펴본다. 오래 기다려도 집 안에서 인기척을 느낄 수 없다면, 그는 사박사박 걸음을 옮겨 집 뒤 오동나무 아래의 동정까지 샅샅이 살핀다. 그리고 오동나무 아래까지 걸어가서 담배를 피워물었다.

뒤뜰에서 오동나무를 발견함으로써 주소지를 바로 찾아내고 말았다는 안도감이 빚쟁이의 얼굴에 솜털처럼 피어난다. 그는 담배연기를 오동나무 가지를 향하여 길게 내뿜는다. 아버지가 객지를 떠돌면서도 마을에서 유일하게 집 뒤뜰에 아름드리 오동나무가 서 있는 대갓집에서 태어난 사람이라고 가당찮은 생색을 내기 때문이었다. 빚쟁이는 담배를 여러 개비 피워가면서 외출에서 돌아올 집 안의 누군가를 기다린다. 기다린 것이 헛되지 않아, 그가 마주치는 사람은 물론 어머니였다. 주인도 없는 집에 낯선 남자가 들어와 있어도 어머니는 전혀 놀라는 기색이 아니었다. 빚쟁이는 시선을 전혀 다른 곳에 두고 있으면서 어머니에게 배용태씨 집이 맞느냐고 묻는다. 물론 어머니는 지체 없이 그렇다고 대답한다. 사내의 질문은 계속된다.

"배용태씨 집에 자주 들릅니까?"

"집에 자주 들르는지 뜸한지는 댁이 더 잘 알고 있을 것 같네요."

"만난 지 오래돼서 묻는 것입니다. 지금은 어디에 있는지도 모르고……"

"만나시거든 집에서 목 빠지게 기다리고 있더라고 전해주십시오."

"다녀간 지 얼마나 되었습니까?"

"달포나 되었는지 모르겠네요. 다녀간 정확한 날짜를 알고 싶으면 읍내 경찰서에 조형사라고 있는데 그 사람 찾아가서 물어보면 정통으로 가르쳐주겠네요."

"형사 얘기는 왜 나옵니까?"

"그 사람이 남편 잡지 못해 안달이 나서 항상 뒷조사를 하고 있으니까요."

사내가 어머니의 말을 중간에서 툭 끊고 묻는다.

"물론 배용태씨 이름으로 된 전답은 있겠지요?"

"없습니다."

"거짓말 아닙니까? 몇 두락 있다고 들었는데?"

"애당초 의심 둘 말을 묻긴 왜 물어요? 면사무소에 가서 토지대장 열람해보면 거짓말인지 아닌지 당장 드러날 거 아닙니까."

촌놈이 서울내기 눈알 빼먹는다더니, 얼굴이 거무죽죽한 시골 여자가 당돌하고 표독스럽기가 살쾡이 뺨치고 나가겠구나 하는 놀라움이 빚쟁이 얼굴에 가득하다. 어머니는 사내의 표정에 스치고 지나가는 낭패를 재빨리 눈치챈다. 그때를 놓치지 않는 어머니의 역습이 시작된다.

"그런데 남의 재산 사정을 들춰보려는 댁은 뉘신지요?"

사내가 억 하고 놀라며 대꾸는 하는데 어눌하기가 그지없다.

"배용태씨하고는 근자에 알고 지내는 사이가 되었습니다."

"그랬습니까? 그런데 듣기로는 우리 남편이 사기 치고 다닌다는 소문이 있던데요. 잘 알고 지내는 사람이라면, 정말 그런지 알고 싶네요."

말투를 누그러뜨리던 빚쟁이는 그 말을 듣자마자, 아주 과도하게 손사래를 쳤다.

"아, 아닙니다. 내가 아는 배용태씨는 사기하고는 거리가 멀어도 한참 먼 사람입니다. 어떤 놈이 그런 돼먹잖은 소리를 하고 다닌답디까. 게다가 배선생하고 초인사를 나눈 지도 며칠 되지 않았습니다."

툇마루를 걸레질하면서 어머니가 말했다.

"마루에라도 올라오시지요."

"아닙니다. 담배나 한 대 더 피우고 잽싸게 갈랍니다. 나도 한가한 사람은 아니거든요."

"한가한 분이 아니라면, 이 한가한 동네는 왜 찾아오셨는지요?"

"혹시나 배선생께서 집에 있나 해서 마을로 들어와봤습니다. 인사나 하고 가려구요."

"남편을 찾아오는 분들 중에는 마을 앞을 지나다가 혹시나

해서 들렀다는 분들이 왜 그렇게 많은지 모르겠습니다."

"그래요? 배선생을 만나보자는 사람들이 그렇게 많다는 것입니까?"

"그렇다니까요. 어디 한둘이어야 말이지요."

그러자 곧장 간다던 빚쟁이는 얼굴이 새파랗게 질린 채로 어머니가 훔쳐놓은 툇마루 위로 엉덩이를 걸치고 앉는다. 그리고 나를 가리키며 알은체를 한다.

"재는 딸내미인가보네요."

"저 애물단지요? 그렇답니다."

금방 집을 하직하고 나서기에는 아쉬움이 남는 듯 그는 집 안 여기저기를 눈여겨보았다.

"이 집은 등기가 아주머니 이름으로 되어 있습니까?"

"사기나 치며 살아가려면 이 꼴같잖은 재산도 남편 이름으로 등재하면 안 되겠지요. 쥐도 새도 모르게 낚아채일 텐데요. 하지만 뒤뜰에 서 있는 오동나무는 선대에서부터 심어서 자라오는 나무이기 때문에 남편 소유랍니다."

"어허, 아주머니 보통사람이 아닙니다?"

"눈썰미가 서툰 분인가보네요. 자세히 보세요. 저 보통사람입니다."

빚쟁이로 보이는 사람들을 따돌리는 일쯤은 식은 죽 먹기로 이골이 난 어머니였다. 아니라면 어머니의 가출이 아버지조차 예상할 수 없었던 일과 관련되었을 수도 있었다. 어머니가 그토록 간절하게 아버지의 거처를 수소문하고 다닌 이면에는 또다른 까닭이 없지 않았다. 아버지에겐 어머니가 재취였지만, 어머니는 초혼이었다. 그러므로 아버지에겐 소박놓아서 내쫓은 전처가 있었다. 쫓겨났다지만, 군소리 한마디 없이 제 발로 걸어나간 전처는 집 밖을 나서는 즉시 연기처럼 자취를 감추어버렸다. 뒤끝이 아주 깨끗했다. 미련도 원망도 남기지 않았다. 보통 소박당한 여자들 중에서 열에 아홉은 친정에 기대 살거나 그것이 여의치 못할 경우, 팔자를 고쳐 개가하기 마련이다. 그러나 아버지의 전처는 친정은 물론 그 언저리에조차 모습을 드러낸 적이 없었다. 재혼했다는 소문도 없었다. 핏덩이나 다름없는 딸아이를 안고 떠나간 이후, 어떤 방법으로 섭생을 하는지 전혀 알 길이 없었다.

어머니는 질투가 많은 여자였다. 적어도 아버지에 관한 일이라면 절대적이었다. 그것은 아버지를 처절하게 사랑하고 있다는 증거이기도 했다. 아버지를 다른 누구에게도 양보할 수 없다는 어머니의 아우성이었다. 어머니는 자신의 그런 공격적인 측면이 아버지로 하여금 전처와 손쉽게 이혼할 수 있게 만들었다고 생각하고 있었다. 그러나 그 일에 어머니가 직접적으로 관여하지 않았다는 미덕이 있었다 하더라도 그 미덕은 고통의 원인이 되기도 하는 법이다. 아버지가 큰 소동

겪지 않고 이혼을 치러냈다 할지라도 그것은 어머니 가슴속에 지울 수 없는 치부이기도 했다. 어머니가 저지르는 맹목적인 분노의 방출도 그런 치부를 함께 가졌다는 증거일 수도 있었다. 그래서 아버지의 행방을 쉽사리 찾아낼 수 없을 경우, 어머니의 뇌리에 전광석화와 같이 떠오르는 것은 행방이 묘연하다는 아버지의 전처였다. 물론 어머니는 그 여자가 어떻게 생겼는지, 성품은 어떠한지, 키가 큰 여자인지 작은 여자인지 전혀 아는 바가 없었다. 그러한 정보는 평소에도 담을 쌓고 지내는 이웃으로부터 들은 적도 없었고, 아버지로부터 귀띔받은 적은 더욱 없었다.

그런데도 어머니는 그 여자의 신상에 대해 많은 것을 알고 있었다. 그 여자는 반가 출신이며 행동거지가 어머니와는 비교도 안 될 만치 정숙하고 아담했다. 얼굴도 얌전하고 남편에게 순종적이며 음식을 조리하는 솜씨도 남달랐다. 하지만 그것은 어머니의 예단에 불과했다. 아무런 근거가 없는데도 불구하고 어머니는 그 착시나 예단을 현실처럼 믿어 의심한 적이 없었다. 아버지가 가뭇없이 자취를 감추고 좀처럼 거처를 수소문할 수 없게 되었을 때는 이혼한 전처를 찾아간 것이라고 믿어 의심치 않았다. 그런 의구심이 가슴속을 차지하고 떠나지 않으면 어머니는 안절부절이었다. 전처가 여자로서 치명적인 결함이 있어서가 아니라, 다만 더이상 임신을 못하게 되었다는 한 가지 이유 때문에 쫓겨났다는 것을 어머니는 잘 알고 있었다. 그리고 그 아버지와 재혼한 어머니 역시 아들을 낳지 못한 것이 가슴속에 크나큰 수치심으로 자리잡고 말았다. 예측이나 착시란 것도 너무나 헛되고 덧없음을 많은 경험을 통해서 여러 번 가르쳐주었다. 그러므로 예측에서 비롯된 어머니의 어떤 말도, 그 어떤 행동도 아버지를 찾아내는 일에 눈곱만큼의 도움도 주지 못했다. 그래도 어머니는 그 고통을 기꺼이 껴안고 다녔다. 아버지 전처에 대한 착시라는 것도 그랬다. 어머니와 같이 자격지심을 가진 여자에겐 경쟁자로 생각하고 있는 대상이 갖고 있는 것은 대체로 커 보이거나 화려해 보이지만, 자기가 가진 것은 눈물 날 만치 초라하거나 하찮게 보인다. 그것은 환각이며 착시에 불과한데, 그 착시에 갇혀 보내다보면 자신도 모르게 익숙해지고 길들여지는 것이었다. 나아가서 어머니는 착시에서 출발하는 불운의 문턱에 목을 걸고 있는 형국이었다.

어머니의 상습화되어가는 가출이나 외박에 대해서 아버지가 대수롭지 않게 생각하거나 무시해버리는 경우, 어머니의 가출에는 반대로 가속도가 붙었다. 아버지와 겨뤄보자는 배포가 그 뒤에 숨어 있는 듯했다. 어머니는 아버지에게 삿대질하며 말했다.

"내가 당신 갔다 온 곳을 모르는 줄 알아요?"

"내가 갔다 온 곳이 그렇고 그런 곳이지 별난 곳이야?"

"당신 전처 집에 갔다 왔지요?"

"전처라니? 기가 차는군. 나한테는 끝난 일이 제삼자인 당신에게는 아직 미련이 남아서 끝난 일이 아닌가보군. 전처란 말 참 오랜만에 들어보는 말이긴 한데…… 어진이 들을까봐 겁나네."

"걘 모르는 줄 알아요? 제 딴엔 철이 들어서 모른 척하고 있을 뿐이지."

"그나저나 내가 행방도 모르는 전처를 찾아헤매고 있다는 거야? 아무리 할 말이 없다 해도 그런 억지 부려서 사람 허파 뒤집는 게 아냐."

"억지라니, 그러면 어째서 사방으로 뛰어다녀도 당신 처소를 내가 못 찾았단 말이오?"

"쥐를 쫓아도 구멍을 두고 쫓으라 했어. 내가 처소를 만천하에 소문내고 다닐 수 없는 처지라는 것은 어느 누구보다 당신이 더 잘 알고 있잖아. 우리 식구들이 하룻밤에도 세 번 이상 처소를 옮겨다닌 적도 있었고, 비 내리는 야밤에 우산도 없이 비를 쫄딱 맞으며 삼사십 리 길을 걸은 적도 한두 번이 아니야."

아버지가 말하고 있는 '식구들'이란, 어머니와 나를 포함한 세 가족을 일컬음이 아니었다. 그것은 아버지와 한패가 되어 몰려다니는 노름꾼들을 가리키는 말이었다. 그 식구들 가운데는 무명지를 잘라낸 사람도 있었고, 쇄골에 칼자국이 선명하게 남아 있는 사람도 있었다. 간혹은 꽃뱀으로 부르는 아낙네도 있었다. 어머니는 그 꽃뱀에 대해선 무관심했다. 체통을 엄중하게 여기는 아버지가 인생의 막장을 기어가는 그런 저질들과 시시덕거리지는 않는다는 것을 잘 알고 있었기 때문이었다. 뿐만 아니라, 그들 떨거지들에겐 꽃뱀과 관계를 맺지 않는다는 불문율이 있었다. 그들은 형님 아우님하면서도 서로를 익명으로 불렀고, 그중에서 한두 명은 경찰과 끈이 닿아 있기도 했다. 도박판을 주선해주고 개평을 챙기며 기생하는 타짜꾼들도 없지 않았다. 그들은 봇도랑에서 살아가는 소금쟁이들처럼 흩어지는가 하면 순식간에 한자리에 모여 판을 벌이다가 정보원의 지시에 따라 잽싸게 판을 옮기기도 하였다. 모이고 흩어지고 잠적하는 순발력은 빨치산들이나 다름없었다. 어머니가 아버지의 말을 되받았다.

"당신이 빨치산이요? 비 오는 야밤에 고갯길을 세 번이나 넘게?"

"일테면 그렇단 얘기지. 넘어진 사람 뒷덜미 누르는 게 아냐."

"넘어지기라도 했으면 좋겠소."

"그만둬."

"그만 못 둡니다."

"그런 억지로 사람 애간장을 태우는 게 아냐."

"그 여자 지금 어디서 살고 있어요? 당신은 알고 있을 것 아닙니까."

"이미 옛날에 이혼한 여자를 내가 미친놈이 아니라면 아득바득 찾아다닐 까닭이 어디 있겠나. 임자가 남자라면 그렇게 하겠어?"

"내가 남자라면 그렇게 하겠어요. 옛말에 남자라는 짐승들은 열 계집인들 마다하지 않는답디다."

"억지 부리지 말고 잠자코 있어. 자꾸 그러면 당신 수명만 짧아져."

그해 겨울 아버지는 집을 다녀간 지 불과 사흘 만에 다시 집으로 돌아왔었다. 공교롭게도 어머니는 또다시 어디론가 자취를 감추어버렸다. 아버지는 행방을 묻지도 않았을뿐더러 언제 집을 떠났는지조차 묻지 않았다. 그 대신 어머니가 잡도리해두고 떠난 집안의 일들을 꼼꼼하게 점검했다. 불안한 시선을 거두지 못하고 있는 나에게 아버지는 끝내 한마디도 묻지 않았고, 그날 밤 내내 앉아서 뜬눈으로 밤을 지새웠다. 근래에는 보기 어려웠던 광경이었다. 이튿날 아침, 하룻밤 사이에 무척이나 수척한 얼굴이 된 아버지는 내 손을 잡아끌었다. 읍내로 나가서 버스를 잡아타고 네 시간 이상을 달렸다.

나는 그때 처음 바다를 보았다. 그곳은 포구였다. 어촌이라 하기엔 너무 번잡한 곳이었고, 항구라고 말하기엔 규모가 작은 곳이었다. 우리는 터미널에 도착하여 지루하게 달려온 버스에서 내렸다. 특유의 칙칙한 기름 냄새와 함께 희미한 갯내음이 코끝을 스쳤다. 아버지는 내가 바다를 처음 본다는 것을 익히 알고 있었음에도 선창 쪽으로 가지는 않았다. 아버지가 내 손을 잡고 찾아간 곳은 좁은 뜰 전부를 시멘트로 입힌 아담한 여인숙이었다. 여인숙 주인은 머리가 하얗게 센 노파였다. 노파와 아버지는 안면을 트고 지내는 사이 같았다. 아버지가 나타났을 때, 호들갑을 떨며 반기는 기색은 아니었지만 그렇다고 홀대는 아니었다. 아버지는 나를 방 안에 혼자 남겨두고 안방으로 들어가 노파와 오랫동안 얘기를 나누었다.

도무지 오리무중이었던 어머니가 여인숙에 모습을 드러낸 것은 그날 밤이었다. 소 닭 보듯 한다더니 부부가 객지에서 서로 마주쳤는데도 무표정했다. 아버지는 어머니가 출타한 연유를 묻지 않았다. 그 내막을 익히 알고 있었기 때문인지 몰랐다.

"어진이 데리고 그만 집으로 돌아가지."

두 사람은 될수록 시선을 마주치지 않으려고 서로 맞은편 바람벽만 바라보고 있었다. 처음에는 무표정했었던 어머니의 얼굴이 붉게 상기되기 시작했다. 집으로 돌아가라는 아버지

176

의 권유에 어머니의 대꾸는 엉뚱했다.

"왜 왔어요?"

"왜 오다니? 내가 임자가 뻔질나게 드나드는 곳이 어디라는 것을 모르고 있을 성불렀나? 서로 등 돌리고 살아가는 형편이긴 하지만, 명색이 부부의 연만은 아직도 끊지 못하고 있는 형편인데, 내가 아무리 못난 놈이라 하더라도 나도 지 여편네가 어디를 출입하고 있는지는 당연히 알고 있어야지. 당신 역시 나를 남들처럼 대접하진 못하지만, 내가 어디에서 무슨 짓을 하고 있는지 일목요연하게 꿰고 있지 않나."

한숨소리가 어머니의 입에서 흘러나왔다. 고개를 숙인 채 손톱으로 방바닥을 긁고 있는 나를 턱짓으로 가리키며 아버지가 말을 이었다.

"아무리 애물단지라 하지만, 어진이를 생각해서라도 당신이 너무 야박하지 않나. 이웃사촌들이 제 어미 이상으로 품앗이를 들어준다고는 하지만, 그래도 이제 겨우 열다섯밖에 안 되는 아이를 혼자 남겨두고 걸핏하면 사나흘씩 집을 비우는 매몰찬 사람이 어디 있나? 이웃 사람들이 무던해서 우리들 면전에 대고 헐뜯지는 않겠지만, 속으로는 아낙네들이 본을 볼까 해서 가슴앓이하고 있겠지."

"어진이를 두고 왜 자꾸 어리다고 깎아내리고 그래요. 나이 열다섯에 밥 짓고, 빨래하고, 집 안 청소하고, 소 먹일 여물 끓이고, 군불 때고, 들에 새참 나르고, 동생들 밥도 해먹이는 아이들도 있어요. 우리 동네에도 그런 아이들이 어디 한둘입니까. 그래도 나는 지 먹기 좋으라고 찬거리 마련하고 밥도 지어놓고 나옵니다. 그리고…… 이웃에서 지청구하고 있는 것은 노름꾼인 당신이지 내가 아닙니다."

"피장파장이구만…… 그래, 그런 것을 따진다면 닭이 먼저냐 달걀이 먼저냐가 되어서 며칠 밤을 지새우며 다퉈보았자, 결국에는 본래 자리로 돌아올 테지. 어진이한테 부모 노릇 못하고 있는 것은 나나 당신이나 매한가지라는 것은 변명의 여지가 없지 않나. 우리 가족이 이렇게 이상하게 꼬이고 주저앉은 원인을 마련한 것은 전적으로다가 내 불찰이야. 얼른 하직하고 집으로 돌아가지."

"하직하다니 뭘 하직해요?"

"하직할 게 없다면 지금 당장 떠나면 그만이겠네."

"당신이나 가요."

"못 가겠다면, 여기서 석 달 열흘도 마다 않고 기다리지."

"기다릴 테면 기다려요."

"내가 못 기다릴 것 같나?"

아버지의 설득이 주효한 모양이었다. 부부 사이에 대판 시비가 벌어져 여인숙이 발칵 뒤집힐까 조마조마했었다. 그러나 사태가 진작 가라앉는 것을 볼 때, 험악한 꼴은 모면한 것

같았다. 어머니가 고분고분 본래 있던 자리로 돌아갈 결심을
한 것이다. 새끼 잃은 염소처럼 쉴새없이 짖어대던 대거리도
자취를 감추었다. 아마도 어머니의 일탈을 아버지가 더이상
들춰내지 않았기 때문에 손쉽게 받아들여진 것 같았다. 그때
까지도 나는 어머니가 읍내에서 네 시간 이상이나 버스로 달
려와야 할 그 낯선 포구에 왜 체류하고 있는 것인지, 아버지
는 또 어떤 경로를 통해서 어머니의 거처를 알아냈는지 도무
지 알 수 없었다.

　우리들 세 식구는 물론 그날로 집으로 돌아가는 버스에 올
랐다. 나는 선창가를 구경하고 싶었고, 아버지가 그곳으로 데
려가주기를 기다렸다. 그러나 아버지가 워낙 서둘렀으므로
바다는 냄새로 만나는 것으로 만족해야 했다. 그래서 차창에
스친 바다는, 푸른 색칠을 한 종이 한 장이 바람에 날려와 차
창에 붙었다가 순식간에 흩날려 떨어져나간 듯이 내 시선에
잠깐 들어왔다 사라졌을 뿐이었다.

　집으로 돌아오는 버스에서 아버지는 비로소 어린 내 손을
어머니의 손에 넘겨주었다. 뿌리치진 않았지만, 바라보기에
느슨한 감이 있으면, 아버지는 곧장 다가와 내 손을 어머니의
손 안에 넣고 꾹 눌러주었다. 어머니의 큰 손에 잡힌 손바닥
에 땀이 고이는 것을 느꼈다. 손바닥에 땀이 고였지만, 손을
놓치고 싶지는 않았다. 어머니의 손바닥에 손이 잡혀 있다는

낯섦이 차츰 희석되면서 이상하게 가슴이 두근거리기 시작했다. 그것은 난생처음 온전한 어머니의 존재를 확인시키는 것이기도 했다. 가시 돋친 대화, 저주, 변덕이 사라진 어머니는 전혀 다른 모습으로 다가왔다. 비로소 어머니는 그 자체가 음식이며 따스함과 안전인 존재로 돌아와 있었다. 나는 말하고 싶었다. "엄마 왜 그랬어?" 그 말이 무슨 뜻을 가지고 있는 것인지 나 자신도 모르면서 그런 말을 꼭 하고 싶었다. 그러나 차마 입이 열리지 않아 꿀꺽 삼켜버리고 말았다.

창가에 자리잡은 어머니는 버스가 포구를 벗어나 교외로 들어서는 순간부터 차창에 얼굴을 기대어 까무룩 졸기 시작했다. 집을 떠난 지 사흘밖에 되지 않았는데도 어머니의 얼굴은 광대뼈가 뚜렷하게 드러날 정도로 수척해 있었다. 입을 반쯤 벌린 채 졸고 있는 얼굴은 창백했다. 아버지가 귓속말로 내게 말했다.

"엄마가 무척 피곤한 모양이다. 깨우지 말고 가만둬라."

나는 어머니의 얼굴에서 시선을 떼지 않았다. 버스는 비포장도로를 속력껏 달리고 있어 차체는 쉴새없이 앞뒤로 들까불고 좌우로 흔들리고 덜컹거렸다. 때로는 차창이 깨어질 듯 떨렸고, 자동차의 모든 틈새에서는 쉴새없이 먼지가 새어들어 버스 안은 희뿌연 먼지로 자욱했다. 먼지의 미세한 분자들이 작은 진눈깨비처럼 하늘하늘 어머니의 얼굴에 내려앉았다. 대부분의 승객들이 기침을 하거나 수건으로 입과 코를 가리고 있었다. 입을 가리지 않고 있는 것은 운전기사와 우리들 세 가족뿐이었다. 어머니의 머릿결은 이제 갈대꽃이 흩어져 내려앉은 것처럼 하얗게 변색되었다. 나는 먼지들이 작은 나비들 같다고 생각했다. 먼지들은 나비가 되어 허공을 날다가 버스의 통로에 내려앉거나 아니면 차창의 틈새로 새어나가 먼 허공으로 날아가버리기도 했다. 그래서 버스 안은 온통 작은 나비들의 춤으로 혼란스러울 정도였다. 그런 나비들이 언제부턴가 어머니의 주위로 몰려들었고, 마치 어머니를 포박할 것처럼 하나둘 어깨 위로 자욱하게 내려앉았다. 어머니는 눈 덮인 언덕에서 썰매를 타고 내려온 사람처럼 순식간에 하얗게 늙어 있었다.

나는 다른 한 손을 뻗어 콧등 아래로 늘어져 춤을 추고 있는 어머니 앞머리칼을 쓸어올려주었다. 콧등에도 먼지가 뿌옇게 묻어 있었다. 그 순간 어머니의 피곤을 덜어줄 수 있는 무엇이 있다면 그것을 마다 않고 덤벼 해결해주어야 한다는 생각을 했다. 그러나 어머니가 무엇 때문에 그토록 피곤한 것인지 그것을 알 수 없었다.

어머니와 함께 집으로 돌아온 아버지는 집 안 설거지를 도맡아 했다. 그리고 읍내로 나가서 장보기까지 해왔다. 그날 밤 우리 세 식구는 오랜만에 겁도 없이 불을 환하게 켜고 둥

근 밥상에 둘러앉아 수저를 꽂아도 넘어지지 않을 만큼 빽빽하게 끓인 고깃국으로 저녁을 먹었다. 지금껏 아버지는 방에 불을 밝히는 것을 극도로 두려워했다. 방에 겁도 없이 불을 밝힌다는 것은 아버지의 상상력 밖의 일이었다. 집에 돌아와 있을 때나 객지를 전전하고 있을 때나 아버지는 어둠에 길들어 있었다. 밤에 자다가 일어나 물건을 찾을 때도 작은 손전등을 이용할망정 전등을 켜려는 엄두는 못 했다. 그처럼 어둠은 아버지를 송두리째 지배하고 있었다. 그런데 어머니가 주눅이 들 대로 든 아버지를 부추겨 불을 밝히도록 했다. 어머니가 말했다.

"어두우면 불을 밝혀야지 우리가 무슨 죄지었습니까. 깜깜한 방구석에서 두더지처럼 살게?"

"불 밝히는 게 난들 속 시원하지 않겠나. 그렇게 못 하는 속쓰린 사연을 당신도 알고 있지 않나."

"난 싫어요. 오랜만에 집으로 돌아와서 우리 세 식구 밥 먹는 일에도 장님 행세를 해야 한다면 이게 어디 사람 사는 세상이랍디까. 차라리 송곳으로 눈을 찔러 장님이라도 됩시다. 그러면 나도 불 켜지 않고 밥 먹으리다."

아버지는 더이상 고집을 부릴 수가 없었다. 어머니 소원대로 불을 환하게 밝혔다. 어머니가 등 뒤쪽 벽으로 시선을 돌리며 혼잣소리처럼 중얼거렸다.

"집 안이 환해도 누가 엿볼 사람도 없을 테고 당신을 잡아갈 사람도 없을게요."

그래도 미심쩍었던 아버지는 간이 콩알만해져서 백열등에서 눈을 떼지 않았다. 어머니가 조마조마한 아버지의 애간장에 못을 박았다.

"걱정도 팔자지. 수갑 채워갈 사람 없다는데, 당신 두둑하다는 배짱이 겨우 그것뿐입니까?"

아버지가 그 말에는 대꾸를 않고 자신의 밥그릇에서 밥 한 숟갈을 듬뿍 떠서 내 밥그릇에다 얹어주며 말했다.

"더 묵어라."

모처럼의 화기애애함에 아버지도 약간 상기되어 있었다. 어머니의 국그릇이 반쯤 비워져갔을 때, 아버지는 자신의 국그릇을 냉큼 들어올리더니 어머니의 그릇에다 반쯤을 덜어주었다. 어머니는 그대로 고개를 숙인 채 말이 없었다. 그 항구에서 어머니를 만났을 때부터 지금까지 어머니의 표정은 쑥스러움도 그렇다고 당당하지도 않은 민숭민숭한 그대로였다. 그런 표정에 드디어 겸연쩍은 기색이 그림자처럼 자리잡았다. 어쩌면 어머니의 눈물 한 방울이 국그릇에 떨어진 것인지도 몰랐다. 그때까지 수저질로 분주했던 밥상머리에 한순간 무거운 침묵이 흘러갔다. 어머니는 돌연 수저를 내던지고 곁에 있던 나를 와락 끌어안았다. 어머니 입에서 넋두리 한마디가 흘러나왔다.

"내가 몹쓸 년이지, 내가 몹쓸 년이여."

적어도 내가 태어난 이후 어머니 스스로의 가슴에 자책하는 목소리를 들은 것은 처음이었다. 저녁밥을 먹다 말고 느닷없이 벌어진 일이었으므로 아버지도 무척 놀라는 기색이었다. 그러나 곧 안정을 되찾고 측은한 시선으로 어머니의 등을 다독거려주었다. 아버지가 보여주는 한량없는 관대함에 그날 밤 어머니는 드디어 굴복해버린 것이었다. 어머니는 방 안을 대낮처럼 밝히고 있는 백열등을 신기한 듯 쳐다보며 물었다.

"여보, 우리 몇년 만에 이렇게 안심하고 불을 켜게 되었지요?"

"글쎄, 몇년 만일까. 도무지 짐작이 안 가네. 까마득해서 줄잡아 십수 년은 된 것 같군."

"당신은 더욱 짐작하기 어렵겠지요. 집에 있으나 밖에 나가나 자나깨나 어두운 불 속에서만 살아왔을 테니까. 대낮에는 밤잠 못 잔 벌충하느라고 온종일 잠에 빠져 있었을 테고."

"당신 말 듣고 보니 나도 어두운 곳에서만 살아왔다는 말이 맞구만."

"언제부턴지 몰라도 밝은 불빛 아래에서 사는 게 내 소원이었어요. 어떤 대가를 치르더라도 나도 한번 째지도록 밝은 세상에서 살고 싶었어요."

"방 안을 훤하게 밝혔으니 소원 풀었네. 오늘 밤 말고도 내일 밤도 이런 불빛 아래에서 밥 먹게 되기를 빌어봐. 빌면 소원은 이루어져."

그날 밤, 우리들이 구성하고 있는 현실과는 달리, 나는 황당한 악몽에 시달림을 받았다. 그것은 우리 세 가족이 누군가로부터 급박하게 쫓기고 있는 꿈이었다. 나는 어머니에게 쫓기고 있었고, 아버지도 어머니에게 쫓기고 있었다. 그런가 하면 신기하게도 어머니는 조형사로부터 쫓기고 있었다. 어머니 손에는 물푸레나무 가지가 들려 있었다. 그 나무는 단단하면서도 탁월한 탄력성을 가지고 있었다. 옛날부터 죄인을 치죄하는 곤장을 만들 때 그 나무를 썼고, 타작할 때 휘두르는 도리깨도 그 나무로 만들었다. 그래서 물푸레나무는 무언가를 때리지 않으면 안 될 운명을 가지고 태어난 나무였다.

우리 세 가족은 어느덧 시야는 탁 트여 있었지만, 좌우 어디를 둘러보아도 삭막하기 그지없는 황무지 한가운데를 뒤죽박죽 뛰고 있었다. 머리 위로는 뜨거운 태양이 작열하고, 모래구릉 위로는 사막 도마뱀과 전갈 들이 거미줄처럼 빽빽하게 기어다니고 있었다. 촉촉하고도 은은한 숲의 향기 같은 것은 어디에서도 느낄 수 없었다. 잠깐 한눈을 팔게 되면, 뒤따라오는 어머니가 내 뒷덜미를 낚아챌 것만 같았다. 뿐만 아니라, 어머니의 치맛자락은 조형사에게 짓밟힐 것 같았고, 아버지의 바짓가랑이는 어머니가 벗길 것 같았다. 우리 네 사람이 벌이고 있는 각축의 긴장감은 조금도 누그러질 기미가 아니었다. 거대한 구릉지대로 이루어진 사막은 끝간데없었고, 그 넓은 사막 어디를 둘러보아도 인적이라곤 우리들 네 사람뿐이었다. 조형사가 끈질긴 사람이라는 것은 진작부터 알고 있었지만, 이 사막 한가운데까지 뒤쫓아오리라곤 전혀 예상하지 못했던 일이었다. 아무리 달려가도 발바닥에 와 닿는 모래는 뜨거웠고, 이정표나 표지판 따위는 어디를 둘러보아도 눈에 띄지 않았다. 나는 드디어 울음을 터뜨렸다. 아버지가 다가와서 나를 다독거렸으나 터져나오는 울음을 거둘 수 없었다.

그때 문득 우리 세 가족이 새가 되어 날아가고 있다는 것을 깨달았다. 아버지가 맨 앞쪽이었고 그다음이 어머니, 그리고 나였다. 우리는 기러기가 되어 있었다. 그제야 지독스럽게 뒤쫓아오던 조형사가 보이지 않았다. 그처럼 속 시원할 수가 없었다. 우리 가족의 대열은 기러기들이 그러하듯이 하늘 한가운데로 긴 대각선을 그리며 기분좋게 비행하고 있었다. 아버지 기러기가 맨 앞쪽에서 날개를 힘차게 퍼덕였다. 그럴 때마다 볼을 때리는 상승기류가 생겨났다. 진땀을 흘리며 걸음을 떼어놓아도 모래펄 속으로 발등이 푹푹 빠지기만 하던 사막이 저 아래로 까마득하게 바라보였다. 그것은 이제 손바닥만하게 보였다. 조형사를 보기 좋게 따돌렸다는 것을 비로소 눈치챈 어머니가 앞장선 아버지에게 말했다.

"여보, 우리 이제 내려갑시다."

아버지가 뒤돌아보며 고개를 끄덕였다. 우리 가족은 금방 지상으로 내려와 오동나무 아래에 안착했다. 우리는 그 나무 아래 모여 있었다.

바로 그 순간이었다. 우리가 광활했던 사막을 건너고 기러기가 되어 하늘을 날았어도 실제로는 쫓김의 공포로부터 단 한 발짝도 벗어나지 못했다는 것을 깨달았다. 우리들은 허탈해서 눈물이 날 지경이었다. 우리 세 식구는 똑같이 하늘을 쳐다보았다. 그리고 오동나무 큰 가지 한끝에 두 다리를 걸치고 앉아 있는 사람을 발견했다. 나무 아래의 우리들을 내려다보며 태연스럽게 미소짓고 있는 그 사내는 우리가 기러기였을 때는 보이지 않았던 조형사였다. 겉으로만 친숙한 척 그러나 속으로는 전혀 다른 속내를 갖고 있는 불쾌하고도 두려운 그런 미소를 짓고 있는 조형사를 발견하는 순간, 우리 세 가족은 박힌 돌처럼 그 자리에 서 있었다. 어머니는 언젠가 그에게 "거미 같은 놈"이라고 말한 적이 있었다.

"이 세상에서 거미가 살지 않는 곳은 없다. 살쾡이보다 더 악착같은 놈들이다."

그 말처럼 정말 거미가 살지 않는 곳은 없었다. 땅속이나 지표면, 그리고 햇볕이 전혀 들지 않는 동굴이라 할지라도 거미는 살 수 있다. 심지어 바위틈이나 나무껍질틈 사이, 나무나 풀, 도시의 뒷골목에 처박힌 쓰레기통 속같이 불결한 곳에서도 거미는 살 수 있다. 거미의 생활범위가 상상을 초월할 만큼 넓은 것은 까닭이 있었다. 날개가 없는 동물인데도 거미줄에 매달려 새처럼 날아다닐 수 있는 놀라운 능력을 가졌기 때문이었다. 그렇기 때문에 거미는 시간과 장소를 불문하고 힘들이지 않고도 사람을 염탐하거나 공격할 수 있었다. 온몸에 난 가시털은 공기중에서 일어나는 사소한 진동도 민감하게 반응할 수 있었다. 우리 가족이 겨드랑이가 뻐근하도록 멀리 날아왔는데도 그의 손아귀에서 벗어날 수 없었던 것은 그가 신출귀몰하는 거미의 능력을 가졌기 때문이었을 것이다. 우리 세 가족은 그래서 오동나무 아래에서 식은땀을 흘리고 있어야 했다.

9

안성댁과 나는 오랜만에 가게 앞을 지나 방파제를 향해 걷
고 있었다.

"되돌아보면 내가 이 포구에까지 흘러와서 쓰레기같이 살
아갈 동안 뭘 성공시켜보겠다고 그토록 앙앙거리고 살았던
적은 없어. 핏대 세우고 멱살 잡으며 새우 뛰듯 해봤자, 결국
에는 제자리에서 뜀뛰기를 했다는 생각밖에 안 들었기 때문
이야. 여자로 태어나서 아이 하나 낳아본 적이 없는 내가 뭐
잘난 게 있다고 알 낳은 암탉처럼 홰를 치면서 살겠어. 남의
비웃음만 사겠지."

"그런 말 마세요. 언니뿐만 아니라, 애 못 낳는 여자 어디
한둘입니까. 요사이는 일부러 안 낳는 여자들도 많아요."

"처음 이 포구에 자리잡으려 했을 때, 사람들이 나를 맹물

같이 취급해서 내가 분발하기 시작했는지도 모르지. 내 등뒤에서 입을 비쭉거리면서 손가락질하며 비웃었다는 것을 내가 몰랐을 것 같아? 눈치채고 있었지만, 난 그따위 일에는 신경도 안 썼어. 우리 엄마가 시집살이에서 쫓겨나 객지에서 살아남을 수 있었던 것도 주위에서 뭐라고 생지랄을 벌이든 상관않고 앞만 보고 살았던 덕분이지. 박창호도 내가 처음엔 무거운 엉덩이를 끌고 다니면서 부지런을 떨었던 덕분에 이 포구에서 나름대로 자리를 잡은 게야. 그 화상이 지금까지 그걸 모르고 있다고. 지 잘난 맛에 트럭이라도 몰고 다니는 줄 알고 있어…… 어디 트럭뿐이야. 저 화상은 '동명호'라고, 발동선이지만, 배까지 가지고 있어. 그런 것 때문에 남들은 '어이, 박창호' 이렇게 안 부르고 깍듯이 박사장이라고 불러. 나도 그 소리 들으니까 기분 나쁘지는 않았지. 그래서 혹시 가다가 어느 주책없는 놈이 '어이, 박창호' 하고 막 부르면 쓸개가 뒤집히더라니깐. 미우나 고우나 팔은 안으로 굽히게 되어 있는 모양이지. 그래서 나는 저 화상이 서울에다 여자를 두고 들락거린다는 것을 알고 있었지만, 꾹 참고 있었지. 혹시 체통에 상처나고 이 포구에서 손가락질받게 될지도 모르잖아. 그렇게 되면 그나마 벌여놓은 사업이 쫄딱 망해버릴 수도 있겠다 싶어서 참았던 게야. 어디 그뿐인가. 그것보다 더 위중한 게 있었지. 동생이 보다시피 내가 이런 몸뚱이를 가지고

190

있으니 저 화상이 잠자리에서 뭘 요구한다 해도 고분고분 들어줄 처지가 아니었어. 뭘 해보려고 가다듬게 되면 혈압이 올라가서 나 먼저 숨이 껄떡껄떡 넘어가려는데 어떻게 감당을 하겠어. 저 화상은 아직도 튼실해서 여자를 밝힐 나이인데, 내가 같이 맞장구쳐주지도 못하면서 입에 게거품 물고 다니면 남들이 뭐라고 하겠어. 하긴 나 같은 처지가 아니더라도 여편네들이란 본래 성깔도 있어야 하고 질투도 있어야 하겠지만, 사내들의 바람기에는 어느 정도 융통성 있게 굴어야 집구석이 편안하다고. 다른 여자와 정분나서 바위에 붙은 게딱지처럼 붙어서 떨어지지 않을 정도라면 달려가서 머리채를 뽑는다 해도 분란만 컸지 아무런 효험도 없어. 그렇다고 가슴에 쌓인 분통이 해결되는 것은 아니더군. 매일매일 바다로 나가 몸을 던져 죽고만 싶기에 병원으로 찾아갔지. 의사가 대뜸 우울증이라데. 가슴속에 도사린 병을 약으로 고치기는 어렵다면서도 처방은 해주데. 그놈의 약을 매일 먹어도 잠만 오지, 가슴에 쌓인 포한이 없어지는 건 아니더군. 오히려 사람들에게 내가 바보처럼 멍청하게 보이기만 했지. 우울증은 우울증대로 남고, 먹지 않은 약은 약대로 서랍에 쌓여 있어……"

"처음 어디서 만나 결혼하게 되었어요?"

안성댁이 나를 빤히 바라보다가 되뇌었다.

"결혼이라고?"

"그래요, 결혼."

"참 이상한 말도 있네. 우리 결혼식 올린 적 없어. 우리 같은 주제에 무슨 결혼식까지 올렸을라고. 지붕 위에서 살아가는 도둑고양이들처럼 그냥 아무렇게나 만나서 붙어살았어. 우리 엄마가 나를 데리고 떠돌다가 경상도 봉화 산골 어디에 있는 산판에서 함바를 했었어. 함바라는 곳이 뭣하는 곳인지 알어?"

"알아요. 산판 인부들 상대로 밥해주는 곳 아닙니까."

"그 함바에 생활용품하고 식료품이며 채소며 부식거리를 조달해주는 총각이 있었어. 그 사람이 엄마와 약속한 날짜를 한 번도 어기지 않고 그 험한 산길에 고물 트럭을 몰아서 생활용품이며 음식재료를 공급해주는 거야. 읍내를 나서서 포장길을 따라오다가 좁은 산판도로 접어들어 함바까지 도착하려면 두 시간 정도를 조수도 없이 혼자서 실랑이를 벌여야 했는데, 비가 오나 눈이 오나 장맛비가 내려도 한 번도 구시렁거리는 법이 없이 제날짜에 맞춰서 장보기며 음식재료 들을 배달해줬어. 그만치 사람이 착실하고 부지런했어. 그뿐만 아냐. 엄마가 그렇게 고생을 시키고 신세를 지는데도 우리 엄마만 봤다 하면, 입안에 든 혀처럼 싹싹하게 굴었어. 함바에 도착해서 짐을 내려주고도 잔심부름 같은 것도 군소리 없이 도맡아 했으니까. 여자들이 들지 못하는 무거운 물건 같은 것은 자기가 번쩍번쩍 들어서 옮겨주곤 했지. 엄마가 홀딱 반해버렸지. 그 사람이 아니었다면, 함바를 제대로 운영할 수 있었겠어? 못 했을 거야. 엄마한테는 은인이나 마찬가지였어. 총각이 엄마보고 장모님 장모님 해도 애교로 알고 웃어넘겼지. 그래서 사소한 청은 모두 들어주었고, 눈이 내리거나 비 오는 날 길이 막혀버리면 하루든지 이틀이든지 엄마하고 내가 거처하는 방에서 같이 자도록 주선해주었어. 함바에는 그나마 몸을 누이고 잠을 청할 만한 방이 없었거든. 처음에는 인부들과 같은 방에서 자도록 주선했는데, 그 총각이 주저주저하더라구. 사실 일 년 중 여름에 한두 번 목욕하는 인부들하고 같은 방을 쓴다는 게 쉬운 일이 아니잖아. 엄마가 그걸 눈치채고 그렇게 결정해버린 거야. 물론 나도 반대할 생각은 없었어. 우리 모녀에게 그토록 싹싹하게 구는 총각한테 나쁜 감정을 갖고 싶지는 않았거든. 처녀하고 같은 방에서 잠을 자도 그 총각이 도덕심 하나는 강한 편이어서 예의에 어긋나는 일을 저지르지는 않았지. 그런데 그게 아니었어. 언제 터질지 모르는 혈기방장한 청년을 스무 살이 넘은 처녀가 자는 방에 같이 재우는 게 아니었어. 그 총각을 믿었던 엄마의 실책이었지. 그날도 비가 무척 많이 내렸던 날이었나봐. 새벽녘부터 해 질 녘까지 줄기차게 내리고 있었지. 금세 불어난 계곡물이 바위를 차고 내려가는 소리가 우렁차서 무서웠지. 인부들도 일손을 놓고 일찌감치 쪽방으로 들어가 화투장을 만지거나 낮잠이나 청하고 있었어. 엄마도 방문을 열어놓고 앞산 등성이에 추적추적 내리는 빗소리를 듣고 있었지. 그런데 엄마의 눈에 눈물이 그렁그렁하데. 무엇을 생각하고 있었는지 모르지만 몹시 심란한 눈치였어. 그러다가 혼잣소리처럼 말하데. 오동나무 잎에 떨어지는 빗소리가 생각난다고. 난 그게 뭔 소린지 몰라서 그냥 한 귀로 듣고 한 귀로 흘려버렸지. 그때 이 청년이 불쑥 나타났어. 장보기 해서 올 날이 사흘이나 남았는데도 이 청년이 나타난 거야. 듣고 보니, 장마가 지면 응당 계곡물이 불어나 산판길이 막힐 것이고 그렇게 되면 함바의 인부들이 며칠 동안 식사를 못 하고 굶어야 할 것 아냐. 그것이 걱정되어 진작 장보기 해서 달려왔다는 거야. 얼마나 안목이 출중하고 심성이 착한 총각이냐구. 바삐 서두르는 통에 우비도 갖춰입지 못해 흡사 물에 빠진 사람 건져올린 꼴이었어. 내가 서둘러 윗도리를 벗기고 담요를 씌우고 신발을 벗겨 말리느라 야단법석을 피웠지. 방에다 군불을 지펴 들어앉혔지. 물론 엄마가 시켜서 한 일이지만, 총각을 수발하는 일이 내게도 싫지는 않았어. 오히려 신명이 나서 여기 갔다 저기 갔다 설쳐댔지. 총각도 내 수발이 싫은 눈치는 아니었어. 내가 팔을 벌리고 있으라면 그렇게 했고, 신발을 벗으라면 군소리 없이 벗어주곤 했지."

"가만있어봐요. 거기가 경상도 봉화라 했지? 그럼 많이도 흘러 다녔네."

"거기서 우리 엄마 친정집은 고개 하나만 넘어가서 직행버스를 잡아타면 도착할 곳이었어. 엄마가 지척에 있는 친정집 근처를 맴돌면서 정작 들어가지 못한 것은 내가 있었기 때문이야. 미운 오리새끼라고 보기에도 좋지 않은 혹까지 달고 들어간다면 친척들이 좋아하겠어? 그래서 산중도 마다 않고 들어가 함바 영업을 하게 된 것이야."

"언니도 거들었어요?"

"그곳으로 우연히 흘러든 뜨내기 과부가 있어 일손을 많이 거들긴 했지만, 나도 한몫은 했으니 그 힘든 일을 치러냈지. 엄마 혼자서야 황소 힘줄같이 뻣뻣한 인부들 등쌀을 이겨낼 수 없었을 거야. 인부들 중에는 죄 짓고 숨어다니는 수배자들이나 남의 돈 떼먹고 도망다니는 사기꾼들도 있었어. 산판 식권 장사가 쏠쏠했기 망정이지, 아니었으면 그 험악한 함바에 발붙일 엄두나 했겠어? 그런데 바로 그날 밤이었어. 한밤중에 너무나 곤하게 자고 있는데, 나도 모르게 느닷없이 눈이 번쩍 떠지데. 처음엔 이게 어인 꿈인가 했었지. 악 소리를 지르려 하는데, 어둠 속에서 바가지만한 손바닥 하나가 날아와 내 입을 틀어막는 거야. 그런데도 다른 한 손은 내 젖무덤을

움켜쥐고 있었네. 기가 찰 노릇이지. 기가 찰 노릇이란 것은 바로 나를 두고 하는 말이야. 총각의 한 손이 내 젖무덤을 주무르고 있는데, 어쩐 셈인지 싫지 않더란 얘기야. 한 손으로는 내 입을 틀어막고, 한 손으로는 내 젖무덤을 주무르고 있는 장본인은 바로 엄마 곁에서 자고 있던 박창호였어. 엄마는 몰라도 나는 박가가 우리 모자와 한방을 쓸 때부터 언젠가 그런 일이 벌어지고 말 것이라는 예감을 어렴풋이 하고 있었어. 그런 예측을 하고 있었는데, 엄마한테는 그런 걱정이 있다는 사실을 말하지 않았어. 그걸 보면 나도 천성이 응큼한 년이었어. 그래서 크게 놀라지도 않았고 소리지르지도 못했어. 아까 말했듯이 나도 싫지 않았거든. 막상 당하고 나니까 오히려 곁에 자고 있는 엄마가 깰까봐서 가슴이 조마조마하더라니까. 박가 귀에 대고 모깃소리로 말했지. 엄마 깨면 큰일이라고. 그런데 박가가 뭐랬는지 알어? 걱정 말라는 거야. 간땡이가 부어도 분수 나름이지, 곁에서 자고 있는 엄마한테 발각되면 지나 나나 그 비 오는 한밤중에 난리법석이 벌어질 게 뻔한데 어떻게 그런 용기가 생겼는지 알 수 없었어. 이게 간이 배 밖으로 나왔는지 한 술 더 뜨는 거야. 내 속내를 떠봐서 안심을 한 탓이었겠지. 이번엔 내 아랫도리를 벗기더니 냉큼 올라타는 거야. 딱딱하게 굳은 가래떡 하나가 순식간에 내 불두덩을 꾹 찌르데. 나 참, 기가 차서."

"싫지 않았어요?"

"싫지 않았으니 가만있었지. 아니었으면 발버둥치고 소리지르고 가래떡을 콱 분질러버렸을 테지. 그런 경우는 내 젖무덤을 만질 때와는 사정이 좀 달라서 소리라도 지르고 싶었어. 그런데 소리지르고 난 다음에 일어날 소동이 먼저 생각나는 거야. 박창호는 분명 그 야밤에 쫓겨날 것이고 그러면 장차 우리 함바에 장보기는 누가 해주겠어, 그만한 택배꾼 찾아내기란 쉽지 않을 것 아니냐구. 어머니는 또 속수무책이 될 것이고. 자칫하면 함바를 닫아야 할 처지가 될 것이란 생각까지 드는 거야. 그런데 그런 생각들은 그날 밤에 벌어진 일들을 그르치지 않고 싶은 심정이 앞서 있었기 때문이 아니겠어? 그렇지 않았다면 앞뒤 둘러볼 것 없이 함바가 들썩하도록 고함을 지르고 야단이 났겠지. 어찌할 바를 모르고 정신없는 사이에 박창호는 뒤죽박죽 두서없이 일을 치르고 비켜났지. 그래도 남자구실 한답시고 지 손으로 벗긴 내 아랫도리는 본래대로 입혀주데. 나는 난생처음 당하는 일이어서 콧등이 찡하지도 않았어. 그때 박가가 홍시 냄새 확 풍기는 입을 내 귀에 대고 걱정 말라고 달랬던 것은 까닭이 있었어. 하필이면 배탈이 났던 엄마가 마당 건너 멀리 있는 뒷간에 수시로 들락거리는 것을 눈치채고 날 덮칠 생각을 한 거였어. 그날 밤 그런 일이 있고부터가 문제야. 중이 고기 맛을 보면 절간에 빈대 씨를 말린다더니…… 그 이후부터 비만 내렸다 하면 박창호가 기다려지는 거야. 그렇게 기다려지는 날, 나는 그 사람이 나타나지 않으면 밤을 꼬박 뜬눈으로 새웠지. 때를 맞춰 나타나주면 그렇게 반가울 수가 없었는데, 겉으로 내고 반색을 할 수 없으니까 속만 타는 거야. 그런데 함바에는 내 주위만 맴돌고 있는 인부 한 사람이 있었어. 나를 노리고 있던 그 인부가 박창호가 함바로 오는 날, 길목에 숨어서 노리고 있다가 다짜고짜 몽둥이찜질을 한 거야. 이빨이 부러지고 눈탱이가 밤탱이가 되어서 함바에 나타난 박창호를 발견하고 우리 모녀는 놀라자빠졌지. 이 사건으로 우리들 사이가 엄마한테 들통나고 말았지. 얼굴이 하얗게 질린 엄마가 박창호를 불러 앉히고 조용히 타이르데. 그날로 당장 날 대처로 데리고 나가서 살라고. 몽둥이 찜질을 당한 박가는 속은 부글부글 끓었겠지만 용하게 참고 있데. 박가를 달랠 동안 엄마는 내게 단 한 번도 눈길을 주지 않데. 나한테 실망을 많이 한 거겠지. 그러나 박창호와 함께 함바를 떠나는 날 엄마는 내 손을 잡고 펑펑 울데. 지난 십수 년 전부터 가슴속에 쌓아두고 참고 참았던 울음을 그때 죄다 쏟아내는 것 같았지. 우리가 흔히 말하는 울음바다라는 게 바로 그런 것을 두고 하는 말 같아. 그러나 엄마 잘못도 있었잖아. 어쨌든 한쪽 눈이 거의 안 보일 정도로 퉁퉁 부어오른 박창호가 몰고 다니던 봉고 트럭 조수석에 나를 태우고 나서, 나한테 뭐라고 했는지 알아? 수진씨 타요, 갑시다. 까짓거 우리 두 사람 대한민국 어디 간들 입에 풀칠 못 하겠어요. 꽉 잡아요. 그러는 거야. 그러던 놈이 세월이 흘러 먹고살만 하니까 엉뚱한 맘 먹고 저 지랄을 벌이고 있는 거야.”

“정말 혼례는 치르지 않았어요?”

“혼례는 무슨 혼례야. 엄마가 그걸 허락했을 것 같어? 하긴 혼례를 치르려고 아버지를 찾아나섰던 적도 없지는 않았지.”

“엄마는 아빠 거처를 알고 있었겠지요.”

“아냐, 엄마는 내가 아버지를 찾아나선들 헛수고나 할 것이라고 했었지. 그런데도 나는 아버지를 찾겠다고 나섰어. 어릴 때 내 희미한 기억으로는 경기도 이천 어디쯤 마당에 호두나무인가 느티나무인가 큰 나무 한 그루가 서 있었다는 생각이 났었거든. 그런데 어머니는 그런 것조차 내게 귀띔해준 적이 없었어. 철저했지. 아버지와 관련된 기억은 머릿속에서 지우개로 빡빡 지우고 살기로 작정한 사람이었으니까. 그걸 나무랄 수도 없었지.”

“마을 정자 앞이나 들머리라면 모를까, 집 마당에 느티나무를 심는 집은 흔하지 않아요.”

“그러면 호두나무나 오동나무겠지. 하지만 집에 나무 심은 집이 경기도 이천에 한둘이겠어. 모두가 속절없는 일이지. 그런데도 아득바득 박창호하고 동행으로 아버지를 찾겠답시고 무작정 길을 나섰지 뭐야. 내가 미쳤지. 마당에 나무 한 그루 서 있었다는 기억 하나만 가지고 아빠를 찾아나섰다는 것이 말이나 돼. 하긴 그렇게 된 것이 엄마 탓도 없지는 않았지. 아빠가 살고 있는 집을 가르쳐달라고 엄마한테 얼마나 졸랐는지 알아? 나중엔 울면서 매달리기도 했어. 그러나 엄마는 꿈쩍도 않았어. 바위처럼 움직일 줄 몰랐지. 나중에야 어렴풋이 깨달은 것이지만 엄마는 그날 밤 박창호를 뿌리치지 못하고 고스란히 받아들인 내가 너무나 창피스러웠던 거야. 엄마 자신도 남편에게 이혼당해서 평생을 수치스럽게 살아왔는데다 아끼고 사랑했던 딸까지 음험한 사내놈에게 몸을 허락해서 결혼까지 하게 되었다는 것을 엄마 스스로 용납할 수 없었는데, 어찌 아빠 집을 가르쳐줄 수 있었겠어. 나는 나대로 엄마 속 태우라 하고 무작정 길을 나섰던 거야. 열흘 동안을 박창호하고 경기도 이천, 여주 어딘가를 찾아가서 마당에 나무 서 있는 집을 찾아 헤맸지. 설령 그런 집을 찾아내지 못해도 지루하지는 않았어. 첫째는 그 사람하고 같이 다니고, 같이 먹고, 같이 잠자는 것이 그렇게 좋을 수가 없었어. 둘째는 나한테도 찾아갈 아빠가 있다는 것을 그 사람에게 뽐내고 싶었어. 그 사람은 어릴 때 양친을 모두 잃고 삼촌 슬하에서 설움받고 자랐거든. 또다른 하나는 그 지긋지긋했던 함바생활에서 홀딱 벗어나 대처로 나다니는 게 그렇게 속 시원했어. 아침에 눈을 뜨면 산이 이마를 찧을 것처럼 앞을 가로막고, 몸에서 시궁창 냄새 나는 인부들만 눈앞에 왔다갔다하는 세상에서 벗어난 게 꿈만 같았어. 우리는 나무를 찾아다니다가 해가 설 핏해지면, 시골 여인숙으로 찾아들어 아침까지 실오라기 하나 걸치지 않고 이부자리 위에서 뒹굴었어. 도대체 그게 뭔지 해도 해도 도무지 흡족하지 않고 속만 탔지. 그리고 이튿날 눈을 뜨면 또 아버지를 찾겠답시고 고물 트럭을 몰고 동네방 네 들쑤시고 다닌 거야. 처음에는 꽤나 진지한 마음으로 출발 했는데, 나중에는 나무 찾는 것은 뒷전이 되어버리고 해 진 뒤에 농탕칠 숙소 찾는 일에 열중하게 되었지 뭐야. 식탁에서 떨어진 숟가락이 바닥으로 떨어지는 것은 당연하듯이 해가 떨어지면 반드시 두 사람이 끌어안고 잠잘 장소를 찾는 것이 당연한 것처럼 생각되어버렸어. 돌이켜보면 기가 찰 노릇이 지. 나중에야 알게 되었지만, 아빠라는 사람은 집에 있는 날 이 일 년 통틀어 한 달도 안 된다는 거야. 우리가 혼례를 치르 지 않고 막 살게 된 것도 이치를 알고 보면 아빠 불찰이었어. 엄마 말이 눈이 화등잔 같은 아빠가 살아 있다는 것은 세상이 다 아는 일인데, 어째서 아비가 참석 않는 혼례를 치르자는 것인가. 그러니 차라리 잘됐다고. 상것들이 사는 꼴은 본래 이래야 되는 것이라고. 쥐뿔도 없는 것들이 있는 척하고 설치는 것도 꼴불견이지만, 지체도 없는 것들이 체통차린다고 거들먹거리는 것도 눈꼴시어서 못 보는 것이라고. 그런데 그런 것을 대수롭지 않게 생각했던 게 엄마가 저지른 두번째 실수였어. 대수롭지 않게 생각해서 치르지 않았던 혼례가 결혼생활까지 무덤덤하게 만들 줄 누가 알았겠어.”

나 역시 그랬다. 남편과의 결혼생활은 시작부터 애틋함이 거세되어 무덤덤하기 그지없었다. 남편은 처음부터 아내와 일가를 이루고 살게 되었다는 긴장감이 없었다. 애당초 애정이 깃들어 있거나 솔깃한 무엇도 없이 시작된 결혼생활이었다는 것을 결혼 한참 뒤에나 깨닫게 되었다. 그러나 남이 하는 일이니까 나도 해보았다는 식으로 결혼했다 하더라도, 벗은 여자의 몸을 탐하는 동물적인 관심이라도 있어야 했다. 그런데 남편에겐 그런 것조차 없어 보였다.

결혼하고 나서 일주일이 속절없이 지나갔다. 남편과 같은 방에서 이부자리를 깔고 나란히 누워 잠들곤 했지만, 그는 내게 전혀 관심을 두지 않았다. 어떤 땐 눈 딱 감고 남편의 팔을 끌어당겨 내 목덜미 아래로 밀어넣고 상반신을 밀착시켰다. 그러나 금방 알아차리고 팔을 빼버렸다. 그 일주일이 지난 뒤에 비로소 내가 간곡하게 남자를 기다리고 있는 여자라는 것을 알아차린 것 같았다. 그날 새벽 아무런 사전 예고도 없이 남편은 내 몸 위로 올라왔다. 윗도리 내복을 입은 채였다. 가

뻔 숨소리나 뜨거운 입김 따위는 아예 없었다. 정말 무미건조한 고기방망이 하나가 내 메마른 외음부의 틈새를 비집고 냉정하게 밀려들어왔다. 그러나 머지않아 미끈거리는 분비물이 질 속에서 흘러나오면서 쾌감이 전신을 휘감기 시작했다. 메마른 그것이 느닷없이 외음부를 침입했는데도 재빨리 쾌감에 도달할 수 있었던 까닭은 있었다.

그것은 결혼하기 전 나 혼자 즐기곤 하였던 자위행위 덕분이었다. 아니, 그것은 어머니가 오동나무 가지에 걸어두었던 하늘그네 덕분이었다는 게 더 정확한 표현이었다. 원숭이들도 한다는 그 자위행위를 내게 모범적으로 전수해준 사람은 없었다. 그 하늘그네에서 겪었던 지독한 따돌림과 외로움이 우연히 가르쳐준 결과라 할 수 있었다. 내 나이 열다섯을 넘어 열여섯이 되었을 무렵 나는 어머니가 집을 비운 동안 오동나무에 매인 하늘그네로 자진하여 올라가 밤을 보내곤 하였다. 우리 집 어디를 뒤져보아도 하늘그네보다 더 편안한 잠자리를 찾아낼 수는 없었다.

기회만 있으면 오동나무를 타박하다 못해 저주까지 퍼붓곤 했던 어머니가 그 나무를 진작 베어내지 않고 견디고 있었던 것은 아버지의 엄중한 경고 때문만은 아니었다. 그것은 그 나무가 없을 경우, 나를 억류할 수 있는 또다른 수단을 냉큼 찾아낼 수 없었기 때문이었을 수도 있었다. 어머니가 내심 바라고 있었던 것처럼 그 하늘그네에 갇혀 지내는 동안 나는 아무 것도 시도할 수 없었다. 오직 하늘만 바라볼 수 있을 뿐이었다. 그리고 어머니가 집으로 돌아와 그곳에서 나를 내려줄 때까지 배설의 욕구를 이 악물고 참으면서, 녹슨 수도꼭지처럼 한 방울씩 떨어지는 듯한 해제의 시간을 기다렸었다.

그 하늘그네에서 내가 터득한 것이 있다면, 방광이 고무풍선처럼 부풀어올라도 혹은 똥끝이 찢어지는 듯한 아픔을 느낀다 해도 그것을 옥죄어 배설을 참아내는 인내심이었다. 그리고 참아내는 일을 성취하고 말았을 때, 내 의지력에 스스로 놀라곤 했다. 나 자신이 비참하지 않다는 생각도 너무나 손쉽게 얻어낼 수 있다는 것을 왜 진작 깨닫지 못했던 것일까. 그래서 나중에는 어머니를 원망하거나 저주하며 시간을 허비하지 않아도 되었다. 내 내부 어디에서 뭉클뭉클 솟아나는 원시적 본능이 유지되는 힘에 대하여 무한한 자긍심까지 느끼게 되었다. 내가 스스로 터득한 자위행위는 그런 자긍심 따위를 갖는 하나의 수단이었다. 내 몸속에 있는 불가사의한 에너지를 동원하여 고통을 잊어버리고 어머니를 미워하지 않기 위하여 그리고 그처럼 부정적인 것들을 내 상념에서 몰아내기 위하여, 내 아랫배를 뒤틀어잡고 흔들어대는 허기까지도 이겨내기 위하여, 쉴새없이 내 몸을 만지기 시작했다. 그 하늘그네 속에서 스스로를 강렬하게 의식할 수 있는 것은 내 몸을 손으로 어루만지는 것뿐이었다. 코와 귀를 비롯하여 내 몸 은밀한 곳에 감추어져 있는 모든 돌출된 것을 찾아내기 위하여 내 손은 해파리처럼 부드럽게 그리고 모래펄에 숨어서 먹이를 노리고 있는 가자미처럼 은밀하게 움직이는 것이었다. 그리고 그 탐험에서 나는 우연하게도 일시적이었으나 내게 가없는 쾌감을 안겨주었던 외음부의 그것을 발견했다.

그것의 발견은 내 몸속에 감추어진 모든 생체기관 중에서 가장 눈부신 것이었고 유일한 발광체였다. 그곳을 발견하고 난 뒤 연거푸 오르가슴을 폭발시켜 긴 쾌감의 늪 속으로 빠져들곤 했다. 그런 경험 때문에 전희가 생략된 남편의 느닷없는 삽입에도 곧장 성공적인 쾌감을 맛볼 수 있었다. 그런데 공교롭게도 먼저 맛본 쾌감의 동작에 남편의 놀라움은 컸다. 그는 삽입을 시도해서 양다리를 쭉 뻗으며 맘껏 괴성을 연출하고 있는 내 몸을 거칠게 밀쳐냈다. 그리고 어둠 속에서 나를 잡아먹을 듯이 노려보았다. 남편의 입에서 이상한 욕설이 튀어나왔다.

"개 같은 년."

"예?"

"개 같은 년이라고 했다."

"갑자기 그게 무슨 말이에요?"

"무슨 말인지 몰라서 물어? 나이도 어리다는 계집년이 지금까지 어디서 굴러먹다 여기까지 온 거야?"

"당신, 하다 말고 왜 그래요?"

"하다 말고 왜 그래요? 순진한 남자 열 잡아먹을 년이군."

"욕만 하지 말고 왜 그런지 말해보세요. 내가 뭘 잘못했나요?"

"뻔뻔스런 년. 비위도 좋군. 그런 말이 주둥이에서 나와?"

나는 남편의 갑작스런 반응을 이해할 수 없었다. 뿐만 아니라, 남편을 설득할 수도 없다는 것을 깨달았다. 그는 더이상 나를 추궁하거나 욕지거리를 하고 대들진 않았다. 나는 순식간에 잠적해버린 쾌감을 아쉬워하며 재빨리 이불 속에서 뒹굴고 있는 옷가지들을 수습했다. 그리고 남편이 내 몸 위로 올라왔다 내려간 아주 짧은 시간의 일들을 되짚어보았다. 그러나 몇 번인가 되씹어보아도 내가 그런 이상한 욕을 들어야 할 만치 잘못된 것을 찾아낼 수 없었다.

남편보다 내 편에서 간절하게 원했던 잠자리도 그후엔 없었다. 젊고 피둥피둥한 아내를 곁에 두고 자위행위를 하는 곤욕을 치르는 한이 있더라도 내 곁을 달라는 요구는 없었다. 그런데도 나에게 남편은 지존이었다. 남편이 가지고 있는 모든 것은 우렁차고 화려해 보였다. 그이 손발과 얼굴, 그리고 성기까지도 남의 남자에게선 찾아볼 수 없을 만큼 돋보였다. 끓어오르는 욕정을 참다못한 내가 노골적으로 잠자리를 요구하면 남편은 이렇게 말했다.

"갈보 같은 년…… 니 에미에게 배운 것이 그것뿐이냐?"

그때까지도 나는 애정표현이란 것이 어떤 태도를 말하는 것인지 알지 못했다. 눈을 가늘게 뜨고 턱을 들까불며 아름답거나 자극적인 언어로 애정을 표시하는 방법을 나는 알지 못했다. 오직 벗은 몸으로 남편의 가슴속을 파고드는 몽환적인 목멤만이 살가운 애정이라고 이름하는 줄 알았다. 뿐만 아니라, 남편과의 잠자리를 같이하며 땀을 흘릴 때만 개체로서의 존재를 확연하게 느낄 수 있었다. 그러나 내가 남편의 품속을 파고들면 들수록 남편은 순식간에 증발해버리고 없었다. 엄연히 그 잠자리에 같이 있었지만 같이 없었다. 그리고 나와 어머니를 싸잡아 저주하며 매몰차게 내치고 말았다. 등을 돌리고 누워 격렬하게 자위행위를 하고 난 뒤, 어둠 속에서도 벌겋게 상기된 두 눈을 치뜨고 젖은 수건을 요구했다.

"갈보가 따로 있는 줄 알아? 바로 니 같은 년을 두고 하는 말이여. 아니라고 생각하거든 니 친정 엄마한테 물어봐."

"무슨 말인지 난 한마디도 못 알아듣겠네요."

"그러니까 니 엄마한테 물어보라고 하지 않았나."

"죄 없는 우리 엄마한테 물어보기 전에 나한테 애기하면 안 돼요?"

"내가 하는 말귀를 도무지 알아먹지도 못한다면서 뭘 말해

달라는 거야?"

"자꾸 그렇게 화만 돋우지 말고 처음엔 이렇고 나중엔 이렇고 조근조근 얘기한다면 숙맥인 나도 알아듣겠지요."

"시끄러. 너 같은 화냥년하고는 얼굴도 마주치기 싫으니 니 엄마한테 가서 떼먹은 돈이나 내놓으라고 해."

도대체 얼마를 헤아리는 액수를 어머니가 차용해간 것인지 알 수는 없었지만, 남편과의 혼사가 진행되는 동안 돈을 차용해갔으리라는 짐작은 현실로 확인할 수 있었다. 그것이 짧았던 결혼생활 내내 나를 수치심으로 몰아넣었다. 그러나 액수가 얼마였든 돈을 빌려갔다면, 그 가치에 걸맞은 담보가 반드시 있었을 것이었다. 그것이 바로 내가 지닌 가치였을지도 몰랐다. 그처럼 부도덕한 거래가 있었다 하더라도 그것을 들먹이며 공격받는 것은 억울했다. 부담 없이 불쑥 던진 농담도 가슴 쓰라릴 때가 있는 법이었다. 남편의 비난은 그러므로 비수로 가슴 한복판을 도려내는 듯한 고통을 안겼다. 뿐만 아니었다. 그 이후부터 나를 비난할 때는 반드시 어머니를 싸잡아 입에 담지 못할 욕설을 퍼붓곤 했다. 어머니와 서로 헤어지는 동안 끝없는 반목으로 마음과 몸이 상처투성이가 되고 말았지만, 남편이 어머니마저 이 암담한 결혼생활에 끌어들여 험담하고 증오하는 버릇은 참아내기 쉽지 않았다. 그러나 내가 할 수 있는 저항은 언제나 무기력한 한마디뿐이었다.

"엄마 자꾸 욕하지 마세요."

"꼴값하네. 니가 뭘 안다고 니 엄마를 두둔하고 나서나."

"그래도 막말하는 게 아니에요."

"집어치워."

"집어치우라니요? 걸핏하면 죄 없는 어머니를 타박하며 오금을 박아대는데, 나는 가만히 듣고만 있으란 말입니까? 그런 경우 없는 일이 어디 있어요."

"너 지금 나한테 대항하는 거야?"

"대항이 아니라, 경우를 따져보자는 것입니다."

"아가리 닥치지 못해?"

시쳇말로 첫 단추가 잘못 끼워졌다 하더라도, 내가 지닌 여자로서의 값어치에 치명적인 결함이 없다면 그럭저럭 참고 살아가는 것이 세상 사람들이 흔히 생각하고 있는 결혼생활이란 것이었다. 한번 삐끗했다고 해서 팔자를 화끈하게 고쳐 가지기로 마음먹고 오줄없이 내닫다보면, 마음먹은 대로 되기는커녕 삐뚤어지고 망가지고 찌그러지는 경우가 더 많다는 선례들이 수두룩하기 때문일 것이다. 나 역시 마찬가지였다. 속에 꽁한 걸 집어넣고 이리 굴리고 저리 굴리다보면 가슴속에 생긴 응어리만 커갈 뿐 이렇다 할 소득 없이 세상을 마감할 수 있는 것이다. 하지만 남편은 그렇지 않았다. 한번 먹은 마음이 변하지 않는다는 것은 좋았다. 그러나 좋은 마음을 먹지 않고 삐딱한 마음을 먹고 결을 삭이지 않는 것은 문제였다. 그것은 그 자신도 괴롭고 곁에 있는 사람에게도 고통을 전염시키기 때문이었다. 결혼 일 년을 채 넘기지 못하고 그런 것들을 트집 잡아 나를 외딴방으로 내쫓은 것 역시 남편 자신도 고통스러웠을 게 분명했다.

결혼 이후 일 년 반이 지난 뒤, 나 스스로 그 집에서 걸어나오기 전의 일이었다. 평생 등지고 살 것 같았던 어머니를 만난 적이 있었다. 봄기운이 다가오기 시작하는 3월 초순이었다. 같은 마을이었지만 서로 저만치 떨어져 살아가는 이웃의 아낙네가 집으로 가만히 찾아와, 어머니가 마을 들머리에 있는 구멍가게에 와 있다는 것을 귀띔해 주었다. 등골부터 써늘해왔다. 화들짝 놀라 반겨야 할 사람의 소식에 오히려 가슴에서 쿵 하는 소리가 들릴 정도로 두려움이 앞섰다. 주저하지 않을 수 없었다. 또 무슨 날벼락을 내리려고 여기까지 몰래 숨어든 것일까. 남편에겐 깍듯이 장모 대접을 받아야 할 사람인데 무슨 시름이 있어 나만 몰래 만나자는 것일까. 가슴을 진정시키려고 애쓰는데도 몸은 자꾸만 떨렸다. 똑같은 흰 얼굴이라도 어떤 사람에겐 미인처럼 보이고, 어떤 사람에겐 유령처럼 보이듯이, 나에게 어머니는 아직도 유령이었다. 그러나 가슴속 한구석에는 이 세상에 존재하는 단 한 사람뿐인 어머니였다. 만나지 못한 동안 어떤 모습으로 변한 것일까, 그

210

런 궁금증도 없지 않았다.

그날 밤 몰래 어머니가 기다리고 있다는 구멍가게로 찾아갔다. 가지 않으면 어머니가 집으로 찾아와서 행패를 부릴 수도 있다는 생각이 문득 뇌리를 스쳤다. 예측 불가능이 바로 어머니의 정체성이었기 때문이었다. 예상했던 것과는 달리 어머니는 그곳에 그린 듯이 앉아 있었다. 어머니와 딸이 오랜만에 서로 만났으나 설움에 북받쳐 끌어안고 울지는 않았다. 촌수를 따지기도 어려운 먼 친척끼리 만난 것처럼 막연한 시선으로 한참이나 서로 바라보고 있었다. 어머니는 한참 만에야 앉았던 자리에서 반몸만 비틀어 고쳐앉았다.

나는 어머니를 차근차근 관찰하기 시작했다. 지난날 어머니 스스로도 휘둘려 감당하기 어려웠던 패기의 흔적은 찾아보기 어려웠다. 립스틱을 비롯한 화장도 아버지가 살아 있었을 때와는 비교할 수 없을 정도로 진했다. 어머니는 다른 여자들처럼 늙어갈수록 머리는 짧아지고, 장신구는 커지고 요란했다. 입고 있는 옷 역시 화려한 옷감을 찾느라 애쓴 흔적이 뚜렷했다. 치마를 끌어당겨 추스를 때마다 어른어른한 꽃무늬가 나비처럼 춤추곤 했다. 그것에는 어머니보다 빠르게 내닫고 있는 세월을 붙잡으려는 안간힘이 애처로운 모습으로 머물러 있었다. 그런 어머니가, 혼자 사는 노파가 운영하는 구멍가게의 협소한 방에 촛불을 켜두고 앉아 있었다. 오랜 침묵을 깬 것은 어머니가 먼저였다. "늦게 오는 것 보니…… 너도 결혼생활이 평탄치는 않은 모양이다……"

언제나 터질 듯이 똘똘했던 어머니가 늙은이로 돌변해버렸다는 것은 그 어투에서도 처연하게 묻어났다. 불과 일 년 반 전만 해도 어머니의 모습이 그처럼 찌그러지지는 않았었다. 늙음이 그토록 맹렬한 속도로 사람을 공격해서 몰락시킬 수 있다는 것이 믿어지지 않았다. 어머니의 재혼생활이 나보다 더 고통스럽다는 것을, 화려하게 치장한 외양들이 여실하게 보여주는 듯했다. 새로 만난 남자로부터 상습적으로 구타를 당하거나 홀대를 받으면서 근근이 살고 있을지도 모른다는 생각이 뇌리를 스쳤다. 도대체 어머니는 혼자라는 것이 그토록 견디기 어려웠던 것일까. 아닐 것이다. 어머니만큼 경계가 분명했던 여자도 없었다. 아버지가 체포되었다가 도망에 성공하면서 도피생활이 본격적으로 시작되었던 그해 겨울이었다.

겨울이 다가오기까지 우리 집을 방문했던 사람은 거의 없었다. 겨울 땔감을 마련하기 위해 불러들인 나무장수가 몇 번 다녀갔을 뿐이었다. 집배원조차 우리 집은 지나쳐다녔다. 아버지가 집으로 편지를 보내는 일조차 삼가고 있었기 때문이었다. 그런 우리 집에 두 달 혹은 석 달에 한 번씩 은밀하게 들르는 사람이 있었다. 그 사람은 아버지와 함께 노름판을 전전하는 일행 중의 한 사람이었다. 아버지와 같이 몰려다니는 패거리들 중에서 어머니가 이름을 기억하고 있는 유일한 사람이었다. 그는 얼른 보아도 외모가 준수했고, 나이도 아버지에 비하면 손아래여서 어머니와 거의 동년배로 보였다. 허우대도 껑충했고 눈빛이 날카로웠지만 얼굴의 윤곽은 그려놓은 듯이 매끈해서 귀티가 났다. 뜨내기 노름꾼들과 뒤섞여 다니면서 동가식서가숙하는 건달로 지내기에는 아까운 사람이란 생각이 들었다. 어머니도 언젠가 혼잣소리로, "참 아깝다. 저런 사람이 어째 팔자를 잘못 건드려서 화적 같은 사람들하고 어울려다니게 되었을까. 이젠 하느님도 눈이 어두워지셨나보지" 혀를 차며 그렇게 말할 정도였다. 아버지가 딱히 그 사내 편으로만 생활비를 보내고 있는 것은 물론 그를 친척 이상으로 신임하고 있다는 증거였다. 그 사내 역시 아버지가 평소에 그랬던 것처럼 삼라만상이 깊은 잠 속으로 곯아떨어진 한밤중에 도둑괭이처럼 소리없이 집으로 숨어들었다. 그리고 방문 앞에 멈춰 서서 속삭였다.

"아주머니, 저 강범석입니다."

그 소리를 알아차린 어머니는 소스라치게 놀라 사내를 서둘러 안방으로 들이곤 했다. 그날도 삭풍이 몰아닥치는 한겨울이었다. 해 질 무렵이 되자, 삭풍은 더욱 거세져서 지붕의 기왓장을 날려버릴 것만 같았다. 혹한이 닥칠 것을 예상한 어머니가 초저녁에 방구들이 뜨끈뜨끈하도록 군불을 지폈으나, 문풍지 사이로 스며드는 바람은 매몰차기 그지없었다. 자정이 가까워올 무렵이었다. 그런 혹한 속에서 "아주머니, 저 강범석입니다" 하는 소리가 바람결에 가녀리게 들려왔다. 추녀를 할퀴고 지나는 바람 소리 때문에 미처 알아듣지 못했던 그 소리가 연거푸 들렸다. 뜻밖에 놀란 어머니가 문을 열었는데, 몸뚱이가 강시처럼 굳은 강씨가 물에 빠진 개 떨듯 하고 있었다. 어머니는 자지러지게 놀랐고, 강씨는 양해를 구할 겨를도 없이 성큼 방 안으로 뛰어들었다. 어안이 벙벙해진 어머니가 강씨를 한동안 쳐다보다가 이불자락을 덮어씌웠다.

"어디서 오셨는지 몰라도 이 엄동설한에 얼어죽으려고 작정하셨습니까?"

"백이십여 리 버스를 탔지만, 마을까지 걸어오는 동안 얼어죽는 줄 알았습니다."

"꼭 이런 날 길을 떠나야 했습니까."

"형님 엄명인데 거역할 수 있어야지요. 죽으라면 죽지는 못해도 시늉은 해야 아우의 도리가 아니겠습니까."

"기특하기도 하시지…… 급한 대로 몸이나 녹이고 계세요."

오한에 떨고 있는 사내를 아랫목으로 앉히고 부엌으로 나간 어머니가 서둘러 한저녁을 짓기 시작했다. 마음놓고 불을 켤 수는 없었으나 어둠 속에서도 어머니의 잽싼 손놀림이 손에 잡힐 듯 선명하게 들려왔다. 삭정이 부러뜨리는 소리와, 아궁이로 빨려들어가는 불길 소리가 방 안까지 들려왔다. 어머니가 차려준 저녁밥상을 받은 강씨는 허겁지겁이었다. 그동안 어머니는 건넌방 아궁이에 군불을 지피려다 말고 벌벌 떨고 서 있었다. 건넌방 아궁이에 군불을 지피게 되면 필경 이웃 사람들이 눈치채게 될 것이었다. 남편이 돌아온 줄 알고 읍내로 사람을 보내 고자질할 것이 분명했다. 화약을 지고 불길 속으로 뛰어든다더니 분명 그 짝이 될 것이었다. 어머니는 군불을 단념하고 방으로 들어와 생각에 잠겼다. 할 수 없이 강씨를 안방에다 재우기로 하였다. 그 혹한 속을 뚫고 생활비를 가져온 사람을 홀대할 수는 없었다. 그러나 그것이 어머니의 실수가 되고 말았다. 금방 곯아떨어진 줄 알았던 강씨가 잠자리에 든 지 얼마 지나지 않아서 손을 어머니 가슴속으로 디밀었다. 그것을 잠버릇으로 보기는 어려웠다. 그만두겠지 하며 견디고 있던 어머니는 그 사람의 손이 옆구리를 거쳐 젖무덤 쪽으로 파고드는 순간까지 꼼짝 않고 지켜보았다. 그리고 잽싸게 그 손을 낚아채며 자리에서 발딱 몸을 일으켰다. 손을 잡힌 그 사람도 낚시에 걸린 것처럼 이끌려 부시시 자리에서 일어났다. 이불을 획 걷어붙인 어머니는 단호하게 그러나 나직한 목소리로 말했다.

"옷 챙겨입으세요."

강씨는 어둠 속을 더듬어 이불자락 속에 흩어져 있던 겉옷들을 주섬주섬 챙겨입기 시작했다. 그의 입에서 한숨소리가 흘러나왔다. 어머니가 말했다.

"우리가 구렁에 빠져 푸대접을 받고 산다지만, 사람의 행세까지 단념하고 살진 않았습니다. 댁이 이 엄동설한에 우리 식구 먹고살라고 가용돈을 가져온 은혜는 두고두고 갚아나가겠습니다. 그러나 명색이 형님으로 받든다는 사람의 아내까지 욕보이려 든다면, 지금까지 베푼 은혜를 허공중에 날려버린 꼴이 아닙니까."

사내는 대뜸 이불자락 위로 무릎을 꿇고 엎드렸다.

"형수님, 제가 죽을죄를 저질렀습니다."

"나를 어떻게 여겼기에 그런 가당찮은 마음을 먹었더란 말입니까. 도시 변두리에 살았던 여인숙집 딸이라고 하찮게 보았겠지요."

"아닙니다, 형수님. 제가 죽을죄를 저질렀습니다. 저도 왜 그랬는지 알 수가 없습니다."

"형수님 빼고 얘기합시다. 왜 그랬는지 알 수 없다는 말을 이해할 듯도 합니다만, 아무리 정신없는 사람이라 해도 분수 나름이지, 어째서 이런 해괴한 일을 저지른단 말입니까."

"잘못했습니다."

"옷 모두 챙겨입었습니까?"

"예."

"그럼 이제 일어나세요."

"예?"

"일어나시지요."

"나더러 길을 나서란 말입니까?"

"그만하면 오한도 얼추 가다듬었을 것이고, 허기도 모면하지 않았습니까."

어머니는 벽장문에 걸려 있던 아버지의 헌 점퍼를 걷어 강씨에게 건넸다.

"이걸 껴입으면 추위를 다소 견딜 수 있겠지요. 하룻밤에도 고개 서너 개쯤은 예사로 넘어가고, 사십 리 오십 리쯤 걷기는 예사로 안다고 들었습니다. 날씨가 매섭기는 하지만, 혈기 방장한 때이니 이 길로 곧장 길을 나서도 얼어죽지는 않겠지요. 다행히 초벌 한기는 얼추 들인 셈이니 냉큼 일어서 출발하세요."

"너무하십니다. 제가 실수를 좀 했다기로서니, 형수님을 욕보인 적은 없지 않습니까."

"실수를 좀 한 게 아닙니다. 이 혹한중에 오셨으니, 나중에 형님께는 이런 불상사가 있었다는 고자질을 하지 않을 테니 그건 걱정 마시고 얼른 길을 나서는 게 좋겠습니다."

너무나 당찼던 그때의 어머니는 도대체 어디로 사라지고 말았을까. 어머니가 나직하게 말했다.

"너도 버텨나가기가 무척 고생스럽제?"

"고생스럽긴요. 사람 살아가는 모양이 다 그렇고 그렇다고 모두들 얘기하던데요."

"도사들이나 할 말을 니가 하네."

"모두들 그렇게 얘기들 하기에 나도 팔자려니 합니다."

"너 시어머니하고 남편이 너를 잘 대해주고 있나?"

"……"

"너가 고생스럽게 사는 것을 내가 어째 모를까. 다 안다."

"그런데 무슨 일로 먼 데까지 왔어요?"

"하도 답답해서 마실 다녀온다는 것이 이럭저럭 오다보니 여기까지 오게 되었다. 내가 니 에미 노릇을 따끔하게 못 했지만, 명색이 내 핏줄 아니겠나."

"엄마는 어떻게 지내요?"

나를 바라보지 않고 촛불을 바라보며 어머니가 힘담이 뚝 떨어지는 목소리로 말했다.

"내 걱정은 하지 마라. 산 입에 거미줄 치겠나. 그럭저럭 견디고 있다."

그 대답은 흡사 죽지 못해서 겨우 명줄이나 지탱하고 있다는 대꾸로 들렸다.

"아빠 산소에는 한번 들러봤어요?

그 말에 어머니는 흠칫 놀라는 척하더니 자세를 다시 고쳐 앉았다. 그리고 솔직하게 털어놓았다.

"가본 지 오래되었다. 자주 가본다 한들 아빠가 나를 반기겠나. 그 마을 사람들도 마찬가지일 테고……"

그런 대화가 우리들 모녀간의 옹색한 처지를 여실하게 드러내고 있었다. 살아가기 고단하고 너무나 외로웠던 어머니는 지나는 길에 나를 찾은 것이 아니었다. 일부러 여가를 내어 피붙이인 나를 찾아온 것이 틀림없었다. 그러나 애석하게도 내겐 어머니를 위로해줄 수 있는 아무런 수단도 없었다. 그 순간 가슴속으로부터 무엇이 넘어와 울컥 하고 걸리는 것을 느꼈다. 그때 나도 모르게 한마디가 흘러나오고 말았다.

"엄마 왜 그랬어요?"

지난날에는 왠지 수치스러워서 하지 못했던 말을 던진 것이었다. 말은 단순했지만, 나는 많은 것을 어머니에게 묻고 있었다. 겉보기에는 몸치장이 요란하게 된 것에 대한 면박일 수도 있었다. 어머니는 언제부터 저런 모습으로 추락하고 있었을까. 어쩌면 어머니가 걸어왔던 인생편력에 항상 걸리적거리는 대상으로 존재했던 나 자신에 대한 질문이기도 했다. 나 같은 애물단지를 언제나 곁에 두고 매질하거나 와락 껴안기를 수없이 반복했던 어머니의 변덕에 대한 질문일 수도 있었다. 아니면 가출하여 또한 집으로 돌아오기를 습관적으로 되풀이했던 행각에 대한 질문이기도 했다. 그런 질문을 받았지만, 어머니는 놀라는 기색이 아니었다. 그냥 무덤덤하게 듣고 있었다. 그것은 아마도 "내가 왜 그랬을까?" 하는 질문을 어머니 스스로도 여러 번에 걸쳐 해왔기 때문이었을 것이다. 한참 있다가 어머니의 대답이 들렸다.

"글쎄다. 그건 나도 모르겠더라."

거짓말이라거나 무성의한 대답이 아니란 것을 나는 알고 있었다. 많은 사람들이 그 생애에 숱한 우여곡절을 겪으며 살아갈 테지만, "왜 그랬어요"라고 무턱대고 묻는다면 열에 여덟은 어머니와 같은 대답을 할 수밖에 없도록 애매하기 그지없는 생애를 살았을 것이기 때문이다. 좋았든 나빴든 자신의 의지대로 살 수 있었던 사람들이 세상에는 도대체 얼마나 될까.

구멍가게 밖 멀리 떨어져 서 있는 느티나무 가지 사이로 문득 차가운 바람이 스쳐가고 있었다. 아버지의 관심이나 애정을 이끌어내기 위해 나를 방치하거나 괴롭히지 못해서 안달이 났던 어머니가 초라한 모습으로 그 바람 속에 앉아 있었다. 어머니의 건조한 머리칼이 바람에 날리는 메마른 나뭇잎처럼 사각사각 소리를 내고 있는 것처럼 느껴졌다. 문득 고향의 오동나무 가지 사이로 불던 비바람 소리가 귀에 사무쳤다.

그리고 눈물이 났다. 철이 들고부터 잊어버렸던 어머니에게 안겨보기를 그때 하고 싶었다. 그런데 그런 조그만 일에도 상당한 결심이 필요하다는 것을 함께 깨달았다. 안기고 싶다면 내가 먼저 다가가 안기면 될 일이었다. 그러나 그것 역시 어려웠다. 어렵다기보다 두려웠다. 나에게도 어머니에게도 그것은 몹시 낯선 일이었기 때문일 것이다. 익숙하지 못해 낯선 일인데 안기고 싶다는 절절한 욕구는 왜 일어나는 것일까. 낯설다면 그런 욕구조차 일어나지 말았어야 했다. 그것은 아마도 마음과 몸이 함께 살고 있지 않다는 증거일 것이다. 그래서 헤어질 때까지 서로 안아주는 일은 기어코 하지 못했다.

"만나지는 못할 처지들이 되었지만…… 니 소식은 간간이 듣고 있다."

"내 소식을 간간이 들었어요?"

"왜, 거짓말 같으냐?"

생각지도 않았던 반응이었다. 결혼 이후 서로의 존재를 잊기로 한다면, 어머니 먼저 철저하게 그리고 냉혹하게 잊을 거란 생각을 해왔었다. 그런데 한 번도 아닌 간간이 소식을 들었다니, 흡사 거짓말 같았다. 그러나 어머니는 내게 냉담했으나 거짓말을 할 여자는 아니었다. 적어도 대상이 나라면 거짓말을 할 필요가 없었다. 나를 두려워할 까닭도 없었다. 그런데 간간이 내 소식을 수소문했다고 말하고 있었다.

"잊어버렸을 줄 알았는데……"

"너를 잊어버렸다면, 내가 만나보고 싶었겠나."

"……"

"니 남편하고 서먹서먹하게 살아서 아직 임신도 못하고 있다는 것도 알고 있다. 그렇다 하더라도 참고 살어라. 나를 봐라, 부끄러운 일이지만, 나 또한 애당초 남편복을 타고나지 못해서 옛날이나 지금이나 궁색하게 살아가는 꼴은 변한 것이 없다. 니 아빠가 우리 둘한테 남기고 떠난 것이 무엇이었나를 생각하면 가슴이 터질 듯이 아프다. 오동나무까지 베어서 니 아빠와 함께 저승으로 보냈는데도 내 발길이 도무지 집으로 돌아서지지가 않았다. 마치 역병이 번지듯 나한테까지 떠돌이병을 옮기고 떠난 게다. 니 아빠를 찾아서 어디 안 간 곳이 없고, 죽은 뒤에도 뒤닦음하겠다고 동분서주했던 것이 그만 떠돌이병을 몸에서 떨쳐버리지 못하고 말았다. 이 병이 또 너한테까지 번지기 전에 마음 굳게 먹어라. 너까지 떠돌이로 살게 될까봐서 가슴이 조마조마하다. 니 아빠는 냉정하고 이기적이고 자기밖에 몰랐던 사람이었다. 자기가 저지른 행동이 다른 가족에게 끼친 피해 따위는 안중에도 없었다. 죄책감도 없었고, 후회 같은 것도 없었지. 처음부터 끝까지 자기 체통만 생각했고, 자기만 만족하면 그만이었다. 그러나 그렇다 한들 어찌했겠느냐. 진작부터 그런 줄 알았지만 내 남편이

었고, 니 아부지가 아니었나. 그게 팔자라는 거다. 그 팔자를
이제 와서 후회한들 무슨 소용이 있겠느냐.”

“……”

“정 없는 남편과 산다 하더라도…… 결혼한 지 일 년이 넘
었는데도 아직 임신했다는 징조가 없다면, 무슨 다른 문제라
도 있는 것 아니냐.”

“임신 못한 것이 다행인지도 몰라요.”

그 말에 어머니는 찔끔하는 기색이었다. 어머니는 그 순간
자신의 손을 입에다 갖다댔다. 말을 잘못 꺼냈다는 생각 때문
이었을 것이다. 그래서 더이상 꼬치꼬치 파고들지 않았다. 듣
기에 따라선 내 말이 어머니를 공격하는 것일 수도 있었다.
어머니 자신이 나를 낳아서 모질게 구박해서 키운 전력이 있
었기 때문이었다. 자식을 그렇게 키울 바엔 차라리 임신부터
않는 게 상책이란 것이 내 말에 뚜렷하게 묻어 있다고 생각한
것인지도 몰랐다. 그게 아니라면 남편과 헤어질 가망도 없지
않다는 언질일 수도 있었다. 어머니는 나중 쪽에 무게를 두고
물었다.

“남편이 너를 내칠 것 같으냐?”

“내치긴요.”

“그럼 왜 그런 말을 하느냐?”

“그냥 해본 소리입니다.”

"칠칠맞지도 못하지…… 니 남편이 거칠게 나오면 니도 눈 딱 감고 맞불을 놓아야 한다. 맞아죽기밖에 더 하겠느냐. 안 그러면 평생을 구박받으면서 지내야 돼. 니가 왜 구박받으면서 살아야 해? 내가 니 남편한테 빌리고 못 갚은 돈이 있다. 그래도 그 돈을 갚지 않았다고 니를 대신 구박하면 안 되지. 돈 문제는 내하고 해결할 문제고, 니는 입장이 다른, 자기 아내라는 사람이 아니겠나."

"내가 무슨 구박을 당한다고 그래요."

"말 안 해도 니 기색을 보면 다 안다. 나를 속이려 들지 마라."

"이제 돌아가야 합니다."

"니한테 뭘 바라고 온 것이 아니니깐 조바심낼 것 없다. 니 사는 형편을 잘 알고 있는데, 내가 반죽이 좋은 여편네라 한들 뭘 바라겠노. 니 남편한테 빚을 갚지 못한 것이 죄밑이 되어서 명색이 장모라는 사람이 고개 들고 사위 앞에 나타나지도 못하겠다. 니 남편은 심심찮게 사람을 보내서 빚 독촉을 하고 있다. 어디 그뿐인가. 그 빚만 갚으면 니를 친정으로 돌려보낸다고 벼르고 있다. 이게 어디 인두겁을 쓰고 있다는 사람이 할 말이가? 아니다. 말인즉슨 니를 인질로 잡고 있다는 말인데…… 니도 알다시피 니를 집에서 쫓아낸다면 니가 돌아올 친정이란 게 어디 있겠노. 그래서 하는 말인데, 니가 고생스럽다 하더라도 니 남편이 그런 못된 심사를 갖지 못하도록 그저 죽여주십사 하고 극진하게 받들고 모셔라. 니 아버지 살아 있을 때 니가 그토록 극진하게 병수발했던 것처럼.”

의붓어미도 아닌 친어머니에게 구박받고 자란 딸을 두고 눈을 감아야 했던 아버지의 타들어간 애간장은 짐작이 가고도 남았다. 더이상 바깥출입은 엄두조차 못하고 집에서 몸져누워 지낼 무렵부터 아버지의 온갖 관심은 나에게 쏠려 있었다. 조만간 목숨을 놓아버릴 것 같은 예감이 들었기 때문인지 몰랐다. 아버지는 그때 이미 인생살이의 첫 부분은 기억 속에서 사라져버렸거나 안갯속에서만 희미하게 기억되고 있을 뿐이었다. 유독 어머니와 결혼한 얘기나 기억 같은 것은 애써 머릿속에서 지우려는 듯 이런저런 말로 물어봐도 아무런 대답이 없었다. 아버지는 자기 인생의 끝부분만을 명료하게 기억하면서 하루하루 견디고 있었다. 그런가 하면 나는 미래에 대한 예견 따위는 거의 불가능한 상태에서 아버지의 기억 속에서는 사라지고 없는 인생의 첫부분을 살고 있었다. 그래서 아버지와 나는 연극의 첫부분만을 감상한 사람과 어떤 사정으로 연극의 끝부분만을 감상한 사람들끼리 서로 만나 같은 연극의 앞뒤부분을 그물코를 바느질하는 것처럼 한 땀 한 땀 그렇게 얘기를 주고받는 격이었다.

뿐만 아니라, 아버지는 병석에 눕게 되면서 나를 감싸고 보들어 주는 일에 적극적이었으므로 어머니의 질투심을 충동질했다. 따지고 보면, 어머니가 속을 부글부글 끓일 까닭이 없었다. 눈엣가시로만 여기는 나를 감싸든 애통하게 여기든 상관없는 일이었다. 나를 사랑했으므로, 혹은 나를 차지하고 싶은 욕구로 말미암아 촉발된 질투심이 아니었기 때문이었다. 그러나 명줄의 끝자락을 아슬아슬하게 붙잡고 있는 아버지 면전에서 폭력을 행사할 수는 없는 노릇이었다. 폭력을 행사한다 하더라도 빈털털이가 되어서 집으로 돌아온 아버지의 주머니에서 나올 돈도 없었다. 그런 와중에 한 가지 이상한 징조가 있었다. 아버지가 병든 몸을 이끌고 집으로 돌아와 시난고난 앓기 시작한 지 이십여 일이 지나갈 동안, 아버지를 몸서리치게 뒤쫓던 조형사가 모습을 드러내지 않는 것이었다. 그는 반드시 나타나야 했다. 아버지와 어머니는 그가 나타나지 않는 속내를 꿰고 있는지 몰라도 나에겐 모를 일이었다.

나에게 쏟는 아버지의 애정은 각별했다. 아내라는 사람이 딸에게 내리는 폭력의 단초가 바로 자신으로부터 비롯되었다는 죄책감이 자리잡고 있었기에 더욱 애틋했다.

"어진아, 내가 죽고 나면 니는 어째 살래?"

"장떡 구워 먹고살지요."

아버지가 물어보면 그렇게 대답하라는 어머니의 지시대로

따랐다. 그러나 아버지의 안색은 달라지지 않았다. 아버지 역시 어머니가 내게 시킨 말대답이란 것을 알고 있었기 때문이었다.

"어진아, 내 죽으면 니는 누구하고 살래?"

"엄마하고 개떡 구워 먹고살지요."

"개떡 구워 먹고산다고?"

"예."

적어도 그 대답만은 어머니의 사주가 아니었다는 것을 알고 있었다. 그러면 아버지는 병석에서 몸을 일으켜 나를 이끌고 마을의 떡집으로 데려갔다. 그리고 아버지가 사준 떡을 내가 다 먹을 때까지 바라보며 앉아 있었다. 집에서 기다리는 어머니를 배려해서 떡을 집으로 싸가자는 얘기는 없었다. 눈치 빠른 어머니는 누가 고자질이라도 한 것처럼 떡집에서 일어난 갖가지 정황들을 거울 속처럼 꿰뚫어보고 있었다. 집으로 돌아오면 어머니는 내 턱 밑에다가 손바닥을 들이대며 파고들었다.

"토해내라."

나는 어머니를 빤히 쳐다보았다. 그때 어머니의 손바닥이 내 뒤통수를 가차없이 내려쳤다.

"니가 처먹은 것이 개떡이든 장떡이든 냉큼 토하지 못해?"

"엄마, 나 시루떡 먹었어."

살아날 가망이 없지 않겠다 싶어 사실대로 들이대었다. 그렇게 되면 어머니의 표독스런 성깔도 누그러질 것 같았다. 그러나 치뜨고 있던 눈길에는 오히려 불꽃이 튀는 것 같았다. 어머니는 나를 잡아채서 다짜고짜 목구멍 깊숙이 손가락을 집어넣어 뒤적거렸다. 그리고 토악질로 게워낸 걸쭉한 그것을 손바닥으로 받아냈다. 떡집에서 먹은 음식의 종류를 아버지 코앞으로 가져가 증명해 보이는 어머니의 표정은 의기양양했다. 그런 야비한 형벌은 그러나 나를 수단으로 이용하고 있었을 뿐 겨누고자 하는 대상은 언제나 아버지였다. 아버지의 얼굴은 낭패와 두려움으로 얼룩졌다. 두 눈에 눈물이 고였다. 어머니는 황급히 우물가로 내달아 손에 묻은 오물을 씻어냈다. 그날 아버지는 이부자리로 들어가 누운 이후로 숨을 거둘 때까지 자리에서 좀처럼 일어나지 않았다.

그처럼 설령 아주 사소한 것일지라도 어머니 자신이 푸대접을 받거나 소외된 것에 대한 보복은 끔찍했다. 그날 이후부터 어머니의 병구완이 소홀해지기 시작했다. 그 사건은 두 사람이 표면적으로나마 부부인 것을 단념하게 만든 계기가 되었다. 병수발은 어쩔 수 없이 내가 도맡아야 했다.

10

안성댁이 어머니의 외양을 소상하게 꿰고 있다는 것은 내
겐 충격이었다. 너무나 구체적이라 소문으로 들어서 짐작하
고 있을 따름이라는 그녀의 말은 앞뒤가 맞지 않았다. 나는
옷에 생선 비린내를 달고 다니는 그녀에게 바싹 당겨앉으며
다그쳤다. 그때 더욱 놀라운 사실을 실토정했다.

"엄니가 대전 변두리에다 사글셋방 하나를 얻어 우리 모녀
가 살고 있을 때였어. 언덕 중턱에 있는 그 셋방을 찾아온 젊
은 여자가 있었어. 외짝으로 달아둔 대문을 두드리기에 엄마
는 무턱대고 얼른 문을 열어줬네. 그런데 얼굴 한번 대면한
적이 없는 젊은 여자가 문밖에 서 있었어. 엄마가 크게 놀라
지 않았던 것은 집을 잘못 찾아온 여자로 알았기 때문이지.
그런데 그 여자가 다짜고짜 내 이름을 부르면서 이 집이 수진

이 집이 맞느냐고 물었던 거야. 그제야 엄마는 깜짝 놀라서 뉘시냐고 물었지. 우리 엄마, 여자치곤 심지가 굳고 의젓해서 좀처럼 놀라는 여자가 아니었거든. 그런데 그 여자가 자기 이름은 대지 않고 내 이름만 되풀이해서 물으면서 수진이 집이 맞느냐고 또 묻는 거야. 도대체 그 여자가 우리가 살고 있는 그 셋방을 어떻게 찾아냈을까. 엄마와 나는 그게 너무 궁금했지. 엄마는 이사가서 자리를 잡아도 주소지 이전 같은 건 알뜰하게 챙기지 않았거든. 막살고 있는 판국에 주소지를 옮긴다고 팔자에 서광이 드는 것도 아니고, 소득도 없는 일에 번거롭기만 하지. 그런데 그 여자가 족집게로 집어내듯이 헛걸음 한 번 안 하고 우리 집을 한걸음에 찾아낸 거야. 지금까지도 나는 그걸 알 수가 없어. 어떤 사람이 가르쳐주었다 해도 그처럼 딱 부러지게 가르쳐줄 수 있을까. 그 여자는 두리번거리지도 않았어. 어디 그뿐인가. 우리 엄마가 들어오라는 말도 안 했는데, 마치 제집구석에 들어온 사람처럼 좁은 방 안으로 들어와서 먼지 앉은 방 윗목에 먼지를 입으로 훅 불더니 떡하니 차리고 앉는 거야. 어머니가 물었지.”

“나는 양아무개라 부릅니다만, 댁은 뉘신지?”

낯설어서가 아니라, 그녀의 당돌함에 놀란 안성댁 어머니 양씨가 걸레를 끌어당겨 시늉으로만 방바닥을 훔치며 물었다. 그런데 그녀의 대답이 자못 위압적이었다.

"놀랄 것 없습니다."

"왜 놀라지 않겠습니까. 낯선 사람이 이 누추한 방에 제집처럼 썩 들어와 앉는데……"

그 여자의 입가에 정체를 알 수 없는 미소가 스쳐 지났다.

"사람이 살고 있다는 집에 설혹 낯선 사람이 찾아왔다 한들, 그렇게 불편합니까. 속내를 알고 보면 내가 못 올 곳을 불쑥 찾아온 것도 아닙니다. 그렇게 나쁘게만 보지 마세요."

"나쁘게 보지 않을 테니 뉘신지 밝혀주시오."

"사람을 찾으러 왔어요."

"사람을 찾아요? 우리 집에는 애하고 나하고 두 사람 외에 다른 사람은 없습니다."

"알고 있어요. 겉으로 보기에는 두 사람뿐이겠지만, 때때로는 세 사람이 되고 네 사람이 될 수도 있는 게 사람 사는 세상의 일이지 않겠습니까."

"우리는 두 식구만으로 살아도 불편이 없습니다."

가파르게 주고받던 두 여자의 대화가 잠시 끊어졌다. 양씨는 비로소 찾아온 여자의 정체를 희미하게 눈치챈 것 같았다. 대화의 흐름을 한 음절 훌쩍 뛰어넘으며 양씨가 고개를 돌리며 말했다.

"용하기도 하지. 내가 세상 사람들하고는 등지고 산 지가 꽤나 오래되었을뿐더러 한자리에 붙박고 살지도 않고 셋방살이로 연명하고 있는데, 어떻게 나를 찾아냈을까. 귀신이 곡할 노릇이네."

그녀는 코대답도 않고 수진이와 어머니 양씨 안색만 살피고 있었다. 그러나 오래가지 않아서 속내를 툭 털어놓았다.

"배용태라고 아시지요?"

양씨는 지체 없이 대답했다.

"알다마다요. 애 애빈데 내가 그걸 모르겠습니까."

"놀라지도 않네요?"

"내가 놀랄 일이 아닙니다. 놀란다고 별일이 생길 것도 아니고…… 공연히 마음만 뒤숭숭할 따름입니다."

"듣고 보니 그러네요. 그 사람 이 집에 자주 들릅니까?"

"과천에서 뺨 맞고 한강 와서 눈 흘긴다는 말이 있어요."

대꾸는 없었으나 양씨를 바라보는 그녀의 시선이 날카로웠다. 대수롭지 않게 생각했던 양씨의 되받아치는 언사가 녹록지 않았기 때문이었다. 한풀 죽은 그녀가 말했다.

"워낙 동에 번쩍 서에 번쩍 하는 사람이어서요."

"아직 젊은 사람인데…… 어쩌다 남편 행방을 수소문하고 다니는 딱한 신세가 되었어요?"

"정말 그 사람 여기 얼굴도 디밀지 않습니까?"

"그 집을 나온 이후 단 한 번도 대면한 적이 없어요. 그 사람을 만나서 무얼하겠소? 지나온 사연을 새삼스럽게 들추어서 잘되고 못 된 것을 따져볼까요? 아니면 내가 이처럼 궁색한 꼴로 살아간다고 하소연을 할까요?"

"지난 일이 잘되었던 못 되었던 한두 번쯤은 되돌아보는 것이 인지상정 아니겠습니까. 많은 사람들이 그렇게 하며 살아갑니다."

"그렇다 하더라도 나는 한 번도 만나본 적이 없어요."

그런데도 그녀는 의구심을 거두지 않았다. 양씨가 한 치의 동요도 없이 무덤덤하게 대처했던 것이 오히려 그녀의 의구심을 촉발시킨 것인지 몰랐다. 그녀는 몇 마디 한 뒤 하직하고 갔지만, 단념하고 집으로 돌아간 것은 아니었다. 양씨 집 골목 끝 들머리에 있는 여관에 투숙하면서 만에 하나 모습을 드러낼지 모를 아버지를 기다리는 용의주도함을 보여주었다. 양씨는 그 여자를 정신병자 취급했다. 성정이 비뚤어진 여자를 재취로 얻어 배용태가 고생바가지를 뒤집어쓰게 되었다고 혼잣소리를 하였다.

교미시기가 되면, 암컷 개구리는 울음소리가 큰 수컷을 찾아헤맨다. 울음소리가 크면 그와 비례하여 큰 몸집을 가졌을 것이기 때문이다. 그때 암컷들의 관심을 끌지 못하는 작은 수컷들이 짝짓기에 성공할 수 있는 방법은 단 한 가지뿐이다. 목청 큰 수컷 주위에 매복하고 있다가 울음소리를 듣고 몰려드는 암컷 등에 냉큼 올라탄다. 마치 자기가 큰 소리를 낸 개구리인 것처럼 속이는 전략이다. 개구리 세계가 구사하고 있는 전략을 본뜬 그녀의 계략은 그러나 그때마다 무위로 끝났다. 전남편에 대한 미련도 애증도 모두 사라진 판에 너무나 엉뚱하게 그와 재혼한 젊은 여편네가 아닌 밤중에 홍두깨처럼 불쑥 나타나서 행적을 캐묻는 것에 양씨 역시 적잖이 당황했었다. 그러나 속내를 내색하지 않으려고 참고 있었는데, 셋방 거처로 올라오는 길목에 있는 여관에서 지켜보고 있다는 것을 눈치채고 거처를 옮기기로 작정해버렸다. 그래서 살던 집과는 백여 리 거리를 둔 경기도 쪽으로 거처를 옮겼다. 그러나 집을 옮긴 지 달포도 지나지 않아 놀랍게도 그녀가 다시 모습을 드러냈다.

"수진이네 집 맞아요?"

초겨울로 접어든 11월 하순 해 질 무렵이었다. 본채에 딸려 있는 끝방에 솥을 걸고 살았는데, 그녀는 안채에 거처하는 주인에게 그렇게 물었다. 주인 여자가 그녀를 방문 앞까지 데리고 와서 방을 가리켜주었다. 이번에는 양씨도 벌어진 입을 다물기 어려울 정도로 놀랐다. 자기로서는 꿈도 꿀 수 없을 만큼 초능력의 소유자라는 생각이 들었다. 그녀는 양씨가 아무리 신출귀몰한들 그때마다 거처를 척척 색출해내는 천부적인 능력을 과시하듯 방으로 들어와 좌정을 했다. 양씨는 몹시 속상하고 언짢았지만 아무런 내색을 않고 묻지도 않았던 말에 대꾸부터 먼저였다.

"그뒤로 아직 한 번도 찾아온 일이 없어요."

"그럴 리가 없을 텐데요."

그녀는 자신만만한 태도였다. 찾고 있는 남편 배용태가 어디에 숨어 있다는 것을 진작 꿰고 있다는 듯이 방 안 여기저기를 두리번거리는 일도 없었다.

"알고 있다면 구태여 나한테 물어볼 것도 없네요. 뒤져보시구려."

"숨바꼭질하자는 게 아닙니다."

"숨바꼭질하자는 게 아니니깐 당신이 짐작 가는 곳을 뒤져보라는 것입니다. 하긴 벽장도 없는 좁은 방인데 찾아볼 것이나 있겠소."

"나 같으면 빤히 보이는 곳에 사람을 숨기지 않습니다. 다른 장소에 모셔두고 있거나, 아니면 내가 오기 전에 다녀갔거나 했겠지요."

"내 거처를 그때마다 척척 알아맞히는 댁 같은 재주를 가졌다면, 이 집 나가서 어디로 갔는지 환하게 꿰고 있을 것이니 여기서 지체하지 말고 다른 장소로 가면 찾아내겠네."

"오늘은 밤까지 여기서 기다려볼랍니다."

"여기서 시간 버리지 말고 다른 데 가서 찾아봐요. 내가 올곧게 말해줬으면 알아들어야지, 그렇게 고집 피워봤자 헛고

생만 하고 다니는 겁니다."

"배용태가 어떻게 살아가는지 훤하게 꿰고 있네요?"

그날 이후부터 그녀가 찾아오면 으레껏 하루 이틀 정도는 묵고 가는 일까지 생겼다. 양씨는 또 거처를 옮겼다. 그러면 달포가 채 지나지 않아서 영락없이 그녀가 찾아왔다. 이상한 것은 양씨의 태도였다. 어쩌면 그 여자와 약속이라도 한 듯 쫓고 쫓기는 과정을 즐기는 것 같았기 때문이었다.

"그렇게 된 것은 엄마의 성품이 무던했던 탓도 있었지만, 진작부터 아버지를 홀가분하게 단념하고 살았기 때문이었어. 소가 닭 보듯 그 여자의 발버둥을 별 악의 없이 지켜보는 것 이었어. 그러다가 한번은 그 여자에게 아주 정통으로 걸려들 었어. 그 여자의 목적은 엄마가 오래 전에 헤어진 아빠를 그 때까지 끈을 놓지 않고 만나서 통정을 하고 있는지 아닌지 밝 혀내는 것 아니겠어? 그런데 자칫 잘못하여 그 여자에게 발 등을 밟힌 거야. 엄마가 그 여자에게 너무나 쫓겨다니다보니 까 어떤 땐 서너 달에 한 번꼴로 집을 옮기기도 했었는데, 그 게 불찰이었지 뭐야. 어느 날 우리 셋방을 찾아온 그 여자가 새파랗게 질려서 삿대질을 해댔어. 그래도 아니라고 시치미 를 잡아뗄 거냐고 들이대면서, 한 번도 입에 올리지 않았던 죽일 년 살릴 년 하는 거야. 입에 거품을 물고 보란 듯이 날뛰 더군. 그런데 그것은 엄마 자신도 모르고 저지른 실수였어.

신중하지 못했던 탓이었지. 딸기밭에서 구두끈 매는 꼴이 된 거지. 공교롭게도 우리가 이사한 그 셋방이 아빠 일행이 진을 치고 있는 곳에서 불과 삼백여 미터밖에 되지 않는 곳이었어. 그야말로 엎어지면 코 닿을 자리였지. 그 여자의 예측이 들어 맞은 거야. 아빠 드나들기 좋으라고 바로 코밑에다 셋방을 얻은 꼴이 된 거야. 하지만 우리가 바로 코밑에다 셋방을 얻게 되었는지 아닌지는 몰랐어. 아빠를 본 일도 없었고, 일행조차 만난 일은 없었거든. 아빠의 숙소가 불과 삼백 미터도 안 되는 곳에 있다는 얘기는 그 여자가 한 얘기야. 그런데 엄마는 개 같은 년 소 같은 년 하고 공격을 받고 욕을 퍼부어도, 안색 한 번 변하는 법 없이 욕설을 고스란히 받아들이는 거야. 팔 자소관으로 받아들인 거지. 나 같으면 눈이 핑핑 돌 정도로 현기증이 나고 분해서 펄펄 뛸 텐데 그러질 않았어. 곁에 있던 내가 아빠 있는 곳이 어디냐고 묻고 싶어서 입술이 간질간질한데도 엄마는 꿀 먹은 벙어리가 되었는지 도무지 말이 없었어. 그 여자가 한바탕 분탕질하고 돌아간 그날 밤에 우린 다시 짐을 쌌어…… 그래서 찾아간 곳이 봉화 산속 어디에 있다는 산판이었어. 그것도 뇌물을 상납하고 불법으로 하는…… 하루 종일 퍼질러앉아 하늘만 쳐다보아도 보이는 것은 새하고 비행기뿐이었어. 그러니 누가 날 건드리기만 해도 진드기처럼 착 달라붙어 사람들이 살고 있다는 대처로 내빼고 싶었지.”

나는 그 순간 시선을 어디에다 둬야 할지 혼란스러웠다. 그 동안 안성댁을 똑바로 쳐다보고 있었던 시선을 거둘 수밖에 없었다. 전율이 내 잔허리를 휘감았다가 사라졌다.

“어머니께서 왜 그토록 당하고만 있었을까?”

“이제 와서 생각해보면…… 그때 엄마가 왜 참고 참고 또 참고만 있었는지 그 속내를 알 것 같아. 그건 외로웠기 때문이야. 그런데 외로움을 타고 있기는 그 여자도 마찬가지라는 생각을 엄마는 하고 있었던 거야. 과연 누가 계집아이 하나 데리고 파출부로 연명하고 있는 엄마를 상종해주겠어. 그러니까 살아도 사는 게 아니었지. 미친년처럼 남편을 찾아 안 가는 곳이 없었을 만큼 설레발치고 다녔던 그 여자도 하늘에서 뚝 떨어진 것처럼 외로웠다는 것을 엄마는 알고 있었던 거지. 그래서 그 여자가 눈알이 시뻘게져서 과격하게 굴고 미친 짓을 해도 바라보고만 있었던 거야. 이 세상에서 나 빼놓고 엄마에게 말을 걸어주는 사람은 그 여자 딱 한 사람뿐이었다면 이해가 돼? 그것이 설령 쌍말에 욕설이라 하더라도 엄마한테는 말상대 해줄 사람이 필요했어. 엄마가 몸서리치게 좋아했던 말이 있었는데, 그게 무슨 말인지 알아? “엄마, 저기 누가 와요”라는 말이었어. 셋방 툇마루 끝에 앉아 언덕 아래 멀리 골목길을 바라보고 있던 내가 그렇게 말하면 엄마는 거의 미칠 지경이었지. 아이에게 젖꼭지 물리고 있는 젊은 색시처럼 얼굴이 벌겋게 달아올랐지. 그리고 방문을 열고 내다보며 나한테 묻는 거야. 어디냐고. 엄마를 찾아올 사람이 이 세상에 그 여자 한 사람뿐이었지. 그러고는 방문을 닫고 그 여자가 방 안에 들어설 때까지 시치미를 딱 잡아떼고 태연하게 앉아 있는 거야. 엄마는 그 여자가 우리 집을 찾기 어렵도록, 골목 속에 자리잡은 집을 얻거나 언덕 위에 있는 셋방을 얻어 들었지. 그러고는 그 여자가 하마 올까, 언제 나타날까 가슴 조이며 기다리는 거야. 아빠를 놓고 엄마와 그 여자는, 꼭꼭 숨어라 머리카락 보인다 하면서 숨바꼭질에 술래잡기를 하고 있었어. 엄마는 그 여자가 찾아와도 소가 닭 보듯 사뭇 무덤덤한 태도로 그 여자가 더욱 의심을 갖게 유인하는 거야. 어머니는 그것을 노렸어. 그 여자가 계속 의심을 품고 계속해서 찾아다니도록 술책을 쓰는 거야. 엄마는 그렇게 애간장을 태우는 것으로 위로를 받았지. 그 여자가 또다시 우리 집을 찾아낼 수 있을까, 이렇게 숨었는데도 정말 찾아낼 수 있을까, 그걸 숨죽이고 기다렸거든. 그 술래잡기를 하고 있는 우리 엄마가 나는 너무나 측은했어. 얼마나 외롭고 쓸쓸했으면 그런 숨바꼭질을 했겠어. 그러다가 결국은 엄마가 그 여자의 희생물이 된 거지. 엄마가 수명대로 살다 죽은 게 아니라, 속병 얻어서 죽었거든. 너무 많이 참고 살았던 결과였어."

그때 우리는 문득 방파제 끝을 걷고 있었다. 해가 지고 있었고, 바다는 하늘의 얼굴을 받아 검푸르게 변해 있었다. 작은 어선 한 척이 엔진의 거친 폭발음을 서서히 죽이며 비틀비틀 어판장 쪽을 향해 진입하고 있었다. 그리고 곧장 솟구치는 물보라 속으로 꽁무니를 푹 담그며 멈추었다. 나는 안성댁이 말한 그 여자가 봉화의 산판까지 찾아갔었더냐고 묻고 싶었다. 그러나 발설할 수 없었다. 목구멍 속에서 무엇이 기어나와 내 혓바닥을 안으로 잡아당기는 것 같았기 때문이었다.

"세상은 사막이야. 우리 앞에 바라보이는 것이 바다 같지만 사실은 배가 지나다니는 사막이지. 풀 한 포기 없는 삭막한 모래밭이야. 물보라가 모래바람으로 보이게 된지는 벌써 오래 전부터지. 그런 생각이 자꾸만 나를 끌어당겨. 박창호가 서울에서 그 계집하고 어울리고 있다는 것을 빤히 알고 있으면서 내가 왜 찾아가지 않고 있는지 알아? 보다시피 이런 몸뚱이를 가지고는 엄두도 못 내겠지만, 옛날에 그 여자한테 쫓겨만 다니다가 돌아가신 엄마가 생각나서야. 내가 두 번 다시 엄마가 가던 그 길을 따라가서는 안 되겠다는 생각 때문에."

병색이 완연했던 아버지는 이제 서 있는 것보다 앉아 있기를 원했고, 앉아 있기보다 누워 있는 것을 당연하게 여기게 되었다. 그와 함께 아버지의 삶 뒤쪽에 가려져 있던 무절제와 위장, 속임수로 얻어진 누추하고 수치스런 일상들이 하나둘씩 면목을 드러내기 시작했다. 몸에서는 드디어 늙은이들 특유의 양초 냄새가 나기 시작했다. 어떤 땐 오래된 책 냄새가 나기도 했다. 아버지 스스로도 그런 냄새가 난다는 것을 깨닫고 있었다. 그래서 나 이외의 사람이 병석에 접근하는 것을 두려워했다. 몸을 뒤척일 때는 이불 속에서 지린내가 뭉클해서 얼굴을 돌리지 않을 수 없었다. 윗목에는 항상 깨끗하게 씻어둔 요강이 있었다. 그러나 소변을 볼 적에는 요강에 정조준할 때보다, 바지에다 지리는 경우가 더 많았다. 그때 아버지는 힐끗 내 눈치를 살피곤 했다. 오줌에 젖은 바짓가랑이를 얼른 감싸며 이불 속으로 들어가 누워버렸는데, 그때는 나도 모르게 얼굴을 돌려버렸다. 지난날 내게 세숫대야를 갖다주며 소변을 봐달라고 짓졸랐던 아버지가 그처럼 달라진 것이었다. 사람이 늙게 되면 공짜로 얻는 소득이 있는데, 그것은 일부러 얼굴을 찌그러뜨리지 않아도 저절로 그렇게 된다는 것이었다. 말하거나 숨쉴 때도 아버지 입에서 두엄 냄새가 났다. 하루에 한 번씩 일어나 앉아 양치질을 했지만, 그 냄새는 끈질기게 아버지를 따라 다녔다. 이제 병석을 털고 일어나지 못할지도 모른다는 불안감이 엄습해왔다. 어떤 땐 혼자서 체념적이거나 깊은 우울이 담긴 듯한 옹알이도 했는데, 그러나 바로 곁에서도 알아들을 수 없었다.

"어진아, 니 고생이 많다. 아직 어린 니가 늙고 병든 아비 병구완하게 될 줄은 미처 몰랐겠지."

"엄마가 안 계시잖아요……"

"우리 집 형편이 이렇게 꼬여버리게 되니까 죄 없는 니가 조숙하다는 평판을 듣게 된 것이다. 밖에 나가서 친구들도 사귀고 견문도 넓혀야 할 나이인 니가 못난 애비 병수발에 발이 묶여 있구나. 참말로 면목이 없다."

"아빠…… 괜찮아요. 같이 어울릴 친구도 없어요. 엄마가 집에 있다 해도 같이 놀 친구가 없는 것은 마찬가지예요."

“그래, 그래…… 업보다. 참으로 괘씸하구나. 차라리 나를 죽여버리든지 하는 게 낫지. 내가 늘그막에 이게 무슨 꼴이냐. 지금은 같은 마을에 살고 있는 사람들도 거들떠보지 않는 집구석이 되어버렸지만, 그렇다고 해서 엄마 하는 짓이 이토록 매몰차다니, 이러면 안 되는 거다. 아무리 허울뿐인 남편이라지만 말이다.”

“……”

“모든 게 내 탓이다. 사실, 엄마를 원망한다는 것도 염치없는 일이다. 솔직하게 말하면 내가 엄마를 두고 몹쓸 여자라고 구시렁거릴 자격도 나한테는 없는 거다. 남편으로서 해야 할 도리를 외면하고 아비로서 딸자식에게 해야 할 도리를 못했던 내가 지금 몸이 아파 누워 있는 형편이라 해서 엄마를 몹쓸 사람으로 몰아붙인다는 것도 벼락 맞을 일이 아니겠나. 어디 그뿐이겠나. 나는 아무렇지도 않은 처자식을 공연히 내쫓은 못된 전력이 있는 사람이 아니겠나. 어진이 너도 살다보면, 귀에 대고 속삭이며 말하는 사람이 있을 거야. 그러나 귓속말로 속삭이는 사람을 조심해라. 속삭이는 사람을 뒤따라가다보면 반드시 비명을 지르는 일이 생긴다. 나를 봐라, 그런 사람만 뒤따라다니다가 몸에 병이 붙은 것도 몰랐고, 집구석이 풍비박산되는 것조차 눈치채지 못하고 있었다.”

잠시 침묵이 흘렀다. 밥이 쉬는 듯한 비릿한 냄새가 벌레처럼 그 침묵의 공간에 스멀스멀 기어다니고 있었다. 아버지는 흐릿한 시선으로 천장을 응시하고 있었고, 나는 아버지가 덮고 있는 이불자락을 만지작거리고 있었다. 그때 내 입에서 전혀 예견할 수 없었던 한마디가 나도 모르게 흘러나왔다.

"하지만…… 엄마가 보고 싶어요."

천장만 응시하고 있던 아버지의 시선은 그대로 고정되어버렸다. 물론 귀를 의심했으나 되묻지는 않았다. 나에게도 어머니에 대한 적대감이 넘치도록 자리잡고 있으리라고 생각했을 것이다. 몇 개월이 아니라, 몇 년까지 모습을 드러내지 않는다 할지라도 내 입에서 어머니가 보고 싶다는 말을 듣기는 어려울 줄 알았을 것이다. 그런데 그 짐작이 빗나가버린 것에 적잖이 당혹스러웠을 것이다. 뿐만 아니라, 내가 불쑥 내뱉은 한마디에는 어머니에 대한 생물적인 그리움이 묻어나고 있다는 것을 눈치챘을 게 분명했다. 아버지는 말머리를 재빨리 돌려버렸다.

"어진아, 내 발이 이불 밖으로 나온 것 같다."

나는 재빨리 이불자락으로 아버지 발등을 덮어주었다. 아버지 눈 가장자리에 눈물자국이 번지고 있는 것을 나는 미처 보지 못했다. 그러나 이튿날도 어머니는 돌아오지 않았고, 아버지 몸은 가오리가 모래펄을 헤집고 숨어들듯 자꾸만 이부자리 속으로 잦아드는 것 같았다. 연기처럼 흩어져버릴 것 같은 아버지의 가련한 모습이 시선에 느껴질수록 나는 더욱 어머니가 보고 싶었다. 어머니만이 아버지의 그런 모습을 다시 일으켜세울 수 있는 능력을 가진 것 같았기 때문이다. 뿐만 아니라, 이젠 어머니란 이름을 가진 존재가 정말 보고 싶었다. 어머니는 그즈음 내가 상상할 수 없는 곳에서 뭔가 엉뚱한 일을 벌이고 있을지도 모른다는 것을 짐작하고 있었으나, 아버지가 생각하고 있는 것처럼 부정한 일을 저지르고 있다고 생각하진 않았다. 띄엄띄엄 집에 모습을 드러냈다가 어느 날 깨어보면, 바람같이 자취를 감추곤 했던 아버지의 존재도 오히려 어머니에겐 외간남자나 다름없었을 것이다. 뚜껑 열린 채로 넘어진 병에서 물 쏟아지듯, 한번 그립기 시작하면 더욱 간절하게 그리운 것이었다. 그래서 나는 다시 한번 아버지를 채근했다.

"아빠, 엄마가 정말 보고 싶어요."

물론 아버지는 지난밤처럼 아무런 대꾸가 없었다. 그러나 잊어버리고 있었던 것은 아니었다. 그날 밤이 지났다. 이튿날 잠에서 깨어난 아버지는 주섬주섬 옷을 갈아입으며 외출할 준비를 갖추기 시작했다. 곁부축을 받아야 겨우 자리에서 일어나곤 했는데, 그날 아침의 행동은 활기찼던 지난날의 거동과 조금도 다르지 않았다. 언제 어디서 그런 기력을 차릴 수 있었던 것인지 어리둥절할 정도였다. 길 떠날 행장을 갖춘 아버지는 나를 불러 손을 잡으며 말했다.

"니가 엄마를 그렇게 보고 싶어할 줄은 몰랐다. 내 나름대로 너도 엄마를 단념했겠거니 생각하고 있었던 게 불찰이었다. 혈육의 인연을 속일 수 없다는 것을 니가 나한테 가르쳐준 꼴이 되고 말았다. 그래서 나는 보고 싶지 않지만 니를 생각해서 엄마한테 데리고 가기로 작정했다. 그래서 그런지 도저히 자리에서 일어나지 못할 것 같았는데, 마음 한번 다잡아먹으니까 언제 그랬느냐는 듯이 가뿐하게 일어나게 되었다. 모두가 니 덕분이다."

초겨울 쇠잔한 햇볕 아래 드러난 아버지의 몰골은 파리하고 초췌했다. 마당으로 끌려나와 햇볕 아래 노출되어 있는 오래된 가재도구들처럼 아버지의 모습은 구질구질하고 옹색했다. 아버지는 정맥이 선명하게 드러난 손으로 다시 내 손을 잡았다. 지난번 언젠가 어머니를 건성으로 찾아나섰다가 차비만 날리고 집으로 돌아왔던 기억을 아버지는 떠올린 것 같았다.

"지난번처럼 공연히 허탕치고 돌아오는 변고는 겪지 않을게다. 사실은 그때도 뒤쫓을 마음만 굳게 먹었더라면, 엄마를 충분히 찾아낼 수 있었다. 그러나 내가 마음을 고쳐먹고 단념하고 말았기에 너한테는 허탕친 꼴이 되었다. 사람 살아간다는 게 참으로 이상하고 희한하다. 내하고 니 엄마는 명색이 부부간이 아니겠나? 그런데 부부지간이라는 사람들이 한곳에 모여 살기가 이토록 어렵게 되어버렸다. 이게 어디 남남간이지 부부간이라 할 수 있겠나. 길거리를 막아놓고 물어보아도 우리 두 사람을 두고 부부간이라고 쉽게 말할 사람은 없을 것 같다. 이혼해서 남남으로 갈라선 처지들도 아니면서 부부끼리 서로 밥 먹고 누워 자고 있는 곳을 몰라 이처럼 찾아헤매는 것이 흔한 일은 아니다. 그런데 이런 희귀한 일도 있기는 하다는 게 괴이하다. 이런 처지라면 그만 서로 상의해서 돌아서고 깨끗이 관계를 청산하는 것이 좋을 텐데, 이렇게 찜찜하게 살아가야 한다는 것도 이상한 일이다. 우리 부부가 이렇게 어정쩡하게 된 것은 아마도 슬하에 둔 너 때문이란 생각도 든다만, 가만히 생각해보면 그것뿐만은 아니란 생각도 든다. 어쨌든 이번에는 엄마를 꼭 보게 될 것이니, 걱정 말고 혹여 엄마와 마주친다 하더라도 집으로 가자고 조르지는 말아라. 니가 졸라대면 엄마는 더욱 기승이 나서 변덕이 죽 끓듯하고 나한테 앙갚음하지 못해서 강짜를 놓을 생각만 하게 될 것이야."

물론 그중에는 내가 알아들을 수 있는 말도 있었고, 도무지 뜻 모를 말도 없지 않았다. 우리 두 사람이 여행을 떠날 때는 언제나 그랬던 것처럼 아버지는 어떤 경우라도 내 손을 놓지 않았다. 버스에 오를 때도 그랬고, 버스에서 좌석을 찾아 앉

으면 우리는 또다시 손을 잡고 놓지 않았다. 버스를 오를 때
혹은 버스를 기다리고 있을 때도 같은 마을에 살고 있는 사람
들과 마주칠 때가 있었다. 개중에는 서로 안면을 트고 지내는
사람들도 있었고, 그렇지 못한 사람들도 있었다. 그러나 안면
을 트고 지내는 사람들도 아버지와 눈이 마주치면 시늉으로
만 알은체를 하거나 아예 고개를 돌려버릴 만치 철저하게 따
돌림을 했다. 그것은 물론 아버지가 자초한 것이었다.

아버지도 그런 낌새를 알고 있었지만 팔자려니 하며 대수
롭지 않게 여겼다. 그러나 아버지도 판돈이 큰 투전판에 자리
잡고 앉으면 얼굴에 생기가 돌고 두 눈은 두려움 없이 반짝거
리고 누구에게나 친절하고 상냥했다. 아버지 주변은, 사람이
란 겉과 속이 달라야 살아남는다는 무서운 진리를 깨우친 사
람들의 천국이었다. 그들은 사교성과 사기성을 최고의 가치
관으로 알고 살아가는 사람들이었다. 눈이 째졌거나, 귀밑에
섬뜩한 칼자국이 있거나, 광대뼈가 유난히 튀어나왔거나, 언
제나 상대를 잡아먹겠다고 벼르며 이빨을 악물고 있는 것이
그들 천국에 살고 있는 사람들의 대체적인 모습이었다. 지켜
야 할 도덕률 따위는 아예 없었기 때문에 오히려 범죄자가 없
는 그들만의 역설적 천국이 거기 있었다. 위험을 무릅쓰면서
까지 그런 대칭도 맞지 않고 균형도 맞지 않는 위태로운 인간
들의 조합에서 진작 손을 떼지 못하고 있는 까닭은 그들 천국

에서 속삭이듯 내뿜는 비극적 향기 때문이었다. 그 향기는 바로 삭을 줄 모르는 긴장감을 동반하고 있으며 그것에서 아버지는 쾌락을 느끼고 있었다. 그 천국에서 아버지의 사교성은 단연 눈부셨다.

아버지가 판돈을 거두게 되면 개평에도 인색하지 않았다. 노골적으로 딴죽을 걸고 드는 타짜꾼이라도 있으면, 어머나 싶도록 넉넉하게 찔러주었다. 그러한 배려와 관대함에는, 그것이 식구들과의 연대감을 넓혀나가는 길이라고 아버지는 믿고 있었기 때문에 허물이 있을 수도 없었다. 계산이 빠르다거나 인색하고 쩨쩨한 사람으로 지목받게 되면 자신의 휘하에 따르는 사람이 없기 마련이었다. 노름꾼들 사이에서 더 넓은 공간을 차지하려는 경쟁심은 심각할 정도였다. 그런 것 때문에 소름끼치는 대화도 아무렇지 않게 오간다. 추위에 떠는 원숭이 가족처럼 무릎을 비비며 조여앉아 끗수를 다투다간 속임수가 금방 들통나기 쉬워진다. 더 넓은 공간을 차지할 수 있을 때는 상대들에게 하찮은 존재로 보이지도 않을뿐더러 속임수를 쓰기에도 편리한 것이다. 관대하고 인색하지 않아야만 노름판에서 많은 공간을 양보받을 수 있는 것이다. 그 모든 것들이 다른 사람들이 볼 적에는 고리타분하고 저속하고 통속적이겠지만 아버지와 같이 어울려 떠돌아다니는 그들 세계에선 고결한 진실이었다. 그러므로 노름판을 떠나 있는 아버지의 가치는 뿌리째 뽑혀 밭둑에 내던져져 말라가는 한 뿌리 질경이에 불과했다. 아버지에게서 배울 점은, 그 천국에서 살지 않는 사람들로부터 혹독한 푸대접을 받는 한이 있더라도 찔끔하기는커녕 눈길 한번 돌리지 않는 도도함에 있었다. 누가 뭐라고 비난하거나 매도하든 어떤 취급을 하든 아버지와는 상관없는 일이었다.

우리는 또다시 흔들리고 삐걱거리는 버스의 요동에 몸을 내맡긴 채 차창 밖으로 스쳐가는 초겨울의 헐벗은 풍경에 시선을 빼앗기고 있었다.

"머지않아 눈도 내리겠구나……"

가까이 다가왔다가 다시 멀어지는 것을 반복하는 단조로운 풍경을 물끄러미 바라보고 있던 아버지가 혼잣소리를 했다. 그리고 이제까지 전혀 듣지 못했던 한마디를 툭 내뱉었다.

"중매쟁이 극성에 못 이겨 니 엄마하고 혼례를 치른 것이 바로 이런 때였다. 엄마 친정인 여인숙 마당에서 혼례를 치르는데, 오늘처럼 날씨가 쌀쌀해서 떨기도 무척 떨었다. 그런데 엄마는 떨기는커녕 혼례식이 끝날 때까지 나한테서 눈을 떼지 않더라. 나만 빤히 바라보고 있었던 속내가 무엇이었는지 지금까지 알 수 없다. 엄마가 스물아홉 살 때 일이다. 과년해서 그랬는지 몰라도 남들은 혼례를 치르자마자 아이를 쑥쑥 잘도 낳는데, 엄마는 혼례를 치르고도 몇 년이나 애를 태우며

250

뜸을 들인 다음에야 너를 임신했다. 아이가 그렇게 늦었던 것은 엄마를 집에 두고 객지로만 떠돌았던 불상사 때문이었는지 내가 남자구실이 부실했던 탓인지 알 수 없는 일이야. 사실은 그 중매쟁이가 엄마를 나한테 데리고 온 이전 일은 난 잘 모른다. 친정이 충청도인지 경상도인지 그것도 몰랐다. 그 중매쟁이가 시키는 대로 여인숙집 딸하고 혼례 치르고 같이 살게 된 것이야. 내가 옛날에는 내로라했던 대갓집 후손인데, 그중에는 나같이 맹물 같은 사람도 있는 거다."

우리는 한 시간을 덜컹거리는 버스에 시달린 끝에 수채 냄새와 기름 냄새가 코를 찌르는 버스터미널에서 내렸다. 작은 면소재지 같았다. 그 거리에서 눈에 보이는 것은 하나뿐이었다. 잡화상점, 파출소, 우체국, 초등학교, 철물점, 대장간, 건어물상점, 포목점, 어두운 약국 같은 상점들이 거리로 이마를 내놓고 한가롭게 앉아 있었다. 아버지는 내 손을 잡고 무거리떡에 콩 박혀 있듯 그런 상점들이 띄엄띄엄 박혀 있는 큰길을 한동안 걸어갔다.

이처럼 낯선 고장에서 어머니를 만나게 된다는 사실이 내 가슴을 두근거리게 만들었다. 아버지도 나와 같은 처지인지도 모른다는 생각이 들었다. 그렇기 때문에 병석에 꼼짝없이 누워 있던 사람이 한 시간 이상이나 덜컹거리는 버스에 시달렸으면서도 끄떡없이 견뎌내고 있는지도 몰랐다. 그런 흥분이나 기대가 없었다면 견뎌내기 힘든 여정이었을 것이다. 한동안 거리를 걸어간 우리는 왼쪽으로 뚫려 있는 작은 골목길을 만났다. 그리고 다시 한참이나 걸었다. 아버지는 어머니가 거처하고 있는 곳을 거울 속 들여다보는 것처럼 정확하게 꿰고 있었다. 어머니가 아버지의 거처를 그때마다 꿰고 있었던 것처럼. 그때야 나는 아버지에게 잡혀 있는 손바닥이 땀으로 젖고 있다는 것을 깨달았다. 그것은 내가 흘린 땀이 아니었다. 아버지가 흘린 식은땀이었다. 아버지의 여정이 힘에 겨웠다는 것을 내가 못 알아챘을 리 없었다. 가슴이 뜨끔했던 나머지 아버지에게 물었다.

"아빠 괜찮으세요? 여기 좀 앉아서 쉬다 가요."

"쉴 것 없다. 조금만 가면 된다. 그때 쉬어도 안 되겠나."

아버지의 두 다리가 눈에 띄게 후들후들 떨리고 있었다. 얼굴은 더욱 파리하게 가시고 손바닥에 고여 있던 식은땀은 여전했다. 어머니가 보고 싶다고 보챘던 것이 후회되었다.

"아빠, 여기서 쉬어가요."

"자, 이제 다 왔다. 저기 함석지붕에 굴뚝 솟아오른 집이 보이지?"

정말 작은 공터를 사이하고 있는 거리에 나란하게 늘어선 찌그러진 가옥들이 바라보이고 그 가옥들 사이에 함석지붕을 얹은 집이 보였다.

"저 집에 가면 엄마를 볼 수 있을 게다. 이번에는 틀림없을 것이야. 그 집 가서 엄마, 하고 불러보아라. 그러나 떠날 때부터 말했지? 절대로 엄마보고 집에 가자고 매달리지 마라. 내가 여기 와서 기다리고 있다는 얘기도 발설하면 안 된다."

아버지가 종주먹을 대며 강다짐을 할수록 내 귀에는 어머니를 만나면 반드시 집으로 가자고 채근해보라는 소리처럼 들렸다. 그리고 아버지가 멀찌감치 서서 기다리고 있다는 것을 말하라는 것처럼 들렸다. 나는 몹시 혼란스러웠다. 어머니를 만나야 하는 일에 아버지는 왜 몰래 숨어 있어야 하는 것인지. 그리고 나 자신도 어째서 염탐꾼처럼 몰래 어머니를 만나야 하는 것인지 꺼림칙했다. 만나야 할 사람은 내 어머니가 분명했다. 남의 소유를 꿔다가 어머니로 앉힌 것도 아니었다. 아버지와 남몰래 혼인을 한 사이는 더욱 아니었을 것이다. 그래서 나는 냉큼 발짝을 떼지 못하고 있었다. 어쩐 셈인지 두렵고 무서웠다. 이제 와서 이토록 내키지 않을 줄 알았으면 처음부터 오지 말걸 하는 후회마저 들었다. 그러나 그런 생각이 들면 들수록 마음 한편으로는 어머니가 간절하게 보고 싶어지는 것이었다. 정말 그 함석지붕을 올린 집에 어머니가 있을 것인지 의구심이 들기도 했다. 아버지가 재촉하고 있었다.

"왜? 누가 뛰어나올까봐 무서우냐?"

"……"

"그럼 왜 여기까지 와서 꼼짝 않고 서 있느냐?"

"아빠도 같이 가면 안 돼요?"

"나는 엄마 보고 싶다는 말 한 적 없다. 니가 보고 싶다 해서 내가 무리해서 여기까지 온 것 아니냐."

"나도 이젠 안 보고 싶어요."

"거짓말하면 못쓴다. 어서 가봐. 니 엄마가 저 집에 없을까 걱정돼서 주저하고 있다면 그런 괜한 걱정은 말고. 내가 너를 데리고 여기까지 왔다는 것을 니 엄마가 알아채면 코빼기도 안 내밀 것이다. 그래서 너 혼자 가보라는 거야."

아버지가 간절하게 나를 설득했다. 그러나 어쩐 셈인지 어머니를 지척에 두고 있는 지금 갑자기 어머니가 보고 싶지 않았다. 재촉에도 불구하고 아버지의 손을 놓지 않았다. 아버지는 혀를 끌끌 차며 나를 이끌고 남의 집 툇마루로 가서 앉았다. 그리고 잠시 말없이 앉아 있었다. 아버지의 거친 숨소리가 선명하게 짚여왔다. 바람이 쌀쌀해서 그런지 아버지 역시 떨고 있었다. 손을 자신의 가슴에 대고 거칠게 반복되고 있는 호흡을 가라앉히고 있었다.

"어디 가서 요기나 하고 보자. 배가 고프구나."

"나는 배 안 고파요."

"너를 억지로 그 집으로 들어가보라고 등을 떠밀지는 않을 것이니 걱정 말거라. 엄마 안 보고 싶거든 안 가도 된다."

아버지는 나를 잡아끌었다. 그리고 길거리에 있는 작은 식당으로 들어가서 국밥 한 그릇을 주문했다. 아버지는 숟가락을 들고 먹는 시늉만 하면서, 수저질이 바쁜 나를 물끄러미 바라보았다. 그때 식당 밖 거리로 아이들이 와 하고 소리지르며 달려가고 있었다. 아버지는 내가 그릇을 비우는 것을 기다렸다가 말했다.

"집으로 돌아가자. 나도 찬바람 속에 너무 오래 있지는 못할 것 같다."

우리는 식당을 나섰다. 그 순간만은 차가운 겨울바람이 싫지 않았다. 그 신선한 바람 속에는 육체적 쾌감을 안기는 마약이 스며있는 것처럼 느껴졌다. 다시 함석지붕집이 시선에 들어왔다. 그런데 함석집에서는 조금 전과 다른 풍경이 연출되고 있었다. 굴뚝에서는 연기가 나고 있었고, 지붕 뒤쪽 끝 멀리로 가오리연 두 개가 바람에 곤두박질치며 날고 있었다. 아버지와 나는 발걸음을 멈추고 바람에 솟구쳤다가 소용돌이치며 곤두박히곤 하는 두 개의 연을 바라보았다. 뜨거운 국밥으로 속을 채웠기 때문인지 떨리던 몸이 후끈하게 더워왔다. 그때, 내 입에서 자신도 모를 한마디가 불쑥 튀어나왔다.

"엄마한테 가볼래요."

내 변덕에도 아버지는 초연했다. 무표정으로 딸을 내려다보더니, 가만히 내 등을 떠밀어주었다. 나는 줄이 끊어져 제

멋대로 바람에 날리는 가오리연처럼 폴싹폴싹 뛰면서 함석지붕집으로 걸어갔다. 그리고 집을 바로 코앞에 두고 한번 뒤돌아보았다. 아버지는 골목 들머리에 그린 듯이 꼼짝 않고 서 있었다. 그리고 뒤돌아보는 나를 향해 어서 가라는 듯이 손사래를 치고 있었다. 문득 이로써 아버지와는 영원히 이별하는 것은 아닌지 불길한 생각이 들었다. 그러나 지금 다시 되돌아가기에는 너무 멀리 와버렸다는 생각도 들었다. 함석지붕집에는 역시 함석을 서로 잇대어 만든 작은 대문이 있었다. 그러나 그 대문은 닫혀 있지 않아 손쉽게 뜰 안으로 들어갈 수 있었다. 마당은 지저분했다. 쓰레기를 비롯한 잡동사니들 그리고 호미나 삽 같은 연모들이 뒤섞여 여기저기에서 뒹굴고 있었다. 그러나 툇마루는 방금 물걸레질을 한 것처럼 반들거렸다. 집 안은 너무나 조용했다. 가만히 귀를 기울이자 집 동쪽 끝에 있는 방으로부터 도란도란하는 사람의 말소리가 들려왔다.

나는 까치발을 하고 말소리가 들려오는 방의 툇마루 앞으로 다가갔다. 바람이 불어 마당에 뒹구는 쓰레기들을 한데 모아 맞은편 담벼락 아래로 야금야금 밀고 나갔다. 몸을 낮추고 툇마루 아래를 살펴보았다. 먼지 냄새가 설핏한 그곳에는 어른들의 신발 몇 짝이 어지럽게 뒹굴고 있었다. 이 집에는 제멋대로 뒹굴고 있는 것이 많다는 생각을 했다. 여자의 신발도 있었고 남자의 신발들도 보였다. 그중에는 눈에 익은 신발도 있었다. 그 신발을 발견하는 순간 나는 가슴이 덜컹 내려앉았다. 얼른 손을 내밀어 그 엎어진 신발을 거두어 섬돌 위에다 가지런하게 놓았다.

어머니는 외박에서 돌아오면 냉큼 신발부터 벗은 뒤 나를 불러 씻도록 명령했다. 그것은 어머니가 집으로 돌아올 적마다 반드시 치러야 할 의식처럼 진행되었다. 나 역시 응당 그래야 하는 것처럼 신발을 받아 우물가로 갔다. 그 신발에서는 어머니의 체온에서 흘러든 발냄새가 아닌 낯선 먼지 냄새가 났다. 물론 그 냄새의 정체를 알 수 없었다. 다만 내가 살고 있던 산골마을 어디에서도 정체를 찾아낼 수 없는, 멀고먼 고장에서 묻혀온 냄새라는 생각이 들었다. 어머니도 그 냄새의 의외성을 눈치채고 있었기 때문에 재빨리 지우고 싶었을 것이다. 내가 다 씻은 신발을 가져다 보이면, 코를 신발에 갖다 대고 개들이 그랬던 것처럼 객지에서 묻혀온 냄새가 모두 제거되었는지 점검해보았다.

툇마루 위에는 추녀 끝을 가로질러 쳐둔 빨랫줄이 바라보였다. 아이들의 옷으로 보이는 옷가지들은 보이지 않았다. 어른들 것으로 보이는 속내의 몇 벌이 바람에 부대끼며 팔락거리고 있었다. 나는 흔들리고 있는 내복들을 바라보았다. 체구가 큰 사람들이 입을 만한 내복들인 것은 분명했다. 하지만 어머니의 것으로 짐작되는 것은 없었다. 방 안에서는 역시 사람들의 말소리가 들려오고 있었다. 그러나 가까이서나 멀리서나 그 말들을 알아들을 수는 없었다. 나는 섬돌로 다가갔다. 그리고 신발 안에 두 손을 집어넣었다. 처음에는 고무에서 나오는 차가운 기운 때문에 손이 시릴 정도였다. 그러나 오래 손을 빼지 않고 있으려니, 손과 함께 차갑던 고무신도 따뜻해졌다.

아버지의 말대로 나는 스스로 나이에 걸맞지 않게 조숙한 아이라는 생각을 하기 시작했다. 조숙이란 말이 정확히 무엇인지 알 수 없었으나, 어떤 일이든 함부로 저지르지 않는다는 뜻도 거기에 담겨 있다고 생각했다. 내 손에서 흘러나온 온기로 고무신이 덥혀지고 덥혀진 고무신에서 되돌아나온 온기가 다시 내 손바닥에 옮겨지고 있다고 생각했다. 그때였다. 사람의 목소리만 겨우 알아들을 정도로 나지막하게 이어지던 방 안의 대화가 갑자기 또렷하게 들려왔다. 소리에 놀란 나는 재빨리 대문 쪽으로 물러났다. 우렁찼으나 듣기 거북한 남자의 욕설이 들려왔다. 내 귀는 바늘 끝처럼 곤두서 있었다.

"이봐 최씨, 그 개 같은 소리 집어치워."

분명 여자를 가리켜 내쏟는 면박이었다. 그러나 여자의 대꾸는 없었다.

"당신네 병통이 뭔지 알어? 쥐뿔도 없는 주제에 잘난 체하는 거야."

"……"

"뭐 이런 여자가 있어. 이 손 치우지 못해? 그런다고 내가 당신을 쉽게 놓아줄 것 같어? 어림 반푼어치도 없지."

그런데도 여자는 역시 아무런 대꾸가 없었다. 남자의 말대로 잘난 체하는 여자라면 남자의 욕설에 대뜸 맞받아칠 수 있는 대담함도 갖추고 있어야 했다. 그러나 여자의 대응은 우는 것으로 대신하고 있었다.

"이 방에서 한 발자국만 나갔다간 봐라. 다리몽둥이를 작신 분질러놓을 것이야. 이봐, 당신도 낯짝이 있는 여자야? 일이 년도 아닌 몇 년 동안 감언이설로 나를 꼬드겨서 사냥개 부리듯 이용해 먹었으면 이제 와선 대가를 치러야 할 것 아냐. 배용태 전처가 어디서 살고 있는지 수배해달라면 국가적 정보망을 이용해서 득달같이 찾아주었고, 채권자들이 몰려올 낌새가 보이면 그 또한 공갈쳐서 가로막아준 적도 있었지. 배용태 거처를 수배해달라면 헌신적으로 염탐해서 알려줬잖아. 어디 그뿐인가. 배용태를 언제든지 연행할 수 있었는데, 당신이 그때마다 가로막고 나서서 기회를 놓친 것이 그 동안만도 수십 번이야. 그건 당신도 알지? 그런데 이제 와서 명줄이 기릉가릉하는 배용태를 잡아가도 좋다고? 내가 당신 속셈을 모를 줄 알아? 그놈 잡아가서 유치장에 며칠만 가둬두면 여축

없이 송장 될 거 아냐. 그땐 내가 죽였다고 덮어씌워서 날 쇠고랑 차게 만들 것이란 걸 지금은 내가 알아차리게 되었어. 내가 속 빈 강정이었어. 겉으로만 똑똑하고 대담한 척했던 거지. 여우 같은 여자한테 걸려들어서 몇 년 동안 두 눈을 빤히 뜨고 병신 노릇한 거야. 그러나 이제는 안 돼. 난 어떤 식으로든 보상받아야 해. 심지어 당신 나한테까지 꿔가고 갚지 않은 돈이 있잖아. 호랑이 입에 들어 있는 돈까지 빼먹은 당신 말이야. 정말 보통여자가 아니야.”

“나를 놓아주십시오. 사람이 병석에 누워 있지 않습니까.”

“그 자식은 진작 뒈져야 할 놈이었어. 죽도록 내버려둬도 당신더러 못돼먹은 악처라고 손가락질할 사람 없어.”

“사람의 도리가 아닙니다. 대가는 살아가면서 갚지요. 숙맥 같은 계집이 남편 뒤치다꺼리 해주겠다고 애면글면 나섰던 게 불찰이었습니다.”

“그 말을 내가 액면 그대로 받아들일 것 같아? 당신한테 지금까지 얼마나 속아왔는데, 그 말을 믿으란 거야?”

여자가 울음을 터뜨리자, 남자는 더욱 기세등등해서 기름진 욕설을 퍼붓기 시작했다. 그제야 나는 눈앞이 콱 막혔다. 사람을 비틀어무는 듯한 그 목소리는 귀에 익었고, 그것이 지난날 우리 집을 무시로 드나들며 어머니를 괴롭히던 조형사의 목소리라는 것을 깨달았기 때문이었다. 회오리바람이 내 몸을 한 바퀴 거세게 휘감아 아득하게 빠져나가는 듯했다. 우는 목소리로 어머니가 말했다.

"내가 생각해도 모르겠네요. 내가 어쩌다 이렇게 되었는지……"

"배용태 그 자식 징역살이시키지 않겠다고 하루가 멀다 하고 날 만나고 다니다가 이렇게 된 거 몰라서 물어?"

"배용태는 못 잡았지만, 나를 잡고 있지 않습니까."

"그런 소리 작작해. 당신 손바닥 위에서 놀아나다가 직장에서 쫓겨난 것은 생각 안 해? 월급은 나라에서 받아먹으면서 하는 일은 당신 심부름꾼밖에 더 됐어? 빈둥빈둥 놀아도 월급 꼬박꼬박 나오는 직장에서 쫓겨나 개새끼도 거들떠보지 않는 백수가 될 줄 누가 알았겠어. 내가 구미호한테 홀렸던 거야."

나는 쫓기듯 대문을 나섰다. 멀리 아버지의 모습이 바라보였다. 골목 들머리에 있는 담벼락 아래 기대어 조는 듯이 앉아 있었다. 내 손을 놓아주었던 그 자리에서 조금도 비켜나지 않고 있었다. 다른 것이 있다면, 이쪽과는 등을 돌린 채 앉아 있는 것이었다. 내가 가까이 걸어가는 인기척을 느꼈을 것인데도 아버지는 등 돌리고 쪼그린 자세로 미동도 않고 있었다. 그 동안 스스로 몸을 일으켜 지팡이를 짚고 있긴 했지만, 선 채로 나를 기다리고 있기에는 근력이 미치지 못했던 게 분명했다.

아버지의 눈 가장자리는 눈물로 젖어 있었다. 메마른 피부를 타고 흘러내린 눈물이 볼을 적시고 있었다. 응당 어머니를 만났느냐고 물었어야 했는데, 아버지는 묻지 않았다. 나 역시 마찬가지였다. 아버지가 왜 눈물을 훔치고 있었는지 궁금하지 않았다. 아버지도 어머니를 만나고 싶었을 것이었다. 그러나 조형사라는 사람 앞에 모습을 드러낼 수 없었을 것이다. 그래서 아버지가 할 수 있었던 일은 담벼락 아래 몸을 숨기고 앉아 눈물을 훔치는 것뿐이었다. 눈물이 그렁그렁해진 나는 떨리는 목소리로 간신히 물었다.

"아빠, 엄마가 왜 저 집에 붙들려 있어요?"

발부리에 시선을 떨구고 있던 아버지가 말했다.

"엄마가 붙들려 있다고? 그건 니가 잘못 들은 소리다. 엄마가 붙들려 있는 게 아니다. 조형사 그놈이 밖으로 쏘다니지 못하도록 엄마가 붙잡고 있는 것이지."

"그 사람이 엄마를 나가지 못하게 붙잡고 있던데요?"

"너가 보기엔 그렇게 보일 수도 있겠지. 그러나 알고 보면 엄마가 조형사를 잡고 있는 게다. 틀림없다."

"아빠가 가서 엄마 데리고 오세요."

"내가 조형사놈 앞에 나타나게 되면 나는 곱다시 감옥으로 가야 한다. 내가 잡혀가는 것을 막으려고 엄마가 그 화근덩어리 바짓가랑이를 붙잡고 있는 게다. 엄마가 공연히 그 집에 묵고 있는 게 아니다. 이제 그만 가자."

서둘러 집으로 돌아온 아버지는 드디어 회복이 불가능하다는 징조를 확연하게 보여주었다. 그날의 외출이 병환을 악화시키는데 결정적인 기여를 한 셈이었다. 뼈만 남았다 할 정도로 수척한 얼굴에 푸른 이끼가 덮인 것 같았고, 한번 벌어진 입을 다물 기력조차 없었다. 아버지의 육신은 이제 실낱같은 생명줄에 가까스로 매달려 작은 바람결에도 떨리는 번데기집이나 다름없었다. 그날의 외출에서 돌아온 이튿날이었다. 아버지는 나를 곁으로 불러 앉혔다.

"어진이 고생이 많다. 너도 알고 있겠지만, 내가 진작 털고 일어날 것 같지는 않다. 그러니 내 말 잘 들어라. 언젠가 내가 너한테 넌지시 일러준 말이 있었지? 너보다 한 열서너 살쯤 더 먹은 손위 언니가 있다고. 너는 어진이지만, 갸 이름은 수진이다. 그 수진이가 나하고 이별한 뒤 지금까지 어디서 살고 있는지 도무지 오리무중이었다. 무얼 먹고사는지 죽었는지 살았는지 도통 알 수가 없었다. 내가 사람 찾는 데 숙맥이라는 것은 너도 알고 있지 않나. 니 엄마 거처도 못 찾아내는 미욱한 사람이 내쫓아버린 여편네의 거처를 무슨 재간으로 찾아내겠나. 그럴 염치도 없고…… 그런데 얼마 전 수소문 끝에 니 언니 되는 수진이 거처를 알게 됐다."

그 대목에서 아버지는 기침을 쏟아내기 시작했다. 한번 시작된 기침은 좀처럼 그칠 줄 모르고 아버지 복장을 손톱으로 할퀴듯 긁어댔다. 나는 아버지를 곁부축하여 이부자리에 눕혔다. 이웃 사람들이 가르쳐준 대로 하루에도 몇 번쯤 아버지 이부자리 아래로 손을 넣어보았다. 그리고 고개를 되돌리고 앉아 하염없이 바람벽을 바라보곤 했다. 아버지의 늘어진 척추와 이부자리 사이에 공간이 없으면 숨을 거둘 시간이 머지 않았다는 뜻이었다. 척추를 버틸 수 있는 기력이 빠져버리면 척추와 이부자리가 서로 밀착되기 마련이었다.

그러던 어느 날이었다. 다행스럽게도 유령처럼 소리없이 어머니가 집에 모습을 드러냈다. 나는 무덤덤한 얼굴로 돌아온 어머니를 바라보기만 했다. 그날부터 아버지의 장례 준비가 시작되었고, 처음으로 착수한 일이 있었다. 명줄이 끊어져가는 아버지를 병석에 뉘어놓은 채 뒤뜰의 오동나무를 베어낼 궁리부터 했던 게 그것이었다. 마을을 수소문하고 다녔으나 품삯을 넉넉히 준다는데도 나무를 베어줄 인부를 수배할 수 없었다. 오래된 고목을 베어내는 일에 선뜻 반기고 나서줄 사람이 없었다. 고목에 도끼질을 하다가 멀쩡했던 사람이 그 자리에서 피를 토하고 즉사하고 말았다는 아버지의 말이 생각났다. 그러나 어머니는 읍내까지 나가서 인부들을 수소문하고 다녔다. 아버지가 숨을 거두기 전에 나무를 베어내야겠다는 어머니의 의지는 굽혀질 것 같지 않았다. 나무를 손가락질하며 어머니는 묻지도 않는 말을 했다.

"니 아빠가 대갓집 장손이라고 땅땅 벼르던 말은 모두 터무니없는 거짓말이었다. 이웃 사람들이 니 아빠를 하찮은 상놈으로 천대할까봐서 궁리 끝에 지어낸 말에 불과했다. 옛날부터 안채다 사랑채다 행랑채다 해서 집 칸수가 많고 뒤뜰이 넓은 대갓집에 저 나무를 심었다는 말은 틀리지 않았다. 그러나 이 집에 언제 어떤 놈이 오동나무를 심었는지 알 수 없었지만, 저 나무가 우연히 우리 집 뒤뜰에 서 있었던 게 불찰이었다. 니 아빠가 저 나무를 핑계삼아 자기가 대갓집 후손인 것처럼 거짓말을 만들어낸 것까지는 좋았다. 하지만 집안에서 아들을 낳으면 나중에 집 지을 때 대들보로 쓰라고 소나무를 심었고, 딸을 낳으면 오동나무를 심었던 게야. 시집갈 때 장롱을 짜서 보내려고. 저 나무는 벌레도 좀처럼 꼬이지 않고 목재로서도 가볍거든. 하필이면 집에 오동나무가 있어서 이 집으로 시집온 여자들이 줄줄이 딸만 낳았던 게야. 그래서 내가 진작부터 저 원수 같은 나무를 베어버리자고 귀가 따갑도록 일러주었는데도 아빠가 들은 척도 안 했다. 어디 그 뿐이냐, 나무 얘기만 나오면 날 잡아먹을 듯이 노려보던 것은 너도 보았지? 왜 그랬는지 알겠냐? 저 나무가 없어지면 니 아빠가 허세를 부릴 명분이 없어지기 때문이다. 원래 니 아빠는 문벌이 하찮은 집에서 태어난 사람이었다. 그나마 저 나무를 베어내고 그 자리에다 키가 훌쩍 큰 소나무 한 그루 심었더라면 사내아이를 낳았을지 누가 알겠냐. 니 아빠는 집안의 대를 이어줄 사내아이 낳는 것보다, 지금 당장 허세부리고 거들먹거리는 일이 더 조급했던 것이야. 평생 동안 자기만 생각하는 그런 사람이었다."

"아빠한테 그런 터무니없는 거짓말을 떠들고 다니지 말라고 말했더라면, 진작 버릇을 고칠 수도 있었을 텐데……"

"이제 와선 후회가 된다만 니 아빠가 내 말을 듣고 낙담할까봐서 차마 말 못 하겠더라. 나한테는 하늘 같은 사람인데, 어찌 면전에 대고 바른말을 할 수 있었겠나."

"아빠가 거짓말을 밥 먹듯이 떠들고 다닌 것에는 엄마 책임도 있네요."

"니네 아빠 사기 떨어지고 기가 빠지는 말은 하기 싫더라. 하긴 지금 와선 후회한다만."

어머니는 오동나무를 끝까지 저주하였고, 이틀 뒤엔 읍내에서 차출한 두 사람의 인부가 도착했다. 톱과 도끼 같은 무시무시한 연장들을 넣은 배낭을 메고 들이닥친 것이다. 나는 알 수 없었다. 어머니가 어째서 곧장 숨을 거둘 것 같은 아버지 병구완을 제쳐두고 오동나무부터 베려 하는 것인지. 설령 저주스런 나무라 하더라도 지금 당장 횡액을 불러올 것도 아닌 바에는 아버지가 숨을 거둔 뒤에도 얼마든지 시간은 있었다. 그런데도 나무부터 베어내야겠다는 결심을 한 것이었다. 나 역시 그런 어머니가 탐탁지 않았다. 그러나 어머니의 태도가 너무나 결연했기 때문에 감히 내색할 수 없었다. 인부들은 북어 한 마리와 소주 한 병을 나무 앞에 진설하고 산신에게 절을 올렸다. 그리고 두 사람이 마주 서서 톱질을 시작했다. 잠시 후, 그 큰 오동나무는 뒤뜰 담벼락을 무너뜨리며 황소가 넘어지듯 지축을 울리며 쓰러졌다. 이제 그 나뭇가지 위로 아버지는 숨지 않아도 된다는 생각이 들었다. 나는 가슴 한구석이 뻥 뚫리는 듯한 허탈감 때문에 그날 하루 종일 우울했다. 동원되었던 인부들이 피를 토하고 쓰러지기 전에 냉큼 우리 집에서 떠나주었으면 좋겠다는 생각도 했다. 인부들은 돌아가기는커녕 베어낸 나무를 톱으로 자르기 시작했다. 그리고 읍내의 제재소로 실어갔다. 곧장 시집갈 사람이 없는데도. 나무를 베어낸 이후 어머니가 착수한 일은 아버지가 남길 유품들을 정리하는 일이었다. 그러나 떠돌이생활로 일관했던 아버지에겐 유품이라고 할 만한 게 없었다. 그런데도 어머니는 지극정성으로 아버지가 남긴 무엇을 찾아 뒤지기를 멈추지 않았다. 그렇게 뒤지던 끝에 벽장 속에서 겉장이 나달나달하게 닳은 수첩 하나를 찾아냈다. 아버지가 몇몇 전주들로부터 상당한 금액의 채무를 지고 있었다는 것을 그 수첩이 증명하고 있었다. 어머니는 그 수첩을 차근차근 읽으며 때로는 고개를 끄덕이다가 때로는 안색이 파래지기도 했다. 그리고 부엌으로 나가 수첩을 태웠고 타고 난 뒤 재까지 뒤뜰로 난 문을 열고 하늘로 날려버렸다.

이상한 일은 그 나무를 베어낸 지 불과 사흘 만에 아버지가 숨을 거둔 것이다. 내가 보기엔 오동나무를 베어버렸기 때문에 아버지가 진작 숨을 거둔 것 같았다. 반면 어머니는 매우 침착했다. 하염없이 눈물을 쏟았으나 곡소리가 문밖으로 새어나가지 않는 보기 드문 절제를 보여주었다. 처음부터 끝까지 읍내의 인부들을 불러서 장례를 치렀다. 아버지가 살아 있을 때 허세의 상징물이었던 오동나무로 짠 관이 도착했고, 염을 마친 아버지의 시신이 결코 베어내기를 싫어했던 그 오동나무 관 속으로 들어가고 난 뒤 세상에서 사라졌다.

젊은 시절부터 떠돌이로 전전했던 남자의 장례절차에 격조가 있을 리 만무했다. 어머니가 까발려버린 것처럼 체면깨나 차릴 줄 안다는 일가친척이 있을 리 없었고, 이웃 또한 일찌감치 외면하고 살았으므로 장례 품앗이인들 달가울 것이 없었다. 어머니의 친정에도 몇 사람의 친척이 있기는 했다. 그러나 그들 역시 우리 가족과는 등 돌리고 산 지가 오래였다. 그래서 나는 어렸을 적부터 일가친척이란 사람들을 만나본 기억이 없었다. 그렇기 때문에 장례식 준비라는 것도 오직 아버지가 숨을 거두는 시각을 조마조마한 심정으로 지켜보는 것이 전부였다.

그것은 어머니가 집에 도착하기 나흘 전쯤에 있었던 일이었다. 그날 아침, 아버지는 병석에 누운 채 나를 손짓으로 불렀다. 내가 다가가 곁부축을 하니 가까스로 상반신을 가누고 일어났다. 아버지의 몸뚱이는 대젓가락처럼 가벼웠다. 내 목덜미를 감고 있는 팔이 사시나무 떨듯 했다. 건강할 때는 정갈하게 다듬기를 게을리하지 않던 긴 손톱에는 때가 끼어 있었고, 손목에 끼고 있던 명품 시계도 보이지 않았다.

"날 좀 부축해다오."

"아빠, 어디 가려고요?"

"암말 말고 뒤뜰까지만 날 부축해다오."

"저 혼자 갔다와도 되는데요."

"안 된다. 내 하고 같이 가야지."

나는 얼른 아버지 겨드랑이 속으로 팔을 집어넣었다. 아버지 손에는 양은으로 제작된 작은 도시락 하나가 들려 있었다. 놀랍게도 집 뒤꼍에 도착할 때까지 아버지의 걸음걸이는 전혀 거치적거리지 않았다. 뒤꼍으로 돌아가서 문득 상반신을 낮추며 아버지는 다시 물었다.

"누가 우리를 본 사람이 없었느냐?"

너무 엉뚱한 질문이었으므로 나는 아버지를 가만히 바라보기만 했다.

"담 너머에 혹시 사람이 없는지 가보아라."

담으로 가서 까치발을 하고 바깥을 살펴본 내가 돌아오며 고개를 가로저을 때까지 아버지는 바람벽에 기대앉아 가쁜 숨을 몰아쉬고 있었다. 나는 아버지가 시키는 대로 오동나무 그루터기 아래를 호미로 파기 시작했다. 아버지는 작은 질그릇 하나가 들어갈 만한 구덩이가 생길 때까지 내 등뒤에서 꼼짝 않고 지켜보았다. 그리고 등뒤에 감추고 있던 양은도시락을 건네주며 말했다.

"거기다 이걸 묻어라. 도시락은 비닐로 몇 겹으로 싸고 묶었기 때문에 빗물이 들어가지 않을 게다. 적어도 사오 년 동안은 그냥 둬도 썩지 않고 견딜 것이야."

"이게 뭔데요?"

"어서 묻어라. 누가 보기 전에."

나는 비닐뭉치를 묻고 파낸 흙을 그 위에 덮었다. 아버지가 다시 명령했다.

"그 위에 올라서서 메주 밟듯이 꼭꼭 밟아라. 빗물이 새어들지 않도록."

다시 방으로 들어와 누운 아버지가 내 손을 끌어당겼다.

"내가 숨을 거두기 전에는 엄마가 반드시 나타날 거다. 그리고 평소에 베어내지 못해 안달이었던 저 오동나무를 베어낼 것이야. 그러나 뿌리째 뽑지는 못하겠지. 오동나무는 명줄이 질긴 나무여서 뿌리째 뽑지만 않으면 남아 있는 밑동에서 곧장 줄기가 솟아나고 잎이 피어난다. 다른 나무와는 달리 해충도 범접하지 않아 저 혼자 둬도 쑥쑥 잘도 자란다. 그래서 니가 몇 년 동안 이 집을 떠났다가 돌아와도 이 나무만 찾으면 오늘 묻은 저 물건은 쉽게 찾아낼 수 있을 게다. 저 비닐뭉치 속에는 많은 것은 아니다만 몇 가지 패물과 금붙이 들이 들어 있다. 너가 나중에 결혼하게 되면 시집 식구들한테 괄시를 받아서야 되겠느냐. 여자가 결혼해도 지참금이 없으면 남편에게 하찮은 계집 모면하기 어렵고 시부모들한테도 천덕꾸러기로 홀대받기 십상이다. 어디 홀대뿐이겠나. 학대까지 갈지도 모른다. 세상이 다 그런 거다. 인면수심이라 해서 겉만 사람의 모습이지 속은 짐승만도 못한 놈들이 잘난 체하고 휘젓고 다니는 게 세상이다. 그 패물들을 내다팔면 너 한 사람 지참금 노릇은 톡톡히 할 것이다. 그리고 그 속에는 주소 하나가 있다. 그 주소에 적혀 있는 니 언니를 찾아가서 같이 기대고 사는 것도 한번 생각해볼 만하다. 나 죽고 니 엄마조차 나 몰라라 하면 너는 천둥벌거숭이가 되는 거다. 일가친척이라면, 배다른 자매가 되는 니 언니 하나가 있는 거다. 내가 숨이 차서 더이상 얘기를 늘어놓기는 힘들다. 니 언니를 꼭 찾아가서 니 언니 생활이 궁핍하거든 한몫 떼주는 것도 좋은 일이니, 너 욕심만 부려서도 안 된다. 한 가지 명심할 것은 이 사실을 니 엄마한테는 절대로 발설해선 안 된다는 것이다. 죽든 살든 너 혼자서만 알고 처리해야 한다."

긴 한숨 끝에 아버지는 어머니가 평소 걸핏하면 나를 윽박질렀던 한마디를 나지막하게 뇌까렸다.

"니가 사내아이로만 태어났어도 내가 이렇게 살진 않았을 텐데…… 애석한 일이지만 이제 와서 모두가 헛된 일이다."

임종이 임박해서 흡사 아버지의 예견을 맞추기라도 하듯 어머니가 돌아왔다. 그리고 뒤뜰의 오동나무부터 베어낸 것이었다. 물론 아버지 말처럼 뿌리까지 모조리 파내지는 않았다. 어머니로선 그 오동나무로 짠 관이 아버지 시신과 함께 땅에 묻히는 것만 바라고 있었다. 아버지와 함께 아버지가 그토록 두둔하던 나무도 함께 사라지는 것이었다. 때문에 그 베어낸 그루터기에서 곧장 움이 솟아나고 잎이 난다는 것 따위는 염두에 둘 필요도 없었다.

상여꾼들이 아버지의 시신을 떠메고 집을 떠나가기 직전, 어머니는 눈부시도록 서럽게 울었다. 그 동안 참고 견뎠던 울음을 봇물 터뜨리듯 한꺼번에 쏟아냈다. 그러나 여느 안상제들처럼 손바닥이 부르터라 하고 방바닥을 치며 넉장거리로 통곡을 하는 것이 아니었다. 툇마루 위에 다소곳이 꾸부리고 앉아서 어깨를 쉼 없이 흐느적거리며 정말 서럽게, 그렇게 울기 시작했다. 다른 안상제들처럼 구성진 사설을 늘어놓지는 않았지만, 가슴속을 호비칼로 도려내듯 두어 번 휘감아 내쏟으려다 말고 다시 긴 호흡으로 가다듬었다가 길게 내쏟는 울음의 악보는 누구도 흉내낼 수 없는 다부진 서러움이었다. 곁에서 바라보는 사람이라면 덩달아 서럽게 울음을 터뜨릴 만치, 서러움의 전파력은 매우 파괴적이었다. 파괴적이라고 말한 것은, 울음 속에는 어떤 통일된 이미지가 없었다는 말과 상통하는 것이었다. 보기에 따라서 어머니의 울음은 헐벗음의 여한, 혹은 지금까지 살아오면서 가슴속에 묻어두었던 분노, 결손과 상실감, 못다 부린 악다구니와 그와 대립되는 처연함이 얼기설기 뒤엉켜 있었기 때문이었다. 상여꾼들이 바쁘게 돌아가다 말고 그 별난 어머니의 울음을 넋을 놓고 지켜볼 정도였다. 그들은 귓속말로 숙덕거렸다.

"저 여자가 된통맞게 왜 저러지?"

"왜 저러다니? 살아생전 부부가 금실이 좋지 않아서 서로 소 닭 보듯 하고 살았다 해서 가슴에 맺힌 여한이 없을까. 남에게는 대수롭지 않게 보일지 모르지만, 딸자식까지 낳고 살아온 내력이 역력한데 서럽지 않을 턱이 있겠나. 가슴이 찢어지겠지."

"그렇다면 남편이 숨을 거둘 임시부터 대성통곡이 터져나와야지. 지금까지 뺑덕어멈처럼 엉덩이만 흔들고 다니다가 느닷없이 웬 울음보따리야?"

"그런 소리 하는 게 아녀. 남의 초상집에 와서 안상제 거동 두고 이러쿵저러쿵 험담하고 있는 임자도 고깃값 못 하고 있다는 거 알기나 하나? 남의 가정사는 알은체하는 게 아녀. 가정사라는 것이 당사자들도 모르는 일이여."

"앗따, 이제 보니 임자도 수상하구만? 안상제하고 뭐가 있었나?"

"불쌍한 과수댁을 두고 그런 소리 함부로 하는 거 아녀. 행실이 나쁜지 좋은지는 나중에 두고 봐야 할 것이여. 함부로 좌단해서 말할 게 아니지."

어머니가 만들어내는 울음의 등식은 이제까지 아버지에게 저질렀던 강짜와 언제나 가시 돋친 말투, 간극, 무엄했음과 적개심 따위들을 한꺼번에 소멸시켜 날려버리는 장렬한 힘을 가지고 있었다. 일가친척이 많은 다른 초상집 같은 경우는 상제가 여럿일 것이었다. 그래서 초상집은 아침부터 들썩들썩 분주하고, 어지럽고, 두서없고, 문상객이 대문 안으로 모습을 드러낼 때마다 마당과 빈소 여기저기에서 쐐기벌레에 쏘인 것처럼 여러 사람들이 벌떡 일어날 것이었다. 그리고 전혀 서럽지 않은 곡소리와, 비위짱 좋은 넋두리와, 상습적인 넉장거리와, 말만 서러운 사설들로 이어지는 얼버무림 들이 끝없이 이어질 것이었다.

그러나 그때 어머니가 보여준 질박하고 통절한 울음은 절차와 관습에 얽매여 굳어져버린 그들 음험한 겉치레들과 허위의 껍질들을 순식간에 빗자루로 쓸어버릴 수 있는 광폭한 돌파력을 가지고 있었다. 상여꾼들조차 어안을 벙벙하게 만드는 천부적이며 심오한 울음의 보퉁이를 가슴속에 숨기고 있다는 것이 놀라웠다. 그 울음 속에는 살아생전 아버지에게 보여준 교활함과, 치명적이라 할 만치 비인간적인 악취는 눈을 씻고 다시 보아도 찾아볼 수 없었다. 순수함 바로 그 자체였다.

은밀하게 장례를 치렀는데도 발 없는 말이 천리를 간다는 옛말은 그때까지도 효험을 발휘하고 있었다. 장례를 치른 바로 이튿날 중절모를 푹 눌러쓴 낯선 사내 한 사람이 찾아왔다. 집으로 들어서면서 예의를 다하여 통성명하고 유명을 달리한 망자에 대한 애석함에 울기 직전의 표정으로 어머니를 위로하였다. 그러나 어머니는 벌써 그 사내의 정체를 알아채고 사내가 건네는 위로의 말을 건성으로 들었다.

"돌아가신 분과는 형님 아우님 하던 사이였습니다."

"그렇습니까."

"이렇게 갑자기 돌아가실 줄은 미처 몰랐습니다."

"형님 아우님 한다면서요?"

"하지만 요지간에는 자주 만나지 못했습니다."

“앓아눕기를 벌써 여러 달째였는데요?”

“하…… 그랬습니까. 천식 때문에 시달림을 받기도 했지만, 그때마다 고비를 무사히 넘겼는가 했지요. 이런 소식을 들을 줄은 정말 몰랐습니다.”

“멀리서 오신 것을 보니 문상 한 가지 일만은 아닌 것 같네요.”

“사실은 문상 겸사해서 채무관계가 좀 있어서 왔지요.”

“남긴 것이라고는 약탕기하고 가래 뱉은 요강 하나뿐이네요.”

“아주머니 애기는 많이 들었습니다.”

사내는 대꾸를 하다 말고 말머리를 엉뚱하게 돌렸다. 어머니는 수건을 끌어당겨 얼굴을 묻고 코를 팽 하고 풀었다. 심란하다는 뜻이었다. 그러나 사내가 어머니의 속내를 알아차릴 수는 없었다.

“남편이 못난 여편네 이야기를 여기저기 헤프게 하고 다닌 모양이지요.”

“그런 말이 아닙니다. 아주머니가 형님 후견인 노릇을 톡톡히 하고 있다는 얘기였어요. 형님이 일을 저질러 곤경에 빠지면, 아주머니가 따라다니면서 뒷수습을 했다는 애기를 많이 들었다는 말입니다.”

“나는 그런 대단한 일을 한 적이 단 한 번도 없습니다. 헛소

문일 테지요. 나같이 변덕 많고 미련한 촌년 주제에 가당키나
한 일입니까. 설령 그렇다 하더라도 죽은 뒤까지 뒷감당을 할
만치 오지랖이 넓지도 않고 담력도 없습니다."

"헛소문이 아닙니다. 모두가 그렇게 말했어요."

"나보고 뭘 어찌하라고 이러십니까?"

"부부라면 한쪽이 저승으로 갔다고 해서 나 몰라라 할 수야
없지요. 그게 부부의 도리 아닙니까? 형님이 나한테 써준 차
용증에도 형님이 채무를 다 못 갚으면 아내 되는 아주머니가
채무관계를 떠안는다고 떡하니 적바림이 되어 있어요."

"차용증이 있다는 얘기네요."

"물론입니다. 여기 있어요."

얼굴이 한껏 상기된 사내가 윗도리 안주머니에서 종이 한
장을 꺼냈다. 그리고 그것을 어머니 면전에 대고 흔들어댔다.
그 순간 어머니는 차용증을 빼앗듯 획 낚아챘다. 그리고 차용
증은 눈 깜짝할 사이에 어머니 입속으로 들어갔다. 어머니는
그 증서를 자근자근 씹어서 꿀꺽 소리가 나도록 삼켜버렸다.
뿐만 아니라, 손가락을 입속에 넣어 뒤적거려 만에 하나 입안
에 남아 있을지 모를 종이 부스러기를 찾아내 입가심까지 해
버렸다. 어안이 벙벙했던 사내는 그런 어머니를 속수무책으
로 바라보기만 하였다. 상상도 못 했던 일이 바로 코앞에서
벌어졌으므로 현실로 받아들여지지 않았다. 임기응변이 소름

끼칠 정도였기 때문이었다. 한참 뒤에야 차용증이 마술에 걸린 것처럼 사라진 것을 알아채고 얼굴이 하얗게 질려버렸다. 어머니의 손과 입을 번갈아 쳐다보고 있던 사내의 입에서 전혀 무의미한 한마디가 흘러나왔다.

"어째 이런 일이 있을 수 있습니까."

어머니는 코대답도 않고 물그릇을 끌어당겨 벌컥벌컥 마셨다. 사내는 고개를 떨구고 방바닥만 내려다보았다. 손이 떨렸지만 상복 입은 여자에게 손찌검을 할 수도 없었다. 사내는 비로소 눈앞이 캄캄했다. 개평 돈에 눈이 어두워 노름판 주위를 맴돌며 전주 노릇을 즐겨했던 것이 도끼로 발등을 찍고 싶도록 후회되었다. 사내는 우는 목소리로 말했다. 그러나 전혀 무의미했다.

"아니, 염소도 아닌…… 그걸 먹어버리면 어떻게 됩니까?"

"똥 되겠지요."

"책임질 수 있습니까?"

"내가 뭘 책임지면 좋겠습니까."

"그런다고 차용증이 무효가 된다고 생각합니까?"

"문서를 봤는데 애들 아빠 글씨도 아닙디다."

"배용태 글씨인지 아닌지 확인해봅시다."

"어디서 확인해봅니까. 칼로 내 배를 가르고 확인하렵니까?"

사내를 떠나보낸 다음, 어머니는 깊은 잠 속으로 곯아떨어졌다. 이틀 동안을 내리 잠에서 깨어나지 않았다. 이틀 밤낮을 오직 잠으로 보낸 어머니는 문득 나를 불렀다. 그리고 옷을 훌훌 벗어 내게 던지기 시작했다. 겉옷뿐만 아니었다. 속옷까지 거침없이 벗어 던지며 빨래를 하라고 명령했다. 장례를 치를 동안 더럽혀진 옷가지들을 깨끗하게 세탁해 입으려는 속내였을 것이었다.

그런데 바로 그때 나는 홀딱 벗은 상태의 어머니를 보았다. 그것은 참으로 놀라운 발견이었다. 평소에 내가 생각하고 있던 것과 전혀 다른 모습의 어머니를 그때 발견했기 때문이었다. 육신은 나무젓가락에 비교해도 좋을 만치 깡마른 체구였다. 상반신과 하반신이 모두 혐오스러울 정도로 메마른 육체를 갖고 있었다. 굳이 만져보지 않아도 살점은 탄력을 잃은 지 오래인 것 같았다. 돌아설 적에 우연히 바라본 엉덩잇살도 바람 빠진 고무풍선처럼 아래로 처진 채로 주름살투성이였다. 영양실조가 분명한 빈민촌 아이가 연상되리 만치 어머니는 빈약했다. 여자의 운치라곤 찾아보기 어려운 그 육신이 나와 너무나 닮았다는 데도 소름끼치도록 놀랐다.

그러나 그것보다 더욱 놀라운 사실도 발견되었다. 장례를 치르면서 입었던 옷을 죄다 벗어던지고 이부 자리 위로 풀썩 주저앉은 어머니의 양쪽 허벅지 부근이 문득 시선에 들어왔을 때였다. 어머니가 우연히 노출시킨 양쪽 허벅지살에는 피멍 자국이 있었다. 누가 꼬집거나 잡아 비틀지 않았다면 그런 꼴사나운 상처의 흔적은 남지 않았을 것이었다. 피멍 자국은 여러 군데였다. 나는 그 피멍이 든 허벅지가 가진 비밀을 알 수 없었다. 그것 때문에 잠이 오지 않았던 그날 밤, 몸을 뒤채며 잠을 설치던 중 문득 그 정체를 눈치챌 수 있었다. 아버지 손에 이끌려 찾아갔었던 그 낯선 마을의 함석지붕집이 생각났다. 그 집에서 들었던 귀에 익숙했던 목소리가 내 귓전을 때렸다. 그것은 분명 그 조형사라는 사람이 어머니에게 한 앙갚음의 흔적일 것이었다. 그 사람이 아니었다면 어머니에게 그렇게 가혹한 폭력을 행사할 수는 없었을 것이다. 그 흔적에는 수렁에 빠진 아버지를 지켜주기 위한 어머니의 비극적 삶의 이력이 선명하게 묻어 있었다. 나는 그것을 믿었다. 그리고 내가 예단하고 있었던 어머니와는 전혀 다른 어머니가 거기에 있다는 것을 깨달았다. 그런 어머니에게 아버지와 약속한 비밀을 더이상 지키기 어려웠다. 그러나 나는 오동나무 있는 곳까지 달려갔다가 다시 멈춰 서고 말았다. 무엇이 내 목덜미를 뒤에서 잡아당기는 것 같았다. 조형사라는 사람의 존재가 머리를 스쳐갔기 때문이다.

이튿날 아침 잠깐 잠이 들었다가 소스라쳐 깨어났을 때, 어머니의 모습이 보이지 않았다. 집 안 어디에서도 모습을 찾아볼 수 없었다. 내가 잠에서 깨어나기 전에 또다시 어디론가 길을 떠난 것이었다. 아버지의 무덤의 젖은 흙도 마르기 전에 서둘러 집을 떠나버린 것이었다. 그것은 아마도 슬픔에 잠겨 며칠을 속절없이 지내다보면, 지금 막 익숙해지거나 길든 문 밖의 생활이 손상을 입을지도 모른다는 두려움 때문이었는지 도 몰랐다. 아니라면 또다른 빚쟁이들이 집으로 찾아와 어머 니를 괴롭힐 수도 있었다. 나는 그 썰렁한 집에 혼자 남았고, 삼사 년 동안 그 오동나무 베어진 집에서 혼자 살았다.

나는 다시 혼자가 되었다. 그리고 어머니의 변덕으로부터 속 시원하게 해방되었으므로 천둥이 친다 해도 벽장 속으로 숨을 필요는 없었다. 오동나무가 베어졌으므로 하늘침대를 맬 장소도 없어져버렸다. 하늘침대가 없어진 것은 아쉬움을 넘어 고통스럽기까지 했다. 나는 혼자가 되었고 그 혼자임을 위안받을 수 있는 유일한 도구가 사라진 것을 뼈아프게 느끼 기 시작했다. 그러나 집 안 어디를 둘러보아도 하늘침대를 맬 장소는 찾아낼 수 없었다. 그럼에도 불구하고 나는 어디론가 떠날 엄두를 내지 못하고 있었다. 하늘침대가 없어졌다 하더 라도 내가 살아온 그 집만치 나를 편하고 자유스럽게 해줄 장 소는 없었기 때문이다. 다른 한 가지는 베어낸 나무의 그루터 기 근처에 묻어둔 그 도시락 때문이기도 했다. 어쩌면 그것은 아버지가 몇 년 동안이라도 나를 그 집에다 묶어두려는 음모

였는지도 모른다는 생각도 해보았다. 그러나 그런 생각은 아버지의 배려를 악의적으로 받아들이는 것이라고 생각했다. 아버지는 나를 사랑했고, 내가 더이상의 고통을 감내하며 사는 것을 원하지 않았기 때문이었다. 가출상태인 어머니를 그리워하거나 기다리지 않아도 되었다. 언제부턴가 그 상습적인 가출에 나 또한 익숙하게 적응하고 있었기 때문이었다. 아버지의 장례를 치른 한 달 사이에 몇 사람의 낯선 사내들이 집을 찾아왔다. 태도로 보아 아버지 생시 때 노름 밑천을 빌려준 빚쟁이들이 분명했다. 그들은 내가 집에 없는 사이에도 툇마루를 지키고 있다가 내가 마당으로 들어서면 다짜고짜 눈을 부라리며 물었다.

"너네 엄마 어디 갔냐?"

나는 어머니가 일러준 그대로 말했다.

"몰라요."

"몰라? 다 큰 딸자식을 집에 혼자 두고 어딜 갔다는 거냐?"

"저는 어릴 적부터 이 집에서 혼자 살았어요."

그렇게 대답하면 열에 아홉 사람은 필경 내 대답을 한 번 되뇌었다.

"어릴 적부터 집에서 혼자 지냈다…… 하긴 그랬겠지. 두 내외가 교대로 떠돌아다녔으니까. 그 외중에 부모 노릇인들 제대로 했겠느냐. 그 동안 혼자 살아가느라 니 고생이 이만저만이 아니었겠구나."

혀를 몇 번 끌끌 차고 속이 타들어간다는 표정으로 담배 한 대 훅 피우고 돌아서곤 했다. 그러나 그 사람들 중에 어느 누구도 차용증을 꺼내 내 면전에 대고 흔들어대지는 않았다. 어머니에게 화끈하게 당했던 그 빚쟁이 소문을 모두 알고 있었기 때문이었다. 그러나 살아 있을 때의 아버지가 조형사에게 쫓겨다녔듯이 이제 어머니가 빚쟁이들로부터 쫓기는 신세가 되었다는 것은 분명했다. 그렇기 때문에 나는 어머니가 집에 모습을 드러내지 않고 있는 것에 대하여 어떤 악담도 원망도 할 수 없었다. 그중에서 나는 빚쟁이로 볼 수 없었던 오십대 여자의 방문을 받은 적이 있었다.

그녀는 어머니가 아닌 나를 겨냥하고 방문한 최초의 방문객이기도 했다. 그리고 그녀가 방문한 때는 아버지가 돌아가신 지 이 년째가 되는 봄이었다. 그녀는 흡사 자기 집으로 들어온 여자처럼 아무런 거리낌도 두지 않고 마당 한복판에 들어서서 사극 영화에 출연한 식객처럼 내 이름을 호기 있게 불렀다. 지난날의 어머니가 그랬던 것처럼 소스라치게 놀란 내가 방문을 열었다. 나는 툇마루 끝으로 나섰고, 그녀는 선머슴처럼 성큼성큼 걸음을 옮겨 내게로 다가왔다. 몸치장이 요란했다. 눈썹은 연필로 그린 게 분명했고, 여러 번 덧칠한 립스틱은 입가에 지저분하게 묻어 있었다. 문득 지난날 아버지 패거리에 묻어다니던 꽃뱀을 연상시켰다. 그러나 아니었다. 일별해서 외양은 천박해 보였으나 어투는 통명스럽지가 않았다. 그녀는 나를 보자마자 방긋 웃으며 상냥한 목소리로 말했다.

"아이구, 곱기도 해라. 듣던 말하고 조금도 안 틀리네."

서로 초면이긴 하지만 경계심을 둘 필요가 없는 사이라는 것을 은연중 피력하는 말이었다. 붙임성이 뛰어난 그녀는 미처 대꾸를 못 하고 엉거주춤하고 있는 나에게 존댓말로 양해를 구했다.

"마루에 좀 앉아도 되겠어요?"

그리하시라는 말이 떨어지기 바쁘게 그녀는 냉큼 신발을 벗어 섬돌 위에 가지런하게 올려놓은 다음 마루로 올라와 먼 데를 바라보았다. 그리고 혼잣소리로 말했다.

"이 댁은 정남향이라서 한겨울에도 햇살이 달겠네. 앞이 훤하게 트여 있는 걸 보면, 한때는 떵떵거리고 살았던 대갓집 터가 틀림없네. 이 댁에 앉아 있으면 마을 들머리에 오가는 먼 데 사람들도 한눈에 알아보겠네. 그렇게 머쓱하게 서 있지만 말고 물이나 한 그릇 줘요. 바쁘게 달려왔더니, 목이 마르네."

외양은 요란했으나 어투에는 호감을 가질 만한 여자란 생각이 들었다. 아버지를 잃고 어머니마저 가출해버린 이후 나는 혼자 살아가는 데 길들면서 자연스럽게 대인기피증에 걸려 있었다. 어떤 사람들을 만나도 시큰둥했고, 구태여 만나고 싶은 사람도 없었다. 나는 계속 침잠의 시간 속으로 함몰되면서 무기력하게 살았다. 내가 떠다준 물그릇을 비운 그녀가 말했다.

"물은 동네 우물에서 길어다 먹어요?"

"예."

"아빠 돌아가신 이후 처녀 혼자서 집을 지키며 살다보니, 사람을 만나도 무덤덤하겠지요. 그러나 그 꽃 같은 나이만 가질 수 있는 금쪽같은 세월을 허송한다면, 멀지 않은 장래에 후회가 가슴을 칠 때가 옵니다. 나 스스로 멍에를 만들어 그걸 뒤집어쓰고 살 수는 없는 노릇입니다. 돌아가신 아버님이나 객지생활하고 있는 어머님을 원망하지도 마세요. 어떤 인생도 완전하고 순탄하지는 않아요. 사람은 살다보면 누구든지 실수를 하고 잘못을 저지릅니다. 잘못 살지 않았다고 큰소리치는 사람은 정신병자들이지요. 누구의 잘못도 아닌 것은 지진이나 태풍뿐이지요."

중후하고 부드러운 그 여자의 말 속에는 설렘이 가득하다는 생각이 들었다. 그래서 호감은 느낄 수 있었으나 지금 당장 썩 내키는 것은 아니었다. 나는 그녀가 "방으로 들어가서 좀 쉬어가도 되겠어요?"라는 말을 할까봐 조마조마하였다.

그러나 그때까지는 그런 말이 없었다. 청산유수같이 말 잘하는 인간은 변호사 아니면 사기꾼이라고 뇌까리던 아버지 말이 생각났다. 나는 될수록 그 여자와 시선을 마주치지 않으려 애썼다. 그러나 한 가지는 궁금했다.

"우리 아빠 엄마를 잘 알고 계세요?"

그런 질문이 있을 줄 예상하고 있었던 것처럼 여자가 얼른 말을 받았다.

"왜 모르겠어요. 몰랐다면 내가 해거름 녘에 가던 길을 멈추고 아가씨가 사는 게 궁금해서 찾아와봤겠어요?"

"언제부터 알고 계세요?"

"사실 돌아가신 분은 내가 잘 몰라요. 최여사한테서 얘기만 들어 알고 있지요. 외양이 걸출한 대갓집 장손이었다고 엄마가 줄곧 눈물을 찍어내며 애길 합디다. 선비의 후손이라 돌아가실 때까지 평생을 이렇다 할 소득 없이 놀고먹었지만, 남에게 폐단 되는 것을 두려워했다고 하데요. 당신께서는 비좁고 옹색하게 살아도 남에게 나누어주지 못해서 몸 달아했다고 합디다. 그래서 한세상 살아가면서 남에게 칭송받아가며 살았지만, 돌아가신 이후에 남기신 것이라곤 이 집 한 채뿐이라고 엄마가 한숨을 쉽디다."

그 여자에겐 최여사로 불리는 어머니가 어떤 모습으로 살아가는지 궁금했다. 그러나 어머니의 불행한 모습이 그 여자의 달변 속에서 어떻게 포장되어 나올 것인지 두려워 차마 말이 나오지 않았다. 살아생전 거침없는 비난과 저주를 퍼붓던 아버지의 가식을 어머니는 지금 여기저기 다니면서 뻥튀기하고 있음이 분명했다. 그것은 두말할 필요도 없이 어머니의 생활이 순탄하지 못하다는 방증이었다. 뒤뜰에 심어진 오동나무 한 그루를 빌미로 거짓으로 포장해왔던 아버지의 역주행을 공교롭게도 어머니가 계승하고 있다니…… 그런 어머니가 조금씩 보내주는 생활비로 연명하고 있는 나 자신이 너무나 수치스러웠다.

그 여자의 노력에도 불구하고 내가 말을 아끼고 있을 뿐만 아니라 썩 반기는 기색이 없자, 가야 할 길이 바쁘다고 핑계대며 곧장 일어섰다. 어머니에게 전할 말이라도 있느냐고 물었으나 나는 고개를 가로저었다. 그러나 이상했다. 어머니를 잘 알고 있다는 그 여자가 문밖을 나선 뒤 나의 가슴속은 회오리바람이 한차례 휘젓고 빠져나간 것처럼 허전했다. 메마르고 텅 빈 가슴을 채워줄 아무것도 내 주위에는 없었다. 기댈 사람은커녕 대화할 사람도 없었다. 그래서 우연히 집을 찾아왔던 그 여자가 다시 나타나기를 바라고 있었다. 그 여자가 다시 찾아온 것은 그해 늦여름께였다. 한 오 개월 정도가 지난 뒤였으므로 기억에서 지워지려는 참이었다. 더이상 그 여자를 옹졸하게 경계할 필요는 없었다. 나는 대뜸 방으로 들어오시라고 말했다. 그러나 이번에는 그 여자가 거절했다. 사양과 거절 사이에는 섬세하고 미묘한 감정의 낙차가 있다. 그 여자는 어쩌면 오해를 부를지도 모를 그 두 가지 모두를 구사하지 않았다. 손짓으로 내 제안을 사양했다. 그녀는 마루에 걸터앉았고, 나는 또 냉수 한 그릇을 대접했다. 그 여자가 말했다.

"아이구, 공손도 하시지. 행동거지가 최여사가 하시던 말씀 그대로네."

나는 그에 합당한 대응이라고 생각하며 웃어 보였다. 이상하게 거식증으로 비쩍 마른 몸뚱이가 내가 짓고 있는 웃음 속에서 발각되지나 않을까 하는 생각이 들었다.

"당연히 엄마가 와야 하겠지만, 내가 대신 온 걸 양해하세요."

마시는 흉내만 냈던 물그릇을 단정하게 내려놓으며 그 여자가 말했다.

"보름 전 수원 가서 최여사를 만났어요."

"잘 지내고 있겠지요. 며칠 전에 돈을 보내왔습니다."

"나도 알고 있어요. 나하고 같이 송금한걸요."

그 말이 께름칙했다. 내가 듣기에는 돈을 그 여자가 송금한 것같이 느껴졌기 때문이었다. 나는 그 여자의 손을 힐끗 바라보았다. 나로선 이름을 알 수 없는 보석반지가 손가락에 끼워져 있었다. 그때, 여자의 입에서 차마 예상하지 못했던 한마디가 흘러나왔다.

"결국은 해야 할 말이라면 속으로 벼르지만 말고 얘기하는 게 좋겠어요. 달포 전에 이 집은 내가 인수했답니다. 나는 여기다 집터에 걸맞은 주택을 지을 작정입니다."

결국 올 것이 왔구나 하는 생각이 가슴을 쳤다. "이 집은 내가 인수했답니다"라는 여자의 말이 작살에 찍힌 것처럼 내 가슴을 파고들었다. 혼란스런 여자의 시선이 내 양미간에 일직선으로 박힌 뒤 떠날 줄 몰랐다. 나는 처음 그 여자가 내게 가리켜주었던 것처럼 마을 들머리 쪽 먼 곳을 바라보았다. 속내를 들키고 싶지 않았기 때문이었다. 우리 집에서 먼 데를 바라보면 동구 앞을 지나다니는 사람들의 모습을 한눈에 알아차릴 수 있다는 것을 그때야 깨달았다. 시야가 그토록 넓은 집을 내 딴에는 빈틈없이 지키고 있었으나 그것이 바로 어머니에겐 짐이 되어버렸다는 것을 비로소 깨달았다. 내 가슴속에서는 그때부터 "엄마, 왜 그랬어?"라는 질문이 자리잡기 시작했다. 직접 나서지 못하고 대리인을 보내 사실을 알려주어야 했을 어머니의 가슴은 얼마나 아팠을까. 진작 처분했어야 할 집을 염치없는 내가 지키고 있음으로써 속수무책으로 바라보고 있어야 했을 어머니의 가슴은 얼마나 찢어졌을까. 아버지의 뒷바라지에 얼마나 진저리가 났으면 오동나무를 잘라 만든 관과 함께 저승으로 보낸 것일까. 당장 어머니가 살고 있는 수원의 셋방으로 오라는 말을 차마 못 하는 어머니의 아픔을 누가 헤아릴 수 있을까. 그런 어머니가 신호대기상태가 아닌, 피투성이가 되더라도 삶의 본질과 맞부딪치는 공격적인 삶을 살아야 한다고 내게 말하고 있었다. 내 속내를 꿰뚫고 있는 듯 그 여자가 말했다.

"그래서 하는 말인데…… 나이로 봐서 다소 이른 감도 없지 않지만, 어디 마땅한 혼처라도 있으면 정혼해서 혼례를 치르는 것도 최여사 입장에서나 아가씨 입장에서나 최선책이 아닌가 그런 생각도 해봄 직하지요."

그 여자와 나는 그때 똑같이 시선을 마을 앞 들머리에 두고 있었다. 내 머릿속은 온통 어머니 생각으로 들어차 있었기 때문에 마땅한 혼처 어쩌고 하는 말이 귀에 들리지도 않았다. 아버지가 나를 두고 조숙한 아이라고 말했지만, 그렇다 하더라도 불과 열아홉 살짜리 계집아이가 도대체 무슨 생각을 할 수 있었을까. 내가 어릴 때의 벽장 속과 다름없는 그 집에서 칩거하고 있는 동안 바깥세상에선 도대체 어떤 것들이 어떤 속도로, 그리고 어떤 모양으로 변해가고 있는지 전혀 눈치채지 못하고 있었다. 더욱이나 결혼 같은 것은 상상조차 할 수 없었던 얘기였다. 그냥 그 집에 있는 것이 내가 할 수 있는 최선의 길이라고 생각하고 있었다. 그것이 나 스스로를 연소시키거나 침몰시키는 것이라는 걸 깨닫지 못한 채. 그럼으로써 나는 열아홉 살 계집아이의 유령으로 변해 있었다. 아니면 분실물 창고에서 섞여가고 있는 고기 보따리나 다름없었다.

"여기서 멀지 않은 곳에 내 친척들이 살고 있는 마을이 있어요. 내가 수소문해보니까, 그 마을에 혼기를 놓친 총각이 홀어머니를 모시고 살고 있답니다. 모자가 살고 있지만 살림살이는 튼실해서 지금까지 이웃에 가서 곡식이든 돈이든 빌려 쓴 일이 없었답니다. 한 가지 개운찮은 것은 일찍 홀몸이 된 노인네가 있다는 것인데, 안된 말이지만 그 노인네가 시쳇말로 똥인지 된장인지 분간을 못 할 만치 연세가 많이 드셨다네요."

날짜를 정해 읍내로 나가서 맞선을 볼 때도 어머니는 모습을 드러내지 않았다. 모든 것은 우리 집 터를 허물고 그 자리에다 날아갈 듯한 전원주택을 짓기로 작정한 그 여자의 주선으로 이루어졌다. 어머니가 모습을 드러내지 않는 것은 나도 바라는 일이었다. 만약 어머니가 모습을 드러낸다면 그 자리에 누가 있건 없건 우리 모녀가 서로 부둥켜안고 대성통곡을 할 것 같았기 때문이었다. 서로가 가슴이 저리도록 보고 싶었지만, 호비칼로 가슴을 도려내듯 아플까봐 만날 수 없다는 것이 그때 우리 모녀가 함께 느낀 오랜만의 공감대였을 것이다. 그 여자는 내 혼사를 호들갑스럽지 않게, 그리고 자제력을 발휘해가면서 수원의 어머니와 우리 집 사이를 오가며 조용조용 진행시켰다.

내가 아버지와 함께 묻어두었던 그 도시락을 꺼낸 것은 혼례 날짜를 보름 정도 앞둔 시점이었다. 나는 그 도시락의 존재를 그 동안 새까맣게 잊어버리고 있었다. 묻어둔 도시락 때문에 내 칩거가 가능했던 것은 아니었다. 나는 어릴 때부터 그렇게 살아왔을 뿐이었다. 칩거 그 자체에 길들어 있어 바깥의 기상 변화에 둔감할 수밖에 없었다. 그것이 생각난 것은, 혼례를 치르게 되었는데도 불구하고 딸자식에게 패물 한 가지 마련해줄 형편이 못 된다고 어머니가 탄식하며 눈물을 짜내더라는 여자의 말을 듣고 비로소 떠올릴 수 있었다.

"엄마한테 가서 말씀드리세요. 패물 같은 것은 걱정 말라고요."

"왜 걱정이 안 되겠어요. 어머니 마음이 얼마나 쓰린지 아가씨도 나중에 부모 입장 되어보면 알게 될 것입니다."

"패물 가지고 결혼하는 게 아니라고 말들 하데요."

"알고 보면 그게 모두 입술에 발라놓고 하는 소리들입니다. 많으면 많을수록 좋다는 게 세상의 이치랍디다. 그러니 최여사 마음이 오죽 아프겠습니까. 그것도 슬하에 하나뿐인 딸자식인데……"

"아닙니다. 걱정하지 말라고 하세요. 그런 것은 나 혼자서

292

도 해결할 수 있다고요."

그때 뇌리에 떠오른 것이 오동나무 그루터기에 묻어둔 패물이었다. 나는 그 순간 등골을 타고 내려가는 따끔한 전율을 느꼈다. 아버지는 이토록 기막힌 사연이 내게 닥쳐올 것을 어떻게 족집게로 집어내듯 예견했을까. 아버지는 목숨이 오락가락할 때까지 자기가 남긴 비극적 유산 때문에 어머니가 돌이킬 수 없는 곤욕을 치를 것이라는 것을 예견할 수 있었을까. 그 여자는 내가 어째서 그런 말을 하고 있는지 속내는 짐작하지 못하고 오직 나를 기특하게만 여겼다.

"겉모습만 예쁜 줄 알았더니, 속내는 더 예쁘네. 불과 열아홉 나이에 어떻게 저런 기특한 말을 할 수 있을까."

그 여자가 떠난 뒤 나는 호미로 그 자리를 파고 도시락을 꺼냈다. 아버지가 말했던 것처럼 이 년이 지났는데도 비닐로 싼 도시락은 전혀 훼손됨 없이 고스란히 보존되어 있었다. 물론 뚜껑을 열어보았고, 그 안에 들어 있는 패물과 금붙이를 확인했다. 처음에 나는 그 도시락을 들고 수원에 있는 어머니를 찾아갈 참이었다. 그 패물들을 들고 간다면 어머니를 떳떳하게 만날 수 있다는 생각을 했기 때문이었다. 그러나 그걸 땅속에서 꺼내 내용물을 확인하는 순간, 내 계획을 바꾸지 않으면 안 될 물건이 발견되었다. 패물과 함께 들어 있었던 것은 기름 먹인 종이에 적혀 있는 주소였다. 배수진. 바로 그 사람이었다. 그랬다. 그 동안 배수진이라는 배다른 언니가 존재한다는 것도 나는 새까맣게 잊고 있었다. 나는 그 도시락을 든 채 방 안에 가만 앉아 있었다. 눈앞이 아연했다. 이 물건을 어머니에게 보여주면서 아버지가 남긴 이러저러한 유언을 말한다면, 과연 어머니는 그 유언을 따를까. 아니래도 절벽 끝에 발을 걸고 있는 것이나 다름없는 절박한 처지에 놓여 있는 어머니가 전처의 자식까지 돌봐주라는 아버지의 유언을 어떻게 받아들일까. 나는 자신이 없었다. 어머니가 보고 싶은 무게감만큼 얼굴도 모르는 그 언니라는 사람과도 반드시 만나보고 싶었다. 나의 지지리도 못난 칩거는 수진이라는 이름의 언니를 만나야만 끝장을 낼 수 있다는 생각도 뿌리칠 수 없었기 때문이었다.

나는 읍내에 가기로 결정했다. 그 물건을 처분해서 현금화하자면, 읍내의 금은방이 아니면 불가능한 일이었다. 내 짧은 생애에서 내 거취를 아무런 간섭도 받지 않고 스스로 결정해보기는 그때가 처음이었다. 읍내까지 혼자서 외출해보기도 물론 처음이었다. 그 외출이 몹시 떨리고 어색했지만 나는 의연해야 한다고 마음을 가다듬었다. 그날 오후 나는 읍내의 양복점 앞에 서 있었다. 그 가게의 진열창 속에는 실제 사람과 너무나 흡사한 남자 마네킹 하나가 실밥이 너덜너덜한 윗도리를 상반신에 걸치고 서 있었다. 그런데 하반신은 그대로 노출되어 있었다. 그 진열창에 내가 비치고 있었다. 깡마르고 초췌하며 입성도 남루했지만, 열아홉이라는 나이가 그 모든 결함들을 한꺼번에 떨쳐버리고 그 자리에 서 있었다. 나는 진열창에 비치는 맨얼굴에 립스틱을 칠하고 눈썹을 그려넣었다. 머리를 단정하게 가다듬은 다음 웨이브를 주어 귓불 뒤로 아담하게 빗어넘겼다. 아래위 한복을 차려입고 하얀 장갑을 낀 손에 안개꽃으로 장식한 작은 꽃다발 하나를 들었다. 우리 집 터에다 수려한 전원주택을 짓겠다고 벼르던 그 여자가 말했던 것처럼 아름답고 얌전한 신부가 그 자리에 서 있었다. 나는 보자기에 싸들고 있는 도시락을 가슴에 껴안았다.

시골 면소재지에 있는 금은방치고는 넓은 가게란 생각이 들었다. 닳고닳은 가게 주인이 결혼을 앞두고 있는 여성이라는 것을 냉큼 알아차리고 상냥한 목소리로 어서 오라고 목청을 높였다. 나는 들고 있던 보퉁이를 진열대 위에 올려놓았다. 순간적으로 갈피를 못 잡고 보퉁이만 뚫어져라 바라보던 주인이 갑자기 말문을 열었다.

"아, 그러세요. 감정하시러 왔군요."

내가 고개를 끄덕이자 그는 보퉁이를 들어올리며 말했다.

"먼저 감정부터 하는 게 순서겠지요?"

주인은 내 동의를 받는 둥 마는 둥 하면서 보퉁이를 낚아채며 주렴이 늘어진 안쪽 방으로 들어갔다. 곁에 서 있던 점원이 내게 의자를 권했다. 기다리기가 지루하다고 느끼는 순간, 금은방 주인이 주렴을 들치고 모습을 드러냈다. 내가 가지고 온 보퉁이는 가지고 왔을 때와 똑같은 모양으로 매어 있었다. 나는 주인의 안색이 심상치 않다는 것을 알아차렸다. 그는 아주 살벌한 시선으로 나를 뚫어져라 바라보았다. 그리고 입을 열었다.

"이 물건, 아가씨 거 틀림없어요?"

"예."

그는 내게서 시선을 떼지 않은 채 팔짱을 끼면서 다시 물었다.

"아가씨, 이 물건 어디서 산 거요, 땅에 떨어진 걸 주운 거요?"

"아버지가 돌아가시면서 유품으로 남긴 것입니다."

"아버지가 누구신데요?"

혀가 굳어 말문이 막혀버린 내가 대꾸를 못 하고 머뭇거리자, 주인은 구태여 알 필요 없다는 듯이 말머리를 돌려버렸다.

"아버지가 어떤 사람이었는지 내 알 바 아니지만, 죄 없는 아가씨가 이런 물건을 보란 듯이 가지고 다니면 안 됩니다. 이 물건들 모조리 가짜예요. 도금한 것 아니면, 짝퉁뿐입니다. 설마하니 아버지의 장난이었다면 모를까, 아가씨에게 대물림한 것은 아니겠지요? 아가씨도 긴가민가해서 시장에 가지고 나왔을 수도 있겠지만, 요사이 어떤 세상입니까. 시골 금은방이라고 깔보면 안 돼요. 내 말을 못 믿겠다면 대도시 금은방으로 나가서 다시 감정해달라고 해보시오. 그땐 처녀의 몸으로 경찰서로 붙들려가야 할 겁니다. 다시 한번 말하지만 이런 물건 함부로 가지고 다니면 안 돼요."

내 얼굴은 숯불을 끼얹은 것처럼 홍당무가 되었다. 몸 둘 바를 몰랐던 나는 서둘러 금은방을 뛰쳐나오고 말았다. 그리고 양복점이 있는 길거리 북쪽으로 뛰었다. 그 경황중에 나는 아차 하였다. 패물 보퉁이를 그대로 둔 채 가게를 나왔기 때문이었다. 나는 거의 동물적으로 금은방 쪽을 향해 뛰었다. 그 가게에 거의 당도했을 때, 내게 의자를 권했던 젊은 점원이 보퉁이를 들고 휘적휘적 걸어오고 있었다. 내게 보퉁이를 건네주는 점원의 입가에 객쩍은 웃음이 스쳐갔다. 무사히 집으로 돌아오긴 했지만 나는 안절부절이었다. 가만히 앉아 있을 수도 없었고, 그렇다고 일거리가 손에 잡히지도 않았다. 나에게 한 방 먹인 아버지가 저승에서 어떤 표정을 짓고 있을지 궁금했다. 이상하게도 아버지를 탓하거나 저주할 수 없었다. 아버지가 수치스럽지도 않았다. 오히려 측은했다. 세상을 믿고 살았으며 평생 동안 외톨이 신세로 떠돌았던 아버지에게 가짜 금붙이들 때문에 저주를 퍼부을 수는 없었다. 먼 길을 같이 갈 때, 손바닥에 진땀이 고인다 해도 결코 내 손을 놓지 않으려 했던 아버지는 그 자리에 그대로 있어야 했다. 애꿎은 일을 당했다 하더라도 결혼을 미루거나 단념할 처지도 아니었다. 그것은 도시락 속에 그 정체를 감추고 있었던 아버지의 유령 때문이었다. 그 유령은 노동의 흔적이라고는 눈곱만치도 없는 정갈한 손을 내밀어 어머니와 나를 조종하고 있었다. 뿐만 아니라, 결혼 그 자체에 대한 호기심을 떨쳐버리기도 어려웠다. 나는 지금까지 앞으로 갈 길에 대한 생각보다 열아홉 해 동안 나를 스쳐간 느낌과 생생한 추억 들에 짓눌려 살았다. 그것들은 나를 우여곡절 속으로 끌어들여 안고 뒹굴거나 어디론가 내팽개치고 짓이겨서 옭아매었다. 지금은 그 모든 영향력들을 홀가분하게 벗어던질 수 있는 기회가 왔다는 것을 깨달았다. 허세나 고집 따위로 손가락질받게 되더라도 이젠 되돌릴 수 없게 된 것이다. 시쳇말로 운명이라는 생각이 들었다. 나는 어머니를 만나지 못한 채 읍내의 마을회관에서 혼례를 치렀다. 그 여자가 어머니 대신 혼주 노릇을 해주었다. 만에 하나 빚쟁이들이 몰려와 분탕질을 놓을까 모습을 드러내지 못하는 어머니의 쓰라린 심정을 헤아리지 못하는 것은 아니었지만, 혼례를 치른 그날만은 섭섭했다.

12

여행을 떠나자고 먼저 제안한 쪽은 안성댁이었다. 적어도 삼사일 터울로 포구로 돌아왔던 박창호씨가 보름이 넘도록 감감무소식이었다. 전화조차 걸지 않았다. 수족관은 비어 있었다. 남편으로부터 소식이 없자 활어들을 모두 이웃 가게에 넘겨버렸기 때문이다. 안성댁은 그때부터 나와의 여행을 염두에 둔 것 같았다. 나 역시 그 제안을 순순히 따랐다. 마치 예상이나 하고 있었던 것처럼. 우리는 내일이면 다시 가게로 돌아올 사람들처럼 간편한 차림으로 포구를 떠났다. 삶은 옥수수와 튀긴 새우 같은 것을 비닐봉지에다 주섬주섬 주워담으면서 안성댁이 말했다.

"동생, 이거 받어."

힐끗 돌아보았더니, 편지봉투였다. 의아해하는 나에게 그녀는 말했다.

"우리 두 사람이 동행을 하더라도 여비는 각자가 지니고 있어야 마음이 편안하거든."

"언니가 가지고 있어요."

"넣어둬, 그게 편해."

버스터미널로 걸어가는 모습을 누군가 등뒤에서 바라보았다면, 너무나 우스꽝스런 두 사람의 조합에 시선을 빼앗길 만했을 것이다. 한 여자는 너무나 뚱뚱했고, 그 옆의 한 여자는 너무나 깡말랐기 때문이었다. 배다른 자매이긴 하지만, 두 사람이 자매간이라고 말한다면 놀라지 않을 사람이 없을 것이다. 우리는 해안선을 따라 남쪽으로 하행하는 버스에 올랐다.

버스는 얼마 가지 않아 비린내만 뭉클거려 역겹기만 했던 시가지를 벗어났다. 가게에 몸 붙이고 있을 때는 전혀 느낄 수 없었던 냄새들이었다. 골목마다 쌓여 있는 쓰레기 더미들과 그 위로 너절하게 덮여 있었던 생선 창자들과 구린내들조차 아무렇지도 않게 지나치던 것들이었다. 선창에 정박한 어선들에서 나는 기름 때 냄새 역시 곤혹스럽지 않았었다. 그런데 그곳을 떠나자는 결심을 굳힌 순간부터 포구에 노출된 갖가지 상식적인 풍경들이 혐오스럽거나 누추하게 보이기 시작했다. 마치 그곳으로 두 번 다시 되돌아올 사람 같지 않게.

버스가 시가지를 벗어나면서 단조로운 풍경들이 차창 밖으로 덧칠되기 시작했다. 오른편으로는 키 작은 소나무들이 듬성듬성 자리잡은 구릉지대였다. 왼쪽으로 바라보이는 해안선에는 지난여름에 남기고 떠난 쾌락과 방기의 흔적들이 끊임없이 이어지고 있었다. 방치된 방갈로의 창틀에서 찢겨 나풀거리고 있는 비닐 조각들, 그리고 모래펄에 기하학적 구도를 이루며 삐죽하게 박혀 있는 각목들, 어지러운 발자국들, 빈병들, 그런 너절한 풍경들이 차창 밖으로 어지러웠다. 그나마 차창의 틈새로 모래톱을 밀고 당기는 파도 소리가 책장 넘기는 소리처럼 들려왔다. 며칠 전에 나는 요즘 들어 도무지 말이 없어진 안성댁에게 말했었다.

"언니, 그냥 그렇게 넋 놓고 있는 것은 바보짓이야. 대책을 세워야지."

간이의자에 앉은 채로 한 시간이 넘도록 선창 쪽만 더듬고 있던 안성댁의 시선이 나를 돌아보는 데도 한참이나 걸렸다.

"갑자기 무슨 대책?"

"뱃살 뺄 방도를 찾아야지…… 언니 심각한 거 알고 있지? 그렇게 넋 놓고 있다가 정말 낭패 볼 일 생기면 어떻게 하려고 그래?"

"이렇게 너절하게 살다가 어느 날 삐끗하면 그대로 죽겠지 뭐."

"지레 죽기 전에 어떤 노력이라도 해보고 죽든지 살든지 해봐야지."

"수백 번도 들은 소리네."

"수백 번 들었으면 뭐해? 한 번 정도는 실행에 옮겨봐야
지."

"약 먹어봤자, 아무 소용이 없다고 했잖아."

"그 말은 맞아, 약 먹는 것도 바보짓이야. 약 먹고 움직이지
않으면 안 먹는 것보다 더 못해."

"날보고 에어로빅이라도 하란 얘기야?"

"여행이라도 떠나보는 건 어때? 여행을 떠나게 되면 움직
이기 싫어도 움직이지 않으면 안 되고 움직이기 싫어하는 언
니에겐 자연히 운동이 될 것 아냐."

"여행이라는 게 놀고먹자는 것인데, 놀고먹으면서 뱃살까
지 뺄 수 있다면 살 못 뺄 사람이 어디 있겠어."

"언니처럼 매사를 부정적으로만 생각하면 되는 건 아무것
도 없어."

"세상 참 공평하지도 못하지, 동생은 하루 종일 꾸역꾸역
먹어도 뼈에 살 붙는 일이라곤 없는데, 난 굶어도 살이 찌니
도대체 세상에 이런 웬수가 어디 있어."

"여행 안 갈래요?"

"자꾸 심란하게 만들지 마. 떠나도 막상 겨냥하고 갈 곳도
없잖아."

"목적지를 두지 않는 것도 좋지. 진력나면 돌아오기 좋고."

"그래도 목적지를 두고 떠나야지 무턱대고 어딜 자꾸 간다구 그래."

"옛날 엄마하고 살았던 동네를 찾아보는 것도 좋지 않겠어요?"

"셋방살이로 전전했지 우리 집 가진 적은 한 번도 없었어."

"그렇다고 추억까지 까먹었을까요? 그런 곳 두서너 곳만 쉬엄쉬엄 다녀옵시다. 심란한 것도 가라앉아서 기분도 한결 나아지겠지요."

"싫어, 동생이나 다녀와."

전혀 구미가 당기지 않는 모양이었다. 그런데 사흘 전에 심경의 변화를 일으켜 수족관을 정리하겠다고 법석을 떨었다.

예측이 전혀 불가능한 여행을 시작하고 있는데도 앞으로의 여정에 대한 불안감은 없었다. 내 발로 집을 나온 나 또한 몇 년 동안의 떠돌이생활로 여간한 충격에는 놀라지 않는 초연함이 몸에 밴 탓인지 몰랐다. 살 속까지 파고들어 뒤흔들어대던 피곤과 굶주림도, 그것으로 말미암아 언제나 퉁퉁 부어 있는 입술도, 문밖으로만 나서면 끊임없이 얼굴을 스쳐가는 칼바람도, 갈개치는 눈보라와 속살까지 흘러내려 적시던 빗줄기도, 때때로 눈앞에 어른거리는 환영도. 때로는 곤경에 빠져 헤어날 길이 없었던 때도, 나를 심란하게 만들었던 모든 것들을 끌어안고 있었으므로 예측할 수 없는 모든 충격들로부터 대부분 무관한 관계가 되어버렸다. 다만 나를 끈질기게 따라붙는 아버지의 유령만 뺀다면.

새롭지도 않은, 그렇다고 진력이 나지도 않은 가없는 바다를 창 너머로 물끄러미 바라보며 나는 이제 조금씩 흔들리고 있었다. 내 몸뚱이가 자동차의 미세한 동력도 놓치지 않고 반응하고 있다는 것이 새로운 발견처럼 싫지 않았다. 내게도 시계추처럼 앞으로 그리고 뒤로 흔들렸다가 다시 제자리로 돌아와 또다시 흔들릴 준비를 할 수 있는 유기체의 능력을 가진 육체가 있다는 것이 대견스럽기까지 했다. 사소한 자극을 곧이곧대로 받아들이고 대응할 수 있는 예민한 감각이 아직도 자신의 몸 어딘가에서 온전한 감각 체계를 유지하며 남아 있다는 확인은 기분좋은 것이었다.

나는 옆자리에 앉은 안성댁을 힐끗 돌아보았다. 그녀는 석불처럼 꼿꼿하게 앉은 채로 졸고 있었다. 졸고 있는데도 버스의 요동과는 아무런 관계를 맺지 않고 있었다. 마치 그녀의 척추 한쪽 끝이 버스 좌석 한가운데를 관통하며 버텨주고 있는 것처럼 끄떡도 않고 앉아 있었다. 졸고 있는데도 그랬다. 그녀의 과도한 비만증이 그렇게 보이게 하는 것 같았다. 나는 안성댁의 상반신을 창 쪽으로 가만히 밀어주었다.

그녀는 남정네들처럼 코까지 골며 깊은 잠 속으로 빠져들었다. 그녀의 무신경함이 문득 처연했다. 손에 들려 있던 종이봉지를 가만히 빼내 속을 뒤져보았다. 버스터미널 매점에서 산 찐 감자 몇 개가 찌그러진 채로 들어 있었다. 내가 아니었다면, 누가 그녀를 따라 동행해주었을까. 희미한 행복감이 가슴속으로 스며들었다. 순간적이긴 했으나 이처럼 아무것도 아닌 것에 행복으로 이름해도 무리가 없는 감정과 조우할 수 있다는 것이 놀라웠다. 언제나 지나친 기대가 그런 감정들을 가로막고 있다는 생각을 하고 있었다. 내가 그녀와 한 핏줄이라는 것을 이번 여행에선 진솔하게 털어놓아야겠다고 다짐하고 있었다. 나도 가만히 그녀의 넓은 옆구리에 상반신을 기대었다. 긴장과 두려움 뒤에 가려져 있던 졸음이 가만히 눈두덩을 덮었다. 나 역시 그녀를 따라 졸음 속으로 빠져들었다. 시간이 얼마나 흘렀을까. 버스가 파열음을 쏟아내며 뭘 토할 듯이 울컥 멈추고 사람들이 주섬주섬 일어나 한꺼번에 승강장으로 몰려갔다. 우리는 거의 동시에 졸음에서 깨어났다. 졸고 있던 사이 상당히 먼 거리를 남쪽으로 내려온 것 같았다. 포구의 이름도 모르면서 무작정 버스에서 내렸다. 목적지와는 상관없이 오직 졸기 위해 버스에 올랐던 사람들처럼.

바다를 턱밑에 둔 작은 어촌이 한눈에 들어왔다. 울진이 북으로 이십사 킬로미터라는 표지판이 보였다. 벌써 해거름 녘이었다. 하늘은 맑았으나 바람은 거세게 불고 있었다. 바람에 밀린 물보라가 길턱까지 들이치고 있었다. 우리는 목이 말랐다. 오랜 시간 입을 벌리고 졸았던 탓이었다. 해안선 쪽을 바라보며 지은 허술한 가옥들이 옹기종기 모여 있는 마을을 바라보며 걸음을 옮겨놓았다. 달려온 길을 되돌아가는 셈이었다. 방파제 위에서부터 바람의 시달림을 받으며 날고 있던 갈매기 몇 마리가 길턱에 세워둔 오징어 덕장 위로 날아들었다. 파도가 주인이라는 듯 쉴새없이 들이닥치는 그 작은 어촌은 안성댁이 어머니와 함께 이 년 동안이나 살았던 곳이지만, 너무나 비대해진 지금의 안성댁을 알아보는 사람은 있을 것 같지 않았다.

어쩌면 이 적막한 어촌에서 민박할 곳을 찾아야겠다는 생각이 들었다. 나는 안성댁으로 하여금 될수록 많이 걷게 하기 위해 마을의 맨 끝자락에 뚝 떨어져 있는 가게를 찾았다. 판자로 문을 단 좁은 가게 앞에 먼지 앉고 낡은 살평상 하나가 놓여 있었다. 그 살평상 위에 두 노인이 안주도 없이 맥주병 하나를 놓고 소슬하게 앉아 있었다. 물 한 병을 산 우리는 그들처럼 평상 한끝에 엉덩이를 걸치고 앉았다. 한 노인이 종이컵에다 맥주병 주둥이가 아래쪽으로 가도록 거꾸로 들고 따르고 있었다. 그러나 맥주가 콸콸 쏟아지는 게 아니었다. 감질나게 몇 방울 떨어지다 말았다. 눈여겨보았더니 병 속에 든 맥주는 꽁꽁 얼어 있었다. 그 언 맥주가 녹기를 기다려 종이

컵에다 따르고 있는 것이었다. 왜 한여름도 아닌 초겨울에 하필이면 왜 냉동실에서 꺼낸 언 맥주를 마시고 있는 것일까. 노인네들이 물끄러미 바라보긴 했지만, 우리들의 우스꽝스런 조합에 대해선 이렇다 할 관심을 두지 않았다. 우리에게 물을 팔았던 가게의 늙은 노인은 키는 작고 얼굴이 수수떡처럼 붉었다. 그가 반잔도 채 안 되는 맥주를 목 안에 털어넣고 아이들처럼 투레질을 하고 나서 물었다.

"두 분은 어디로 가는 중이었소?"

우리는 약속이나 한 것처럼 서로 마주 보며 웃었다.

"그냥 여기까지 온 셈입니다."

"여기 아는 사람 있소?"

"없습니다. 그냥 해변 모래사장이나 걸어보려구요."

"그래요? 이 동해안 강구에서 통일전망대까지 처깔린 게 해수욕장이고 모래사장인데 하필이면 이 적막한 어촌 모래사장을 걸으러 왔소?"

"적막한 어촌 분위기가 좋아서요."

"젊은이는 잘도 척척 받아넘기네? 우리같이 늙은것들하고는 말 붙이는 것은 고사하고 아예 등부터 돌리고 본 척 만 척 하는데 젊은이는 안 그러네?"

"자꾸 물으시니까 대답해야지요."

"그래요? 공평하지 못하니까 그쪽에서 물어볼 게 있으면 물어 보시오."

"물어봐도 돼요?"

"그러시오."

"이 추운 날씨에 왜 일부러 얼어터진 맥주를 마시고 계세
요?"

"아, 이거요?"

노인은 맥주병을 들어 몇 번인가 흔들어 보였다. 병 안에
든 얼음덩이가 덜그럭덜그럭 소리를 냈다. 노인의 시선이 힐
끗 바다 쪽을 일별했다. 마주 앉아 있는 다른 노인은 이 추위
속에서도 꾸벅꾸벅 졸고 있었다. 가게 노인은 묻는 말에는 대
꾸를 않고 졸고 있는 노인을 턱짓하며 이죽거렸다.

"이놈은 나보다 열다섯 살이나 손아래인 예순둘이요. 그런
데 이 어촌에 노인네는 씨가 말랐소. 배 타는 젊은 놈들은 몇
있는데 우리가 노인네들이라고 아예 상종을 안 해줘. 그래서
예순 넘은 이놈하고 팔십두 살 먹은 나하고 친구 되어서 여름
이나 겨울이나 만날 이 살평상 위에 마주 앉아 언 맥주를 마
시고 있소. 이놈도 처음에는 언 맥주를 마시지 못했지. 마셨
다 하면 곧바로 설사가 나와서 손사래를 쳤지. 그런데 지가
나 아니면 친구가 있어야 말이지. 딴 도리가 없이 나하고 어
울려야 하니까 언 맥주를 안 마실 수가 없게 되었지. 그것도
워낙 마셔대니까 창자도 딴 도리가 없었던지 몇 년 지나고부

308

터는 설사라곤 안 한다데. 그래선지 몰라도 마시면 배가 나온다는 맥주를 이놈하고 나하고는 눈만 떴다 하면 마주 앉아 매일 마셔대도 살도 안 찌고 배 나오는 줄도 모르겠어."

"언 맥주를 마시는 사연이 있나봐요?"

바로 그때였다. 노인은 신발을 신은 채 살평상 위에서 벌떡 일어섰다. 그리고 윗도리 내복을 가슴 위까지 후딱 걷어올렸다.

"이것 보시오."

노인의 배에는 얼른 보아도 새로로 적어도 십 센티미터는 됨 직한 꿰맨 자국이 선명하게 남아 있었다. 노인은 한 손으로 걷어붙인 자신의 배를 가리키면서 말했다.

"내가 열아홉 살 때 육이오가 터졌소. 전쟁이 터지자 누구보다 앞장서서 육군에 자원입대했었지. 빨갱이들을 단숨에 까부숴야 하니까. 그런데 지금 생각해보면 내가 자원입대를 했는지, 남이 가니까 거름 지고 장에 가듯이 어영부영 남에게 묻어갔는지 기억이 희미해. 나이 열아홉 살 먹은 무식한 갯가놈이 기억력인들 좋겠어? 훈련소라는 데가 있는지 없는지, 있으면 어디 붙어 있는지 알지도 못했고, 어느 부대에서 총을 정조준할 때, 한쪽 눈은 감아야 한다는 것만 배워가지고 배속된 부대가 하필이면 중부전선에 투입된 양키부대였네. 나 참 기가 차서. 나는 그때까지 코쟁이 양키부대라는 존재가 있는 줄도 몰랐어. 어디서 나타났는지 이빨만 하얀 깜둥이가 운전하는 트럭을 타고 부대라는 곳에 도착해보니, 기도 안 차는 거야. 눈앞에 왔다갔다하는 놈들은 모조리 새카만 놈 아니면 털북숭이 하얀 놈들뿐이야. 보충병이랍시고 삼십여 명 되는 엽전들 막사 앞에 정렬시키고 키가 껑충한 싸진이란 놈이 앞에 서서 뭐라고 꼬부랑꼬부랑 씨부러쌓는데, 단 한마디도 못 알아듣겠더군. 내가 부상으로 의병제대하기까지 그나마 내가 알아들었던 꼬부랑말 한마디가 있는데, 그건 그로부터 오십 년이 넘은 지금까지 잊지 않고 있는 '고'라는 말이야. 그놈들도 내가 꼬부랑말이라곤 단 한마디도 못 알아듣는다는 것을 빤히 알고 있었지. 나뿐만 아니었어. 그때 갔던 보충병들은 내하고 똑같았어. 그런데 이 양키놈들이 나만 보았다 하면 무조건 손가락으로 북쪽을 가리키며 고고고…… 하면서 몸서리치게 소리치는 거야. 고고가 뭔 말이겠어. 눈 딱 감고 앞으로 달려나가서 과감하게 부딪치고, 대가리에서 피가 콸콸 쏟아져도 목숨 걸고 쳐부수란 얘기 아니겠어? 그놈들이 소리치던 '고'란 말 속에는 그런 여러 가지 의미가 내포되어 있었지. 내가 알아들을 수 있는 말은 그 한 가지뿐이었기 때문에 그 말에만 중독이 되어 날뛰었어. 꿈속에서도 누가 고고 하는 소리가 들리면 눈을 뜨지도 않고 벌떡 일어나 소총을 집어들고 막사 밖으로 뛰어나갈 정도였으니까. 그런데 문제가

310

생겼어. 이 고얀 놈들이 아침마다 일 리터짜리 우유 한 팩씩을 지급하는데, 그걸 무조건 다 마시라는 거야. 남기면 큰일 난다는 거야. 그런데 얼기 직전의 냉동된 우유 한 팩을 숨이 턱턱 막혀가면서 몽땅 마시고 나면 하루 종일 설사를 질질질 싸고 다니는 거야. 특히나 참호 속에 숨어서 숨쉬는 것조차 조심해야 할 정도로 매복을 하고 있어야 하는데도 설사는 지 멋대로 새는 거야. 용을 쓰다 못해 똥구멍에다 말뚝을 박는다 해도 설사는 못 말려. 그래서 하루 종일 시레이션이다 뭐다 해서 먹는 것은 많은데 설사로 몽땅 빠져나가고 창자 속에 남는 것은 소싯적부터 거기서 더부살이하고 있던 회충뿐이지. 양키들이 제아무리 목청을 높여 고고고 하고 소리쳐도 허리는 휘어지고 다리가 휘청거려서 그놈의 고고가 씨도 안 먹혀. 그럴 땐 고 한 번만으로도 정신을 못 차리겠는데, 이것들이 저희들은 참호 속에 대가리 처박고 눈깔만 빠끔 내놓고 엎드려서 유독 나한테만 곱빼기로 세 번이나 고고고 하니까 미치고 환장할 지경이었지. 내가 키도 작고 오종종하게 생겼지만 비겁한 엽전놈들이란 비웃음받기 싫어서 자빠지든 엎어지든 무작정 돌격 앞으로 했던 거야. 그래서 난 그 고고고에 대한 임무 수행을 제대로 하려면 아침에 지급하는 우유가 문제라는 것을 깨달았지. 어느 날부터 무조건 우유는 안 먹겠다고 버텼지. 그런데 이게 또 호랑이 아가리에 손 집어넣은 꼴이 되고 말았어. 우유를 먹으면 설사가 나서 고고고가 안 되니까 먹을 수 없다고 꼬부랑말로 조리 있게 말했으면 그놈들도 대충 알아먹었을 텐데, 꼬부랑말을 모르니까 덮어놓고 안 먹는다고만 황소고집으로 버텼지. 말 못하는 나나 속내를 알아차리지 못하는 저희들이나 속 타기는 마찬가지였어. 그런데 문제는 그놈들이 하나같이 나보다 계급이 엄청 높았다는 것이야. 내가 기어코 안 먹는다니까 이것들이 자존심이 상했던 모양이야. 이 샛노란 엽전놈 봐라? 메이드 인 유에스에이를 안 처먹겠다? 괘씸하다 이거지. 어느 날 싸진이 날 호출하기에 막사로 달려갔더니 깜둥이 싸진 한 놈이 일 리터짜리 우유팩 두 개를 식탁 위에 올려놓고 눈을 하얗게 치뜨고 날 기다리고 있더군. 내가 막사로 들어서자마자, 그놈은 우유팩을 가리키면서 먹으라는 시늉을 하는 거야. 나야 그놈들 틈에 끼어 눈치로만 살아온 이력이 있는데, 그놈이 뭐라고 하는지 대뜸 알아챘지. 하루 종일 바지에다 물똥을 질질 흘리면서 다닌다 하더라도 권총을 들이대고 위협하는데 안 마실 장사가 어디 있겠어. 양키놈들, 엉뚱한 놈들 많아서 쏘겠다고 벼르면 정말 쏘거든. 전 가족을 한 놈도 남기지 않고 몰살시키겠다고 밤새도록 핏대를 세우고 땅땅 벼르다가 이튿날 아침 되면, 언제 그랬냐는 듯이 모른 척하는 우리네 사정하고는 생판 다른 동물들이지. 에라, 모르겠다. 죽기 아니면 까무라치기지. 나는 그 자리에서 우유팩 두 개를 순식간에 벌컥벌컥 마셔버렸지. 그 자식, 하얀 이빨 드러내고 파안대소하면서 급하게 마신 우유 잘 소화되라고 권총 대가리로 내 등을 쳐주던 일은 지금도 눈에 선해. 이상한 일은 그뒤에 일어났어. 적어도 하루쯤은 똥 싼 바지를 입고 다닐 것을 단단히 각오하고 우유를 마셨는데, 어쩐 셈인지 그 이후부터 설사는커녕 오히려 변비 때문에 개고생을 했다니까. 그놈이 내가 나타나기 전에 우유에다 똥꼬가 막히는 약을 탄 것인지도 모르지. 그 이후부터 그놈들이 고라고 하든 곱빼기로 고고고라고 하든 말든 전투병으로서 충성심을 발휘하는데 아무런 지장도 없었어. 너무 신기한 것은 내가 제대하고 집으로 돌아온 이후 팔십 노인이 될 때까지 우유 아니라, 피마자기름을 되로 마셔도 설사 한번 한 적이 없었다는 거야. 그런데 그뒤 야간전투에서 깜둥이 두 놈하고 패를 짜고 고고고 하고 있는데, 어떤 놈이 느닷없이 나타나서 홍두깨로 내 배를 후려치는 거야. 순간적으로 대포 소리 소총 소리로 귀청이 찢어질 것 같은 이 살벌한 전투에서 홍두깨를 들고 설치는 미친놈도 있구나 했었지. 그후는 기억에 없어. 눈을 떠보니 양키부대의 야전병원이었어. 그때 눈을 뜨면서 이제 더이상은 고고 하기 어렵게 되었구나 하는 생각이 들데. 통역관이 찾아와서 내가 무턱대고 고고고 하다가 대포 파편에 맞고 창자가 터져서 쓰러졌다는 거야. 그냥 뒀다면 늑대나

물어갈 고깃덩어리를 곁에서 총 쏘고 있던 깜둥이가 밖으로
쏟아진 내 창자를 대강 수습해서 야전병원으로 후송시켰다
데. 그때 야전병원 양키군의관이 없었더라면 그 자리에서 죽
었을 거야. 수술을 시작하면서 창자를 수습하는데, 그 깜둥이
가 제 딴에는 하느라고 했지만 대창 쪽에 파편을 맞아 한쪽이
끊어져 날아가고 없어졌다는 것을 발견한 거야. 그럴 때야말
로 의술이 필요하지. 끊어진 대창을 군의관이 플라스틱 대롱
으로 이어서 꿰매고 봉합해버린 거야. 여든 살이 넘은 지금까
지 내 창자는 그때 이어진 플라스틱으로 만든 대롱 창자 덕으
로 유지되고 있는 셈이지. 내가 지금 거짓말하고 있는 것 같
어? 아니야. 그건 여기 앉아 있는 이 친구도 알고 있어. 그래
서 난 연구대상이야. 한 해 한 번씩, 서울에 있는 대학병원에
서 날 앰뷸런스로 모시고 가서 창자 상태를 점검해주지. 무료
로 말이야. 검진받을 때마다 머리가 허옇게 센 늙은 의사가
고개를 갸우뚱갸우뚱해. 오 십 년 전에 야전병원에서 꿰맞춘
플라스틱 창자가 아직까지 제 몫을 다하고 있다는 것이 너무
이상하다 이거지. 그래서 내 그랬지. 내 죽거든 선생님 집도
로 해부 한번 해보시라고. 그랬더니 그 의사 선생님 말이 걸
작이야. 당신보다 내가 먼저 죽으면 어떻게 하지요? 그 이후
로 술이든 물이든 음식이든 입으로 들어가는 것 중에 뜨거운
것은 절대로 먹지 않았어. 내가 뜨거운 음식 안 먹는다는 건

어촌계 사람들 치고 모르는 사람이 없어. 왠지 알어? 뜨거운 걸 먹으면 플라스틱 창자가 녹아버리지 않겠어? 플라스틱은 열에 약하지. 그 의사 선생님은 걱정도 팔자라고 면박을 주었지만, 자기가 시술한 것도 아닌데 내가 그 말 첫곧이 듣고 뜨거운 음식 먹었다가 창자 녹아서 막혀버리면 나는 그날로 땡 소리나는 것 아닌가. 평생 찬 것만 먹고 마시고 살았어도 팔십 넘어까지 아무 탈 없이 살았는데 더이상 뭘 바라겠어."

그때까지 노인의 상반신은 노출된 채로였다. 한 손으로는 걷어올린 윗도리를 고정시키고 다른 한 손으로는 플라스틱으로 연결된 부위를 가리키기도 하고 창자가 차지하고 있는 범위를 그려가며 설명하기도 했다. 때로는 한반도에서 중부전선이 위치한 부분이 자신의 뱃구레 어느 부위쯤 되는지 엑스자를 그려가며 가리키기도 하였다. 입가에 허연 버캐가 낄 정도로 열중해 있던 노인네는 그제야 윗도리를 내려 옷매무새를 가다듬으며 말했다.

"이 마을은 워낙 외진 어촌이라 민박 외에는 마땅한 숙소가 없어요. 해도 지고 파도도 거세지는데, 저기가 우리 집이요. 가게 문 닫고 같이 갑시다. 거기서들 묵고 가시오. 내가 군불을 뜨끈뜨끈하게 지펴드리리다."

안성댁이 어머니와 살던 집은 그 마을의 언덕 뒤쪽에 있었다. 안성댁 말로는 그 집에서는 언덕 뒤쪽으로부터 파도 소리는 들리지만 바다는 보이지 않는다고 했다. 소형어선들이 부려놓는 일거리들을 찾아 두 식구가 연명했지만, 어머니 양씨는 바다를 몹시 싫어해서 언제나 바다가 보이지 않는 곳에다 셋방을 얻어 살았다. 나는 그 집을 돌아보지 않았다는 것을 핑계로 혼자 살고 있다는 팔십 노인의 집에 민박을 잡기로 하였다. 우리는 노인의 안내에 따라 방 두 칸짜리 바닷가 민박집으로 들어갔다. 우리들이 잘 건넌방에 노인이 군불을 지피는 동안, 우리는 안방에서 기다리기로 했다. 노인이 군불을 지피면서 구워온 고구마 몇 개와 가게에서 가져온 음료수 한 병을 반찬 삼아 저녁을 때우기로 했다. 노인이 방으로 들어오자 나는 문설주 위에 걸려 있는 액자를 가리키며 물었다.

"먼저 돌아가셨다는 할머니인가봐요."

허리를 쭉 펴고 길게 엎드려 걸레로 방바닥을 훔치던 노인네가 대답했다.

"그렇소, 죽기 일 년 전에 찍어둔 사진이오. 그때 모처럼 장에 나갔더니 영정사진만 단골로 찍어주는 사진사가 난전을 펴놓고 서 있습디다. 우리 내외가 같이 찍었는데, 나보다 먼저 간 저 사람 사진만 걸어뒀어요. 아까 만났던 후배 친구 없을 때는 혼자 방에 앉아 영정사진 쳐다보며 객쩍은 소리 서로 나눠가면서 언 맥주를 마시는 재미도 괜찮았어요. 저 사람과 오십오 년을 같이 살면서 아들만 셋을 낳았는데, 그게 모두

이 얼음같이 찬 배꼽을 맞추어서 낳은 자식들이오. 저 사람이 참 심덕이 무던한 사람이었소. 뱃사람인 나하고 결혼해서 삼 형제를 배태할 동안 단 한 번도 따뜻한 배꼽으로 보듬어 준 적이 없는데, 지청구 한마디 안 하고 아들 셋을 쑥쑥 빼놓습디다."

"혹시 언짢아하실 줄 모르겠습니다만, 요사이 도회지에선 황혼끼리 서로 만나 동거하면서 산다고들 하던데요."

"나도 그 얘긴 종종 들었지. 어촌 구석에서 코 박고 살아도 세상 돌아가는 풍속 조금씩은 귀동냥하면서 살아요. 알고 보면 그것도 도회지에 살고 있어야 하고, 돈푼깨나 만지는 영감들 얘기야. 아니면 젊은 시절부터 내로라하던 오입쟁이들이나 하는 짓들이지. 들어보니까 아랫니 윗니 모두 틀니로 떠받치고 겨우 송장 모면한 늙어빠진 노파들도 돈 없는 영감들에게는 눈길조차 주지 않는답디다. 나는 그런 기회가 있다 하더라도 싫어. 나이 팔십이면 언제 죽을지도 모르는데 무슨 썩어빠진 황혼연애랍디까. 벽에 걸린 저 한 사람만으로도 난 팔자가 늘어졌어. 저 사람하고 오십 년 넘게 살면서 만들어놓은 역사만 되씹어도 못다 하고 죽을 판국에 어디 가당키나 한 일이야. 요사이는 자식들도 황혼결혼을 거들어준다고 합디다만, 그놈들 미친놈들이오. 늙은 부모 모실 일이 죽기보다 싫으니까, 속셈은 따로 두고 효자인 척 중매쟁이 내세워 늙은이

들끼리 붙여주느라 야단법석인 거요. 난 저 사람이 환생하면 두 말 않고 결혼하겠지만, 다른 여자는 홀딱 벗고 들이댄다 해도 싫소."

"옛날애기처럼 들리네요. 요사이 젊은 부부들은 남남처럼 산답니다."

"그게 모두 살벌한 세상 살아가기 때문이오. 부부다운 부부, 이 조그만 어촌에서도 찾아보기 힘들어요. 언제부터 세상이 이렇게 변해버렸는지……"

안성댁은 시선을 다른 데 두고 있었으나 귀는 노인네 쪽으로 돌리고 있었다.

"아드님들은 모두 객지에 나가 살고 있나봐요?"

"맏이는 멀지 않은 강원도 삼척에서 직장생활 하고 있고…… 가만있자, 맏이도 정년이 얼마 안 남았지 아마. 둘째, 셋째는 모두 자영업자인데 부산 대전에 흩어져 살고 있지. 맏이는 그나마 너무 멀지 않은 곳에 살고 있으니까, 지 애비 죽으면 동생놈들 몰려오기 전에 뭐 가져갈 거라도 없나 해서 자주 빼끔빼끔 들여다봐. 둘째하고 셋째는 명절 때도 빼먹을 때가 많지. 며느리가 셋인데 그것들이 한결같이 여우들이야. 전화로야 입안에 굴리던 사탕도 꺼내줄 듯이 새콤달콤하지. 그것뿐이야. 그러면 그러는 거지 뭐. 언제는 내가 그놈들 덕 보고 살았나. 내가 십 년 전만 해도 근력이 좋아서 통발선 몰고 잠깐 나가서 미역만 걷어와도 우리 내외 배꼽 두드려가며 살았어. 내가 왜 그 놈들 눈치 보고 살아야 돼. 내가 한세상 살면서 폐 끼친 사람이 단 한 사람 있는데, 지금 날 내려다보고 웃고 있는 저 사람뿐이야."

"아드님들 몰래 감춰둔 재산도 있겠네요."

"있고말고, 실토정하면 그걸 내 뱃속에 숨겨놨어. 내가 죽고 난 뒤 내 플라스틱 창자만 병원에 팔아넘겨도 한몫은 챙길 수 있을 거야."

"농담도 잘하시네요."

그때 문밖에서 인기척이 났다. 노인네가 문도 열어보지 않고 바깥쪽을 향해 이죽거렸다.

"저 화상이 무슨 미련 있어 밤중에 찾아왔나. 나 혼자 손님들하고 재미볼까봐 질투가 난 게야. 야 인마, 밖에서 뜸들이지 말고 냉큼 들어와."

"형님, 들어가도 될까요."

"저 자식 봐라, 말벗이 없어서 열다섯 손아래 놈을 친구 삼아줬더니 이제 와선 버릇없이 나하고 희롱하자네. 야 인마, 밖에서 넙죽거리지 말고 냉큼 못 들어와? 넌 춥지도 않어?"

문을 열고 들어서는 사람은 역시 낮에 살평상에서 만났던 그 노인네였다. 그는 꾸덕꾸덕 말린 명태 두 마리와 맥주 한 병을 들고 들어와 좌정했다. 그런데 내 등뒤에선 문득 코 고는 소리가 들렸다. 돌아다봤더니, 안성댁이 내 등뒤에서 벌써 팔베개하고 잠들어 있었다. 나는 그날 밤 술은 마시지 않았으나 새벽 한시까지 두 노인네들이 주고받는 농담에 같이 웃고 떠들었다. 이튿날 아침, 우리 두 사람은 안성댁이 살았던 집으로 가보았다. 집은 그 자리에 있었다. 그러나 볼썽사납게도 그 집은 언제부턴가 버려진 채 폐가로 남아 있었다. 대들보가 지붕을 껴안고 내려앉아 안방의 구들장에 정통으로 박혀 있었다. 누군가가 살고 있겠거니 하는 기대가 있었다. 그러나 그런 참혹한 모습과 마주칠 거라고는 예상하지 못했다.

"언니, 이 집 맞아?"

입담 좋은 안성댁도 대꾸는 않고 고개만 끄덕였다. 얼굴이 하얗게 질려 있었다. 충격이 컸던 모양이었다. 곁방살이였긴 했지만, 살던 집을 둘러보자고 했던 것을 후회했다. 아니라도 심란했을 그녀의 심기를 건드린 것이 마음에 걸렸다. 다시 어디로 가보자는 말을 하기가 거북하게 되었다. 안성댁이 말라비틀어진 작대기 하나를 집어들었다. 그리고 섬돌에 떨어진 양말 한 짝을 뒤적거리며 말했다.

"그때, 주인댁 아저씨는 통발배 한 척을 가지고 있었는데, 천성이 게을러빠져서 뱃일은 않고 대낮에도 술만 마시고 방파제로 나가서 네 활개를 쫙 뻗고 곯아떨어지곤 했어. 집에 들어오면 아무런 이유 없이 다짜고짜 임신한 마누라를 패는데, 그 미련한 마누라는 밖으로 도망칠 줄도 모르고 방 안에 엎드려서 그 혹독한 패악을 억척같이 참아냈어. 문밖으로 도 망가면 자기도 창피할뿐더러 동네 사람들이 자기 남편 손가 락질할까봐 무서웠던 게지. 우리 엄마는 이틀돌이로 벌어지 는 남편의 행패를 뜯어말리느라 세월 다 보냈어. 그러면 두 눈깔이 시뻘건 그 아저씨는 뜯어말리는 우리 엄마 따귀 때리 려고 대들었다니까. 모르긴 하지만, 그 아주머니 남편 술주정 에 매질을 감당하지 못하고 봇짐 싸들고 야반도주하고 말았 을 거야. 혼자 남은 남편은 남편대로 또 어느 계집년을 찾아 패악질해볼까 해서 떠나버렸을 테고…… 그래서 집구석이 이 모양 된 거야. 아무도 돌보는 사람 없으니 바닷바람에 대 들보까지 견뎌내지 못하고 무너졌겠지."

"사람 사는 세상, 여기나 저기나 다를 게 없네. 언니, 우리 해변으로 나가요."

"거기 가면 뭐해. 만날 보던 바다가 그렇고 그런 거지. 내 보기엔 예나 지금이나 거기는 바다가 아니고 사막이야."

"언니, 사막에 가본 적 있어요?"

"사막보다 더 넓다는 바다는 실컷 보며 살았지."

"바다보다 더 넓은 사막도 있다네요."

"어디에?"

"사하라사막이라고 아프리카에도 있고, 아라비아라고 중

동에도 사막이 있고, 호주에도 빅토리아인가 뭔가 하는 사막이 있고, 몽골하고 중국에 걸쳐 있는 고비사막도 있다네요. 고비사막은 얼마나 넓은지 그 사막 안에서만 돌아다니면서 부는 바람이 따로 있답니다. 그 사막 여기저기에는 돌로 쌓은 무덤들도 많다네요."

"나무는 없고?"

"물 많은 바다에도 없는 나무가 물 없는 사막에 있을 턱이 없지요."

"중학교도 졸업 못 했다면서 그런 건 어떻게 알어?"

"책에서 읽었어요. 요사이 학교 안 가도 학교에서 가르쳐주는 것 이상으로 똑똑한 책들이 수두룩해요."

"사막에서 살고 있는 사람들, 물은 한 방울도 없지만 돈은 많다는 얘기 들은 적 있어. 우리 차라리 사막 구경 가는 것은 어때? 동생이 소원하는 것처럼 많이 걸을 수도 있고."

"좋은 얘깁니다만, 사막에 갇히게 되면 사람 사는 세상으로 나올 수가 없대요. 사막 속에는 길도 없고 이정표도 없고 표지판도 없대요."

우리는 설치한 지 오래된 수족관들이 띄엄띄엄 놓여 있는 마을 남쪽 들머리로 들어섰다. 노인네의 구멍가게가 저만치 바라보였다. 해안선을 지나온 바람이 가게 지붕 위에다 희뿌연 모래바람을 쏟아붓고 있었다. 탑승객 한 사람 보이지 않는

텅 빈 버스 한 대가 해안도로 북쪽을 향해 느릿느릿 다가오다
가 두 사람 앞에서 가속도를 붙여 횡 하니 달아났다.

"어젯밤 그 가겟집 노인 어땠어요?"

"재밌데."

해안선 모래펄로 접어들려는데 뒤따라오던 안성댁이 물
었다.

"배 안 고파?"

"버스부터 타고 봐요."

내가 안성댁의 핏줄이라는 것을 고백하기가 이렇게 어려운
것일까. 그런 생각을 하고 있었다. 한편으로는 구태여 그걸
고백해야 할 명분이 없다는 생각이 없지는 않았다. 그녀의 심
성이 어느 날 갑자기 돌변하지 않는 이상, 그리고 둘 사이에
심각한 갈등이나 위기가 닥치지 않는다면, 친자매 이상으로
서로 기대고 살 수 있으리라는 생각도 들었다. 그러나 그녀의
안색은 집을 떠날 때부터 어딘가 맥이 빠져 있었고, 여행에서
부딪히는 일들에 대하여 철저하게 무관심했다. 오래된 과거
였긴 하지만, 지난날에 살았던 집이 폐가로 방치된 것을 발견
하고 받은 충격은 의외로 커 보였다. 그 기억을 지울 수 있도
록 얼른 어촌마을에서 떠나고 싶었다. 한길에는 시멘트로 바
람벽을 세우고 대여섯 사람이 앉을 수 있는 목재의자를 비치
한 간이정류소가 있었다. 어떤 성병이든 단 한 번의 투약으로

완치하겠다는 시골 의원의 전단이 붙어 있는 바람벽 아래로 해안선에서 불어온 바람에 함께 묻어왔던 바닷모래가 가득 쌓여 있었다. 버스를 기다릴 동안 노인의 가게나 들러보자는 내 제안에 안성댁은 코대답도 않았다. 그녀는 껴입은 재킷 목 깃에 턱을 묻고 바다만 바라보고 있었다. 언제까지 기다려야 남쪽으로 가는 완행이나 마을버스가 도착할지 전혀 짐작할 수 없었다. 그때 문득 나는 배가 고프다는 것을 깨달았다. 배가 고프다는 생체적 반응은 내 짧은 생애에서 처음으로 느껴보는 경이적인 반응이었다. 그 반응이 너무나 뚜렷하다는 것에 나는 무척 놀랐고, 그래서 눈을 휘둥그렇게 뜨고 내가 반응하고 있는 배고픔이란 것을 가만가만 들여다보았다. 나는 조금 전 배고프지 않느냐고 물었던 안성댁이 던진 질문을 떠올렸다. 그래서 안성댁이 물었던 질문 그대로 물었다.

"언니…… 배고프지 않아요?"

그녀가 내 속내를 알아채지 못하겠다는 듯이 나를 힐끗 돌아보았다.

"왜? 나는 배 안 고픈데."

"정말?"

"정말이지, 내가 먹는 일을 두고 거짓말하는 것 봤어?"

안성댁은 무언가 골똘한 상념에 빠져 있다는 증거였고, 나는 나 자신도 모르게 생물적인 현실로 돌아와 있다는 증거였다. 우린 동행이었지만, 전혀 엉뚱한 방향을 향해 가고 있는지 몰랐다. 그러나 안성댁이 서울로 간 뒤 연락이 두절되어버린 남편과의 관계 때문에 고민하고 있는 것 같지는 않았다. 그 문제라면 이미 옛날에 심정적 정리를 끝낸 상태라는 것을 알고 있었고, 그 문제가 찜찜했었다면 여행을 떠나지도 않았을 것이었다.

우리는 한 시간 이상 지난 뒤에 도착한 버스에 올랐다. 그리고 한 시간을 달린 끝에 해변도시에서 안성댁이 말한 대로 아침과 점심을 겸한 아점을 먹었다. 그날 늦은 오후 우리는 감포에 도착했다.

"언니, 여기서도 살았어요?"

"한 일 년 가까이 살았어."

"무척이나 옮겨다녔네요."

"근데 그 여자가 여기까지는 찾아오지 못했어. 아마 지쳐서 뒤쫓는 걸 단념한 것인지, 아니면 그보다 더 위중한 일이 있었는지, 아니면 우리 아빠가 떠돌이생활 청산하고 집으로 들어와 살게 되었는지 알 수 없었지만, 어쨌든 지악스럽게 찾아내고 쫓아다니던 여자의 발길이 감포로 이사한 이후부터 뚝 끊어지고 말았지. 처음 이삼 개월 정도까진 긴가민가했어. 그 여자는 언제나 불쑥 불쑥 나타났지, 예고하고 찾아온 건 아니었으니까. 그런데 어라, 감포로 거처 옮긴 지 일 년 가까이 됐는데도 어인 까닭인지 감감 무소식이야. 물론 처음엔 속 시원했지. 그런데 삼사 개월을 넘기고 나니까 궁금해지기 시작했어. 이 여자가 어디에다 대가리 처박고 살기에 코빼기도 안 내미는 거야, 그런 생각까지 들데. 오 개월이 지났는데도 지우개로 싹 지워버린 것처럼 나타날 낌새라곤 눈곱만큼도 없었어. 어땠는지 알아? 허탈했지. 무기력하고. 하늘에서 벼락이 떨어져도 팔자려니 하고 말이 없던 엄마가 한번은 한숨을 푹 쉬면서 그러데. 수진아, 우리 거처를 족집게로 집어내듯 찾아와서 남의 염장 푹 질러놓고 훌쩍 떠나던 그 여자한테 무슨 변고가 생긴 게다. 중병이 걸려서 아프든지, 아니면 니 아버지가 이제 제정신이 돌아와서 집으로 들어앉았든지 둘 중에 하나다. 엄마가 나한테 아버지라는 말을 한 것은 그때가 처음이야. 그 말이 나한테는 참으로 쓸쓸하게 들리데. 엄마는 일이 손에 잡히지 않았던 모양이야. 그 여자가 모습을 드러내지 않는다는 단 한 가지 이유만으로 엄마는 놀랄 만큼 기력도 떨어져 보였어. 그때 엄마는 감포 어시장에서 생선 몇 마리를 떼다가 다라이 장사로 생계를 이어갔는데, 그걸 한두 번 빼먹기 시작하더니, 나중엔 그것도 시들해지면서 다리 아프다 머리 아프다 시난고난 앓기 시작하는 거야. 엇 뜨거라, 싶데. 일 년을 채 못 살고 거처를 강원도 주문진으로 옮겼지. 멀긴 마찬가지지만, 감포보다는 수원 쪽에서 훨씬 가까운 거리였어.

326

무슨 뜻인지 알어? 그 여자가 우리 집 찾아내기 어렵지 말라고. 나중엔 우리 모녀가 그 여자를 찾아다닌 꼴이 되어 버렸지 뭐야. 주객이 바뀐다더니 바로 그 짝 난 거지. 그처럼 가까이로 이사를 해줬는데도 그 여자는 끝내 찾아오지 않았어. 우리 엄마, 사실 아빠하고 연락두절하고 살았지만, 마음속으로는 아빠하고 같이 살다 죽은 것이나 다름없어.”

안성댁은 우연히 한 말이었는지 모르지만, 평생 연락두절하고 살았으나 아버지와 같이 살다 죽었다는 말이 내 가슴을 찔렀다.

“어머님께선 그 여자를 용서했겠네요.”

“용서? 용서라는 게 말이 안 돼. 용서할 것도 없고 용서해줄 것도 없었어. 엄마는 죽기 몇 년 전까지 줄곧 그 여자하고 술래잡기를 한 거야. 엄마가 사고무친한 객지를 떠돌면서 살았지만, 무엇하나 엄마를 흥분시키는 일이 있었겠어? 만나는 남자가 있었던 것도 아니고, 다라이 장사로 입에 풀칠이나 하는 형편에 돈 버는 재민들 있었겠어? 그 여자하고 숨바꼭질하는 흥분도 없었다면, 우리 엄마 살맛이 없었을 거야. 우리 엄마 행복했던 때가 있었다면 그 여자한테 쫓겨다니면서 이사하고 살았을 때야. 이번에는 그 여자가 며칠 만에 집을 찾아낼까 긴장하면서 기다렸겠지. 나도 그 속내를 엄마 죽은 다음에야 깨달았지. 그 숨바꼭질이 그나마 폐병 앓았던 우리 엄마를 예순 살까지 살 수 있도록 생명을 연장시켜준 거야. 그뿐인가, 그 여자 때문에 우리 엄마 남들한테 이사의 달인이라는 별명까지 얻었어."

우리는 어둑어둑해질 때까지 감포 어시장을 속속들이 구경하며 걸었다. 그 동안 나는 튀김이다 순대다 해서 주전부리를 계속했고, 안성댁은 전혀 먹지 않았다. 이튿날 감포 변두리에 있다는 집을 찾아가자 했지만, 안성댁이 탐탁잖아 하는 눈치여서 단념하고 말았다. 이제 와선 별 의미도 없는 일을 아득바득 고집을 부린다면 그녀의 심기만 건드릴 게 틀림없었다. 그 작은 어촌에서 폐가와 마주쳤던 것이 화근이었다. 우리는 그런 모습으로 바닷가를 떠돌며 보름 동안의 시간을 보냈다. 안성댁이 사막을 보러 가자고 제의한 것은 감포에서 멀지 않은 강구에 도착했을 때였다. 느닷없이 무슨 흰소린가 했다.

"갑자기 사막이라니요. 바다 구경도 재미가 쏠쏠하네요."

"내 눈에는 바닷속에서도 사막이 보이더구만."

"아…… 거기? 노인네 가게 있던 어촌? 언니 거기 싫어하잖아?"

"내가 언제 싫어한다고 했어. 재미있다고 했지."

"그럼 가요. 그 대신 언니 좀 먹어요. 사막을 걷자면, 배를 든든하게 채워야 해요. 사막엔 낚시질할 곳도 없대요."

"그래, 거기 가면 나 그 노인네하고 언 맥주 한 병 마셔볼래."

우리가 다시 그 어촌을 찾아간 것은 그 곳을 떠난 지 열나흘 만이었다. 보름 동안의 여행으로도 충분히 초라해진 우리의 행색을 보고 가게 노인은 놀란 눈으로 바라보다가 껄껄 웃었다.

"보름 동안 동해안을 훑고 다시 돌아왔습니다. 그런데 찬 맥주 파는 데는 많아도 언 맥주 파는 데는 간판도 없는 이 가게뿐이데요. 그래서 다시 찾아온 것입니다."

"동생 된다는 분은 그날 밤에 맥주를 몇 잔 마셨지만, 형님 되는 분은 입에도 대지 않았잖소?"

"뜨거운 사막을 여행하려면 언 맥주 한 병쯤은 마셔둬야 견뎌낼 것 같아서요."

우리는 다시 노인네 집에 민박을 들었다. 보름 전과 달리 그날은 해 질 무렵인데도 바다가 조용했다. 귀를 기울여야 파도 소리를 들을 수 있었고, 흩날리던 모래바람도 없었다. 나는 피곤했다. 여독이 살 속까지 스며 있었던 탓이었다. 그러나 끼니 거르기를 예사로 알았던 안성댁은 전혀 피곤한 기색이 아니었다. 약간 들떠 있는 것처럼 보이기도 했다. 건넌방에 두 노인네를 불러앉히고 정말 무더운 사막으로 출발할 사람처럼 언 맥주를 마셨다. 안성댁이 평소에 술 마시는 것을 목격한 적은 없었지만 그날 밤 주량을 보고 깜짝 놀랐다. 그 동안 끼니를 잘 챙기지 않았던 것이 그날 밤 맥주로 배를 채우기 위해 창자를 비워둔 것이 아니었을까 싶을 정도였다. 안성댁이 술을 마시기 시작하자, 플라스틱으로 연결된 창자를 가진 민박집 노인네는 신바람이 났다. 지난번에는 아내 자랑이었는데, 이번엔 아들 자랑을 늘어놓았다.

"이봐 새댁, 지난번에 내가 얘기했지. 내가 통발배 한 척 가지고 있었다고?"

"나는 그런 얘기 못 들었습니다."

"아? 참, 맞어. 그때 아줌마는 저 새댁 등뒤에 엎어져서 자더라, 남자처럼 코까지 골면서. 어쨌든 그 통발선 한 척으로 아들 셋 대학공부시키고 나니까 이렇게 허리까지 휘고 말았어. 내가 내장을 대충대충 꿰맞추고 살아도 허리 휘는 법이 없었는데, 그놈들 셋 공부시키고 나니깐 허리가 휘더라고. 공부라는 게 독하긴 독한 모양이야."

"그 배 타고 어디까지 나가봤어요?"

"제대할 당시에는 겁이라곤 없었으니까. 육지가 안 보이는 곳까지 나가서 조업을 했지. 그것도 혼자서. 하긴 바닷가에는 호랑이도 살지 않으니까 사방 어디라도 겁먹을 거라곤 없었어."

"파도가 겁나지 않았어요?"

"파도가 겁나? 그건 파도라는 것이 뭔지 모르는 사람들 애기야. 아무리 높은 파도라도 무서워할 것 없어. 파도를 피하려 하니까 무서운 게지. 상식 없는 뱃놈은 파도를 피해 자꾸 달아날 생각만 하거든. 피해 달아나는 것은 빨리 침몰해서 죽자는 얘기야. 대담하게 파도를 정면으로 받으면서 파도 한가운데로 파고든다는 심정으로 정면돌파를 하는 거야. 그러면 아무리 작은 어선이라도 침몰될 걱정은 없어. 어디 한번 해보라구. 그게 뭔지 알아? 파도타기란 거야. 옛날 양키부대에서 고고고 했던 게 몸에 배서 무서울 게 없었지. 부둣가에서 잔뼈가 굵었다면서 그런 얘기 못 들어봤어?"

"나도 늘 듣던 소리네요."

"그럼 왜 새삼스럽게 물어봤나?"

"내가 물어봤던 게 아닙니다. 손아래 친구라는 분이 물어본 거예요."

"둘러대긴."

"할아버지 말씀대로 나도 파도타기를 해보든지, 사막을 건너보든지 뭔가 해보긴 해보는 게 좋겠다는 생각을 했습니다. 부둣가에 앉아 방파제만 바라보고 있다고 해서 되는 일은 없으니까요. 안 그래요, 할아버지? 뭐든 서둘러 해봐야겠지요?"

"그렇고말고, 하지만 그 몸뚱이 가지고 파도타기도 어려울 것이고 사막 건너기도 글렀어."

"한번 해보실래요, 되는가 안 되는가?"

"해보나 마나야. 통나무 띄워놓은 것처럼 금방 파도 따라 모래펄로 밀려나오고 말 테지."

안성댁이 보이지 않은 것은 이튿날 아침이었다. 안방과 건넌방 그리고 재래식 화장실까지 확인해보았으나 행방을 찾을 수 없었다. 민박집 노인에게 물어보았다. 노인네 역시 그때까지 안성댁이 없어진 것은 모르고 있었다.

"어젯밤에 언니 된다는 그 아줌마 너무 많이 마시더군. 내가 취중에 가깝지도 않은 가게까지 네 번이나 내왕하면서 얼린 맥주병 나르느라고 무척 떨었지. 새벽 한시쯤 됐나, 저 친구놈하고 나하고는 꾸벅꾸벅 졸고 앉았는데 속에 천불이 난다며 갑자기 윗도리를 벗어던지기에 잠이 확 깼지."

"왜요?"

"뭐라더라…… 이젠 더이상 갈 곳이 없다고 넋두리를 늘어놓더군. 세상 끝까지 왔으니 더이상 갈 곳이 어디냐고 나보고 반문하는데 나도 할 말이 없더군. 사방 어디를 둘러보아도 누굴 뒤따라 다녀보아도 도무지 피곤하고 허망하기만 할 뿐 필경 만나야 할 사람도 더이상은 이제 없는데, 돌아다녀봤자 피곤하고 지칠 뿐 무슨 소용이 있겠느냐고 푸념하더군……"

나는 갈팡질팡 방파제로 달려갔다. 그리고 방파제 끝에서 안성댁이 껴입었던 푸른색 재킷을 발견했다. 단정하게 접혀 있는 상태였다. 방파제 앞에 끝간데없이 펼쳐진 곳을 바다로 생각했다면, 신발을 벗어놓았을 텐데, 태양이 작열하는 뜨거운 사막으로 알았기에 껴입고 다녔던 재킷을 벗어놓고 떠난 것이었다. 이제 사막으로 떠난 수진이 언니처럼 바다 끝에 서 있는 나 어진이 역시 온전히 혼자가 된 것이다. ▥

작가의 말

내 안에 터질 듯이 더부룩한 탐욕이 있다. 그것이 나를 천성적인 거짓말쟁이로 만들었다. 지금의 내 나이를 스스럼없이 토로하기를 주저하는 것도, 이 나이에 그래서는 안 되는 일들에 윗도리 벗어붙이고 덤비는 것도, 아직도 눈만 내리면 미칠 것 같은 몽환적 목메임도 모두가 내 안에 있는 탐욕이 가르친 일이다. 더욱이나 마모되거나 연소되어버린 감성을 있는 것처럼 떠벌리며 안간힘을 쓰는 것도 모두 탐욕 때문이다.

이것을 열정이나 신념이라는 수사로 포장하기도 하지만 모두가 부질없는 허풍일 뿐이다. 그런데도 불구하고, 내 일생이 소멸될 때까지 이 탐욕과 껴안고 엎치락뒤치락하는 간음은 계속될 것 같다.

2010년 4월

김주영

김주영

경북 청송에서 태어나 서라벌예술대학 문예창작과를 졸업했다. 1970년 「여름사냥」이 『월간문학』에 가작으로 뽑히고, 1971년 「휴면기」로 『월간문학』 신인상을 받으면서 작품활동을 시작했다.
『객주』『활빈도』『천둥소리』『고기잡이는 갈대를 꺾지 않는다』『화척』『홍어』『아라리난장』『멸치』 등 다수의 작품이 있고, 유주현문학상(1984) 대한민국문화예술상(1993) 이산문학상(1996년) 대산문학상(1998) 김동리문학상(2002) 등을 수상했다.

문학동네 장편소설

빈집

ⓒ 김주영 2010

1판 1쇄 │ 2010년 5월 6일
1판 6쇄 │ 2017년 4월 17일

지은이 김주영
펴낸이 염현숙
책임편집 이경록 | 편집 최유미 조연주 | 디자인 이경란 유현아
마케팅 정민호 박보람 이동엽 | 홍보 김희숙 김상만 이천희
제작 강신은 김동욱 임현식 | 제작처 한영문화사(인쇄) 경일제책(제본)

펴낸곳 (주)문학동네
출판등록 1993년 10월 22일 제406-2003-000045호
주소 10881 경기도 파주시 회동길 210
전자우편 editor@munhak.com | 대표전화 031)955-8888 | 팩스 031)955-8855
문의전화 031) 955-3576(마케팅) 031) 955-8864(편집)
문학동네카페 http://cafe.naver.com/mhdn

ISBN 978-89-546-1122-0 03810

www.munhak.com